國家圖書館藏清人詩文集稿本叢書

第七輯

二

陳紅彦 主編

北京大学出版社
PEKING UNIVERSITY PRESS

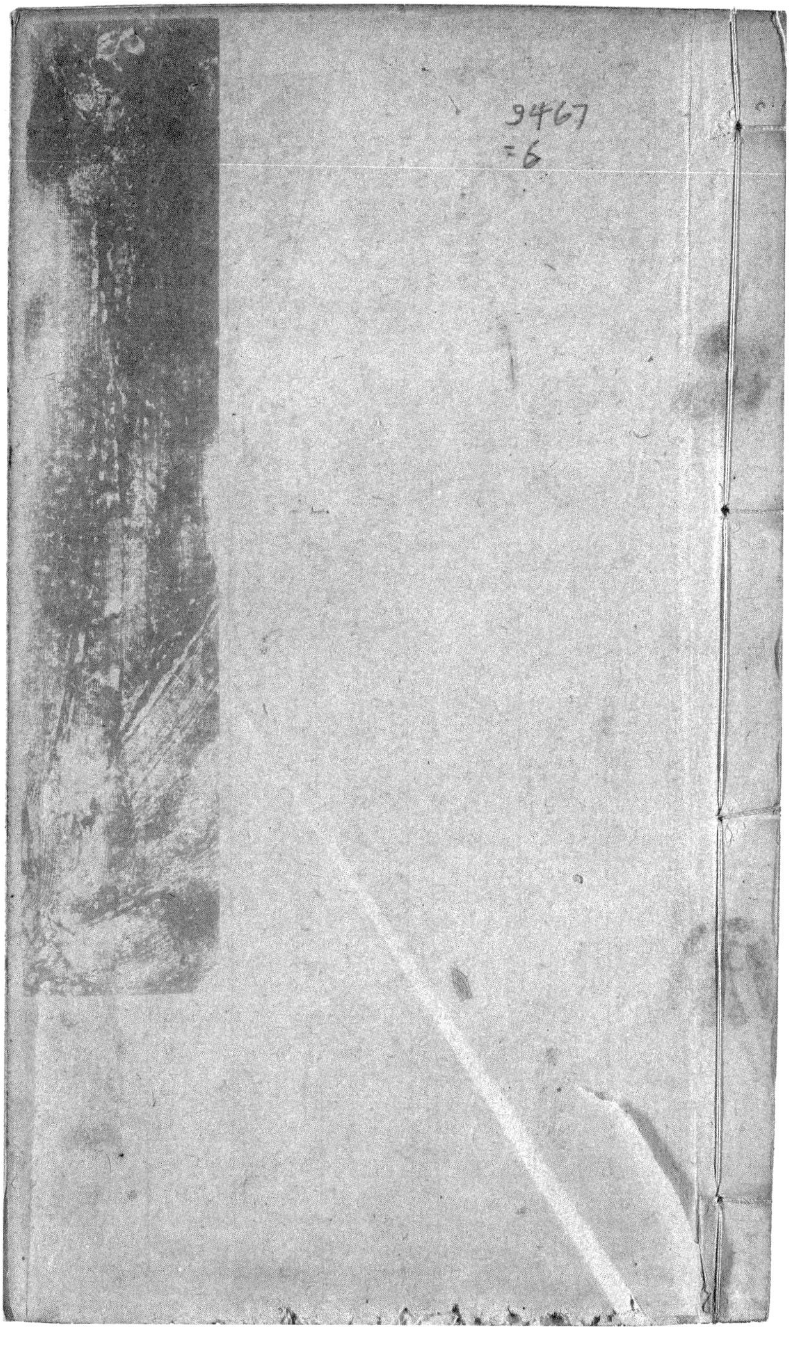
9467
=6

養福齋續存稿卷三十一

奉新 宋延春 引龢

孟冬五日官城觀察約偕同社永福禪林話別即席賦謝兼以送行疊和硯生元韻

愛依佛座慣低眉客唱行行且進巵五老雲看真面處一帆風送大江時言辭洛社香山侶去詠冰清玉潤詩官城時往宿松訪令壻黃溥之明府官廨為盼歸程開臘甕綺窗梅早著南枝

十月八日初度自述再疊前韻

童年游釣記峨眉郡閣趨庭獻壽巵予生長嘉州官署地有峨眉山白

髮于今成老大青燈有味似兒時放翁句循陔鶴子謀馨饍繞膝雛孫學誦詩笑索梅花斟菊釀酡顏從倚傲霜枝

生朝同人晚集菊觴奏雅三疊前韻

底須郤食羨黃眉也效坡仙强倒卮東坡句我雖不飲强倒卮月旦競推鍾仲偉風流誰及鄭當時四筵曲按紅牙板九疊屏張白雪詩更聽陽關歌別調青青柳色短長枝官城近著詩品座客皆工度曲官翁音律尤精并於此韻已賦至九首即日戒塗矣

詹岩殿撰書來和予寄懷之什並賜書聯扇四疊前韻答謝

鏡

朵雲飛到喜開眉，瓊報真同鏡換卮。樂天鏡換杯詩：欲將朱匣青銅鏡，換取金罇白玉卮。念舊常縈千里夢，論交回憶卅年時。輝生蓬蓽麟毫彩，唾燦珠璣雁帛詩。墨寶奉揚情暖熱，春隨杖履最高枝。時兼拜皮暖鞾之惠

秀峰學博惠詩稱祝疊和原韻酬之

宦游今皓首，歸詠草堂靈。會喜聯新雨，賢占聚德星。朗吟多白戰，初寫好黃庭。願訂名山業，休誇千佛經。秀峯秋闈下第

詩伯稱同社，匡廬得地靈。榮分詞藻色，衰歎鬢蓬星。晚節花留圃，霜天月弄庭。歲寒緣再結，丈室幾回經。謂梅庵時

又將舉消寒會

學使許星叔光祿惠贈尊先公玉年世丈瑞芍軒詩集率賦四章述懷志謝並送學使任滿假旋武林

汝南世胄冠錢唐忝託通家舊誼長八愷詞華黃絹妙一門甲第白眉良交游伯仲懷先德趨步臺垣仰奉常令伯菊船年丈與先君同舉乾隆癸卯鄉榜並前後皆官粵西仲容世丈又與先君同宦蜀中青士世丈昔膺臺諫予亦幸步後塵曾於粵東持節時得申瞻謁手捧鴻篇倍珍重快從天祿見琳瑯

山斗遙遙未識荊過庭聞訓久心傾蚤騰日下無雙譽

羣羨天西第五名爲政風流遍遺愛傳家月旦叶公評
才兼三絶詩書畫著作千秋雅頌聲
記詠霓裳五十年衆仙同會大羅天倖聯桂譜諸昆列
叨附瓊林小阮賢立仗駕駘邀下顧登庸衣鉢愧相傳令叔信臣世丈與予同領道光戊子鄉薦令兄金橋駕部又與予戊子癸巳鄉會同科予承乏諫垣日令叔文恪師適掌西臺以京察猥蒙保薦
更披池草新吟序香瓣重留翰墨緣詩集序言爲信臣丈近年所撰者
軺節連番擁碧油建頁承環業紹箕裘家風四美冰壺映
宗匠雙江鐵網收文恪師暨信臣世丈仁山閣學與星叔光祿先後視學吾鄉一時傳爲盛
事御李歸遲聆玉屑攀嵇情切感珠投皇華畫錦添佳

話好誦清芬湖上樓

寄賀小邃總憲文孫右丞秋闈獲雋再和春閒令

郎揆甫聯捷志喜元韻

佳音又聽報重闈貽厥新邀國士知預卜連珠褒到盡

都誇美錦媲郎遲含飴回憶歡顔早攬鏡何愁屢照疲

三世承

恩繩祖武竹林雙鳳舞　軒墀

硯生山長見示冬夜感懷二律依韻和答

一笑濠梁樂自如安知非我亦非魚人才誰是庸庸矯

世事空閒咄咄書白戰棊枰柯爛後黑甜詩境夢回初

半生牢落名場久贏得衰慵卧雪廬

滄桑閲遍歎蹉跎萬里烟雲瞥眼過友似晨星餘落落花宜晚節愛多多鷺鷗漫把鵷鸞傲泉石聊將歲月磨局訂消寒休夜飲怕逢醉尉灞亭呵

初冬下澣得雲孫三姪衡郡來書中秋前二日有舉子之喜賦此寄賀

霜天雁信度衡陽老蚌生珠喜弄璋桂子馨飄秋月滿竹林秀茁晚年芳添丁此日承祧美周甲而翁益算長（姪為先仲兄繼嗣年逾花甲今甫得子）椒衍瓜綿叨祖澤孫枝次第紹書香

泉

仲冬三日於家塾為長次兩孫發蒙授書喜賦一
律示勖

爾祖衰成蠹諸孫笑啟蒙書田期跨竈世業繼良弓字勉之無識謀貽尾諾工研朱教學語伴讀女嬃同（兩女孫亦同入塾）

長至後一日寄懷許仙屏太史並祝其五十初度
二首

一別名園倏兩秋林泉鴻爪記前游書牆曾綴千言句下榻常懷萬卷樓（去春過訪太史玉芝園留宿斯樓題贈長歌百韻）使節黔秦留月旦詞宗壇坫擅風流湖東笑我閒鷗老鶴奏遥添

前以圖題想已

海屋籌

玉案眉齊歟佩榮鳳雛綵舞祝長庚年當服政還稱艾賦媿研都與鍊京前以圖卷乞題想已賜筆戀　闕暫容居綠野出山應早慰蒼生春回葭琯傳梅信聊寄巴歈侑壽觥

吳少禹觀察以尊人禹門司馬自著靈雲山館詩集見贈並示川中崇祀名宦錄感賦一律奉酬

縞紵論交五十齡故人落落似晨星才非百里多遺愛業可千秋早樹型蜀道循良登史傳桐鄉祠墓表英靈司馬即留葬於川中彭縣一篇令子清芬誦老筆重拈詠德馨少禹由成都郡丞游擢觀察仍官蜀省

題頤園送春聯句詞為少禹觀察作

錦里風光憶舊游浣花溪上讌遨頭餞春別有名園趣
一卷新詞互唱酬
怱怱百五度韶華流水多情送落花春浦綠波春草碧
王孫別恨在天涯
冶春當日咏漁洋惆悵嘉州舊海棠廿四紅橋花月夜
紛紛人影散衣香
纍纍玉串與珠聯誰似齊眉舉案賢清福幾生修到此
人間眷屬儗神仙

子任又以六七八疊詩索和仍六疊前韻再答

龍

尖叉韻鬥嗣音稀雅調如聽金縷衣我輩壺樽相暖熱
何人裘馬自輕肥偶因餞臘行觴政待看迎年舉燭圍
晴雪番風春信早城頭已見紙鳶飛

小蘧總憲寄示九日飲龍樹寺有感疊韻見酬二
律仍次前韻奉報

選勝城南尺五天僧寮回憶古槐前鴻泥印跡留三徑
龍爪游踪隔廿年清望早騰中禁譽歸心常戀歲寒緣
多君念舊邀宏獎誦罷琳琅倍赧然來詩褒詞特甚
漫效詹詹賦小言閒吟策杖繞籬垣
朝端鵷鷺添新侶林下漁樵感

篇

舊恩入社自慚同櫟朽傳家何幸見椒蕃報章遠寄逾
矜寵各把書香勗子孫

嘉平十九日同人復於結歲寒緣館為蘇文忠公
生辰設祀作消寒第二集先期研生山長見示
長律依韻奉和

奎星再拜玉堂仙紀罕重逢丙子年東去江流橫眼底
南飛鶴影落尊前新聲一曲詩篇在舊蹟千秋畫本傳予向在滇廨繪公吹笛展二圖今仍懸諸館壁難得宗風繼坡潁又添鴻雪
後來緣虞階澧帥應周司馬兩昆仲時俱在座

臘月之望大雪竟日喜賦長歌用蘇集聚星堂雪

禁體詩韻

短檠昨夜揮楮葉朝來競報滿庭雪老夫瑟縮猶貪眠童孫讙舞叫奇絶披衣急起呼長鬚雅約消寒簡忙折屋瓦璀璨檐牙垂街泥滑達屐齒滅枝枯飢雀凍足拳野濶蒼鷹飽飛掣濡毫呵硯手更僵顧我小詩如點纈東坡詠雪句 盆盎墐户藏花葩階砌凝冰灑木屑回思荒江蓬背敲擊楫高吟同電瞥甲戌冬歸途舟次臨江遇雪亦用此韻作歌 春前三白欣符占歲稔先聽老農説北臺書壁謝未能愧學廣平賦心鐵 二集席

東坡先生生日消寒二集席間疊用前韻再呈同

人

鄰寺參寥繙貝葉壽蘇來趁雪堂雪笠屐翩翩泥徑穿

鐘魚寂寂塵垢絕黃柑丹荔香瓣陳侑以槳玉餅梅折

圖像重拜懷先芬手澤紗籠未澌滅道光甲午先君是日雅集法雲堂舊作亦用此韻梅庵裝幀今尚挂丈室空際繽紛花雨飛座間彷彿仙風

掣兒童笑語將迎春幡勝簪頭裊采縷歲寒社飲循故

事鄉俗齊諧助談屑年年官舍曾祝公十度流光去如

瞥觥籌交錯今翻新代庖禁體毋勦說彥甫治庖肴饌精美酒酣

鶴夢蘧然來欹枕吟聲和檐鐵

立春日書懷疊用壽蘇會韻 十二月廿一日

光　夏

退隱身同負局仙土牛兩度迓今年今歲雙春來年逢丑纔吟雪夜圍爐後又對春光拄杖前晚景林泉安若素名山事業老兩傳東皇笑我曾相識湖上鶯花續舊緣

次答研生山長立春志喜元韻

粉鄉三老象三辰佳句傳來彩帖新風坐絳帷開廣夏詩賡白雪轉陽春料量饋歲迎年事覆庇祛寒送暖人最是甘膏符上瑞衢歌同效葛天民

祀竈日作

天上厨星耀人間司命新禮原非媚竈祭合請比鄰款款排餳酒勞勞惜爨薪侏儒慚食粟又醉一年春

綵

研生山長見示祀竈疊韻之作仍用前韻奉酬

臘鼓聲中夜響辰壺漿送舊復迎新黃羊絳蠟家家景
風馬雲車歲歲春爨下頻呼如願婢床頭久作斷炊人
漫嗤竈養含飴樂利市聊分到散民

歲除前一日以土物餉硯生山長并系一律

家無負郭田香稻乞紅蓮赤米為族人所遺者雞黍非兼味豚蹄
正賽年祭詩尋島佛饋歲學坡仙聊佐先生饌椒盤一
粲然

元旦試筆 丁丑

鄉園三閱好年華銀燭光搖綵筆花萬里雲山曾久宦

一門詩禮又成家（敬用先大父集中元旦試筆句）兒孫膝下團欒繞耆舊班中矍鑠誇自笑新詔吟興健牋題選韻更籠紗（永福庵有選韻寮）

人日約同社消寒三集敝齋代簡

局屣消寒會較遲數逾六九屢愆期預裁人日吟梅句好約春風啜茗時雁後花前須共醉菜羹韭餅恰相宜歲朝先賦高軒過待誦羣賢名下詩

養素方伯歲除前有添孫之喜賦此寄賀

喜抱童孫小鳳雛欣然合浦果還珠迎年瑞叶添丁兆紀算新開同甲圖（令孫誕於去臘立春後七日已交丁歲宋文潞公年七十八與同時僚友

酬　元

數人皆登此歲者嘗為同甲會方伯冬月甫屆古稀稱慶因并及之子舍歡顏承襁褓祖庭春酒進酴酥含飴遥羨重闈樂湯餅筵應醉老夫

硯生山長見和人日雅集之作疊韻奉酬

春來半月景遲遲喜入新年詠及期香山有喜入新年自詠長律五日斜川游賞後廿番芳信報花時寒暄氣候清談共濃淡風光小飲宜節近上元燈市早星橋火樹又歌詩

研生山長招陪同人上元前三日來學齋消寒第四集先示疊韻新什仍用前韻申謝

歸客春江帆到遲每逢高會憶鍾期謂官城觀察筵招東閣開坊夜燈放南郊挂塔時用本日故事城外繩金塔向於元夕懸燈話舊情

深添款洽追歡年老得便平聲宜吟賤早訂皆循例傳遍

良宵疊韻詩

上元日喜晴次研生山長韻

春光絳帳詠年年令節新辭倍騁妍月彩當頭千里共
燭花如意十分圓于今卜繭從鄉俗自昔傳柑會衆仙
記得輭紅聯轡夜觀燈猜謎廠橋前京師元宵燈景琉璃廠虎坊橋遊人最盛

元夕觀燈翫月遣懷四疊人日韻

向來愛月夜眠遲況是燈宵肯負期笑看庭陔驂篠隊
回思學舍飯虀時鶯聽幽谷遷喬近鳩換新巢養拙宜

杖策通衢隨野叟踏歌連袂入風詩是夕遊鐵柱宮觀燈

上元後二日紉珊太守招陪同人松雲精舍消寒第五集疊用研生詩韻

辛盤排日醉耆年春採禪林漸鬥妍鯖味更逾詩味美蟾光仍對佛光圓前一夕月食山中新構欣如畫江上歸帆望若仙紉珊鄉閣築室將次落成官城頃已自皖旋省好為上元增韻事推敲試問已公前宋乾德年增十七十八兩夜謂之增上元時梅庵亦在坐

官城觀察皖游歸里適來入局席間出示樂化驛館題壁近作次韻奉酬

遠客言歸不速逢還家喜啖餌甘鬆官城於元夕抵省石湖句豆沙甘鬆

粉餌圓即湯糰也征衫浣雪吟鞭健驛壁題詩墨瀋濃仙侶搜奇跨雲鶴禪宗説法證天龍官城昨在宿松偕同人往遊黃梅之五祖山紀遊新句奚囊滿惜未扶藜唱和從

孟春下澣八日新營書室落成約諸同社消寒第六集清尊度曲喜賦二章紀事

菟裘小築傍城南褰屐歡聯又駐驂尚勒餘寒消九九前一日已屆九九新除荒徑闢三三曲高漫許周郎顧座密常留晉客談春買玉壺須共醉吟聲好和笛聲酣

中隱依然結漱廬巢痕隨遇且安居書晝長老叟容攤飯夜靜童孫聽讀書前顏曰書三味室為諸孫肄業家塾後顏曰中隱廬乃老朽養閒之所皆

汎

仍先公舊宅題額也羣羨山林在城市自甘蓮華狎樵漁衆仙
似詠霓裳會鐵板銅琵樂有餘

研生子任秀峰諸君各賜和章疊用前韻答謝

杏花春雨唱江南同憶香塵紫陌驂偶仿竹林賢聚七
預儲桑落雅斟三雲琖此日紅牙按天寶當年白髮談
笑我嬌藏金谷種待看國色詠朝酣去臘新購各種牡丹近已含苞結蕊

江鄉汎宅接衡廬彷彿搴船岸上居官罷閒情寄絲竹
老來生計託琴書久慚階畔羊公鶴長效烟波笠澤漁
滿幅琳瑯輝四壁清音遍繞屋梁餘

許子貞學博見和前什再疊原韻酬之

枌里家聲重汝南攀嵇何幸屢停驂音調鳳管能諧八子貞精於音律瑞卜𩞄堂待集三郢曲高歌原寡和阮庭舊契續新談令伯海帆小山兩君皆與予故交春游歡讌更番盛且盡山中十日酣用句

蓬門謝俗款蝸廬無竹從來不可居雅愛蘭陵耽妙墨喆嗣朗卿以自繪墨蘭相贈閒繙芸帙誦遺書晴開曉陌初催鳸水暖春江正聚漁隔歲瑶華感稠疊報章遲答浣薇餘去冬子貞惠詩多首尚稽和答

虞階漕帥屬題采藥圖小照賦呈二首

蒼顏鶴髮羨華顛笠屐風流玉局仙采菊雲深不知處

癡

商山四皓想當年

堂堂眉宇氣如春消夏花洲共寫真手把靈芝傳壽相
又從九老認前身

春分前一日雨中梅庵上人移贈盧山盆蘭口占
答謝

孤芳出空谷香帶爐峰雲春分散花雨四座皆氤氳
開門揖幽客入室逢善人同心參妙諦紉佩有前因

春分日次答官城觀察社日原韻

春半瀼城中優游兩寓公憑人嘲懶慢且自學癡聾暖
試催花雨寒消擘柳風雞豚方散社扶醉祝年豐

三

研生山長預訂花朝約陪同人法雲禪院看桃花
歸飲來學齋補消寒七集疊韻賦詩代簡亦三

疊前韻申謝

尋春雪北與香南豪飲何妨客脫驂用寇萊公事佛座探芳
宜合什花朝稱壽作朋三後三日為彥甫誕辰拾來壺唾嗤牙慧
敲罷棊枰怯手談劇喜水濱風日美桃花人面笑紅酣
元都莫問舊精廬前度劉郎久隱居謂養素方伯白墮共嘗
千日酒絳帷高擁百城書芒鞋竹杖林間衲梅庵亦在座雨
笠烟蓑世外漁勝會休辭同酩酊蘧蘧詩夢黑甜餘

花朝前二日送諸孫入塾簡西賓鄧翰生茂才敬

用　先大父集中送諸兒入學兼柬陳致中元
韻

書香接武盼諸孫絳帳初開笑語温堪哂鳳毛誇有種
漫云芝草本無根授經勉紹箕裘業食報常貽清白門
座上春風尊酒共新知重把舊交論

硯生山長約花朝法雲看桃因雨阻不果仍招集
來學齋再賦志謝

一夜檐聲聽小樓朝來笠屐阻豪游看花似惹天公妬
款客翻添地主愁春隔仙源前度憶雲迷詩屋半閒留
問津莫笑漁郎悞且對芳樽共勸酬

西賓　　陶　　忙

花朝後二日午晴偕翰生西賓並攜兒孫輩游法雲禪院補看桃花歸成五古一首用陶集桃花源記詩韻簡梅庵長老

昔誦坡翁詩桃花在人世春光已過半渾似流水逝景物爭暄妍名區感興廢昨阻禪關游今向詩屋憩滄桑雖迹陳花柳仍樹藝乘興客偕來尋芳駕偶稅蓮戶僧雛迎籬落村尨吠滿院驚霞鋪千林媲錦製老子猶童心仙源忙補詣草木有榮枯氣候自温厲經營勞遠公護持此終歲諸天齊散花法眼早通慧笑我近誅茅摩鷹宅香界縱耽烟霞癖每苦塵障蔽何當御風行嘯傲

示

九垓外作歌聊紀遊重結文字契

題許季壬太守碧聲吟館圖冊

碧梧陰裏敞軒楹中有詞人慣倚聲金井銀床饒韻事
羨君心迹本雙清太守工填詞
風光池館杳難尋妙手還將畫本臨細寫巢痕憑點綴
重拈舊句補新吟館在杭城已遭兵火圖亦佚去

梅庵上人見示近作二章皆疊用 先公集中原
韻謹依韻和答

觀音誕日 二月十九日

妙蓮湧現匾字御書靖邊塵

朝蒙　頒賜匾

宸翰輝煌護法輪 滇垣海心亭蓮華寺奉祀大士像靈應素著同治初年會城寇警予詣寺虔禱瀕危獲安解嚴後請于朝蒙　頒賜匾額用答神庥 得仗慈悲登彼岸還期接引渡迷津諸天壽相重瞻禮布地宏施證夙因願乞餘波灑南海湖濱常住卧雲身 湖心閣前舊有南海餘波坊額

普賢誕日 二月二十一日

名山第一絕埃塵五十年前美奐輪悟徹龍禪開淨土傳來象教在通津掃除八垢償初願演說三乘未了因幸向老僧尋手澤旃檀香裏拜金身 道光庚子年先公重修廟宇撰題楹帖尚存殿中

普賢寺洗象歌和梅庵松雲詩錄中鐵象歌原韻

趺
頂皈

南宗教闡浮圖說十方善信慕禪悅大士跨象從西來
開山洪都此安宅化身普度千百年刼火灰餘始生糵
緊昔先人發宏願梵宇重新緣再結法輪永護不壞身
花雨齊飛貝多雪趺坐蓮垂珠珞光題楹墨灑金壺汁
歷今陳蹟嗟滄桑我歸頂禮清明節老衲虔心久皈依
山門幸不通水泄洗象好循浴佛例甘露楊枝塵垢滅
大千世界放光明戒律精苦師文捷（吳僧名）醍醐灌頂龍
象馴功德全憑法力攝寶相無量大懽喜明鏡非臺早
澂澈敢分曹溪一滴泉洗淨眾生煩惱熱歌罷同赴無
遮會象兮笑我等頑鐵

養福齋續存稿卷三十二

奉新 宋延春 引龢

清明後四日蔣溶川太守招集滕閣賦謝二章次

硯生山長韻

林下三年倦鳥還賓筵佳日又嵇攀珠簾雨眺雙江漲雲錦屛開九疊山去夏冒雨至閣訪太守同登觀漲贈詩承惠和章八首坐鎮雅宜琴鶴共題襟愛與鷺鷗閒樽前細話枌鄉景如在湘流嶽麓間

戎幕曾勷漢水濱交聯伯氏盍簪頻衡茅我老依編戶宿草君猶念故人來詩敘及昔年與先兄武昌從軍共事感舊情殷大筆重排

金薤句深情快醉玉壺春蓬門屢枉嚴公駕掃徑歡迎
露冕新

上巳節梅庵長老約陪同社湖心亭修禊補消寒
八集用香山集中三月三日祓禊洛濱原韻紀
游志謝

春服襲萋萋晴窗好鳥啼湖心開寶刹樓角露銀泥修
禊詩僧召傳觴酒户齊風輕斜受燕水暖穩浮鷖且放
沿洄櫂何勞蹀躞蹄徐亭花外島蘇圃柳邊隄舊例流
觴繼新吟掃壁題洛濱誇再盍滇沼杖曾攜（前在滇垣是日亦於龍潭修禊）
醉共鷺鷗狎香隨蜂蝶迷桃潭同韻事蓮沚稱幽

準

棲味飫伊蒲潔眉瞻佛座低暢游還卜夜燈火畫橋西

湖上脩禊即事二首次研生山長韻

散花滿室仗維摩欲種新荷勝舊荷翡翠迎風殊渺渺

芙蓉映日想多多鴛栖好壯三湖色魚戲重添四面波

自昔蟠根屬仙李還勞杖錫屢經過梅庵上人俗家李姓時以種荷事相浼

右種荷

千條萬縷漸蕭然踠地依依態可憐彭澤門前餘幾樹

永豐坊畔賸何年朱樓細織鞭絲雨翠舫濃牽錦纜烟

準備雙柑和斗酒湖隄陰裏聽綿綿

玉

右補柳

上巳後一日子任彥甫兩部郎招陪同社撫松池館讌賞牡丹補成九集以詩代簡各次原韻酬答

禊事修初畢（香山句）新粧賞及時客來仍不速花好莫嫌遲屢被燕鶯喚先愁蜂蝶知丹青留粉本認取洛陽姿

（予舊藏有白陽山人五色牡丹畫卷題曰洛陽春色敝廬新購各種佳卉近已大開）

風信報花辰交游老更親瑤臺今醉月寶檻昨移春（虞階灃帥適以白牡丹移贈）管領賴賢主傳牋驚座賓玉山頹倒處塗抹笑頻頻

度

右和子任韻

前度看花惜後時（去春予以回鄉不及與會）今來花塢夕陽遲預招
金谷羣芳讌同詠紗籠本事詩得意春風誰富貴（時春闈期）
近笑拈佛地亦慈悲（梅庵開士亦在坐）清平雅調何人續一曲
千秋鐵笛吹

名園一一都看遍（連日遊蘇鍾諸公園內看花）松下評花捉麈談說
法剛參門不二（前一日湖寺修禊）流杯又過月初三重新食譜
鯖肴美依舊凝香蝶夢酣老愛湖光須展會百華洲上
問茅庵

右和彥甫韻

奇

穀雨後三日虞階漕帥招集壺園賞花即席賦謝

平泉偶借小蓮壺花事年年盛鼠姑管領煙霞多貴客園中各種牡丹最盛安排櫻筍疊傳厨飛來瑶島羣芳艷賞遍雕欄老眼娛背郭堂成開綠野新詞重寫輞川圖漕帥時營新第將次落成

次日少谷太守約至湖上別業偕同人看花雅集賦此志謝和硯生山長韻

洪都仙吏似浮家小築湖東柳岸斜萬里珂鄉懷古種謂滇南黑龍潭唐梅三春甥館翫奇花前數日過訪令壻秀峯學博適值園中紫藤大放暫抛簿領應官暇重挈壺鐏款客賒漁唱樵歌容歠侶

醉吟聲裏側烏紗

宦隱詩豪福分脩自慚舊句壁間留連歲遊園曾有題詠花穠最愛藏春塢月好端宜近水樓棠蔭清風依下里蓮香翠海話前游昆垣翠海亭蓮花極茂太守籍隸滇中故及之幸從休沐陪觴詠消夏還登李郭舟

太守席間出示新什依韻再答

昆華三載惜羣離舊部猶聞說去思把酒春風重展禊題襟好雨又催詩唱酬座上玉冰句培養階前蘭桂枝謂新郎君及文孫外孫輩自是君身有仙骨用句鶯飛花落放衙時

展上巳節約同社小集潄齋看花並預祝研生山

長初度疊和子任農部補禊元韻

快展重三節韶光又一時花風春盎盎穀雨日遲遲豪飲客同醉妙香僧獨知謂梅庵林泉饒富貴珍重歲寒姿簪盍介弧辰後四日為硯翁生朝芝眉笑語親園輸金谷會品占錦堂春昨赴虞翁賞花之局五色牡丹絢爛無比布策籌添屋用諸葛穎算牡丹朵數事稱觥酒賀賓李翁符壽相眼福看花頻宋李嵩三月八日生自八十看花至一百九歲

硯生山長惠詩稱謝次韻奉酬

桃漲初添南浦濱依紅泛綠更從新禊游再集蘭亭序壽域重開絳帳春名句江城傳誦遍好花鄰寺借來頻

梅庵上人以杜鵑移供詩瓢酒琖皆無暇渾似山陰道上人連日社集甚忙

暮春望日子任俊卿彥甫三部郎邀集撫松池館

同看芍藥疊用前韻志謝

遨頭將讌浣花濱婪尾遲開局又新紅藥從來三月殿
清樽賞到十分春葫蘆依樣描爭巧饕餮充腸索苦頻
酒債未完詩債逼鬧人翻笑作忙人

孟夏上澣汪少谷邑宰新葺官廨落成移居詩以

志賀

巢痕重掃感滄桑鶯喜遷喬燕賀堂廣廈棟樑頻結構

邑居　　掃

新陰桃李滿門牆邑試正屆揭曉尋詩尚憶紗籠迹退食還凝
晝戟香笑我鳩居藏老拙願依蔀屋詠甘棠

芒種後二日官城觀察招集一榻軒小飲先此賦
謝

絳帷迎夏醉壺觴立夏前一日硯生山長曾邀雅集掃榻開樽稻種芒
綠沼雅宜魚牣樂紅塵遙送馬蹄音適聞春闈榜信琳瑯句寫
三春感旌節花圍一丈量官翁近有暮春雜感詩刻園中蜀葵盛開花名旌節又曰一丈紅
預計稀年介眉壽添籌欣再展端陽五月廿五為官翁七十生日

清和下澣三日得玉田從孫立球春榜捷音詩以

志喜即寄賀小松

志喜即寄賀小松從姪

家駒久羨渥洼姿早盼英名到鳳池捧硯當年詒祖澤（乃祖平湖先兄平生樂善好施積累甚厚）簪花此日報孫枝瀛洲舊跡吾曾步玉署新班爾願隨近向竹林懷老阮泥金帖展笑開眉

秀峰學博惠詩稱賀次韻酬答

砆石慚邀國士知丹成何幸鼎開時家風業紹閶排榜好雨箋傳詠濯枝（連日喜雨）漫詡尋春先得路須求舉筆不忘規竹林又見新雛鳳吉語翻勞染墨池

長沙夏芝岑廉訪郵示重修賈太傅祠落成長古

並碑刻各種因賦七古一章寄謝

憶昨萬里歸隱年秋帆艤櫂湘江邊故人相見話平昔芳情彷彿紉蘭荃菊花絢爛新霜天郇珍官閣開綺筵把杯試與論往事縱觀數千百載前老夫撫掌喜欲顛歸途歷閩嘉績傳别後星紀倏屢遷今春寄我琳瑯篇興廢舉墜治追古長沙太傅崇祀專當年汨羅弔屈子勸歷九州非徒然治安六策不獲展抑塞磊落同後先卓哉斯舉具特識心香一瓣分致虔使君提倡擅風雅大府表彰欽名賢巍然故宅新結搆佩秋亭峙祠西偏古井猶堪訪舊蹟石床細讀銘詞鐫我居梓里心嚮往

吳頭楚尾相毗連懷忠草堂樓百尺高風遐矚衡嶽巔

寄懷鄂城張鹿仙觀察二律 時權督糧道篆

伯仲論交五十年登瀛屢愧秕揚前久騰京洛雙丁譽遠別滇池萬里邊雁侶離羣嗟往事鴻泥留跡感遺篇歸來歲晚聯吟社老衲重尋文字緣（令兄海門侍講與予戊子同年訂交輦下洎予濫登詞館君昆仲亦先後聯步木天今海門久歸道山予昔官滇垣日鹿仙寄示乃兄詞刻中有贈予數闋海門曾客游豫章為梅庵詩僧作隸書結歲寒緣館額尚存寺壁）

出處分途手莫攜伯勞飛燕各東西新詞過奬書遲答舊雨多情句尚題（鹿仙近歲惠寄見懷詩餘一闋）臺省如君宜秉節林泉笑我慣扶藜盈盈江水連吳楚尺素休教老眼迷

斜

小蘧總憲由京寄示雪後小飲和潘星齋侍郎韻

二首疊韻奉答並呈星翁

長安曾踏雪牆屋老槐斜（予昔官京郎廨老墻根斜街數年）囊句新黃

絹巢痕舊碧紗鑑同操玉尺杯共泛銀槎泥爪留先後

香探千歲花（小蘧與星齋往歲分持滇黔文柄予嗣亦游宦昆池皆曾訪唐梅）

退隱經三載扶衰杖策斜消寒惟竹葉辟暑有蕉紗林

壑儕游屐烟波老釣槎停雲思日下令子正簪花（文郎揆甫進士時方應廷試）

長夏移居新宅有期先賦二律呈諸同社用少陵

卜居堂成兩首原韻

西頭屋又住東

心

西頭屋又住東頭迆邐門通曲徑幽一榻好移詩老臥
三年方解寓公愁遷喬木待新陰繞款客樽宜大白浮
結構幾番消嬾癖米家書畫笑如舟
養真久已託衡茅畢竟枌榆是樂郊竹簟迎風鋪牖罅
松棚漏月挂林梢聊餘鶴俸留鴻蹟豈似鳩居占鵲巢
退息何心還觸熱瘦吟常被飯山嘲

梅庵長老折贈白蓮口占答謝次覘翁韻

咒鉢初開菡萏新鉛華洗去絕根塵移來淨土拈花笑
都是匡廬入社人
劇喜湖心水不波誰歌驟雨打新荷碧筩約醉觀蓮節

好物從來不在多（時訂荷花生日小集，惜湖亭芙蓉稍稀耳）

六月荷花生日約同人湖心亭觀蓮啜茗歸飲松雲精舍消夏小集硯生山長先惠長律疊和元韻奉酬並呈諸君子

去年湖水掩花光今補新荷引興長清淨宜稱君子壽氤氳屢挹遠公香（連日梅庵開士采蓮見贈）移厨笑我鷺鷗嬾（梅庵代治饌）逐隊輸他蜂蝶忙佳日俊游成故事又傳秋禊預流觴（後四日立秋）

老向枌榆愛景光重聯耆舊小年長花洲暑滌留名繪（乙亥消夏曾寫九老圖照）菊圃霜凋惜晚香（養素方伯近歸道山）結社還尋方

勞拂麥

誰

外樂催詩慣覺夢中忙甕開白墮當炎日懊少醇醪飽

鶴觴用劉白墮六月釀酒事

研生山長疊韻見酬再次前韻答之 前

揮翰頻勞拂麥光紙名敲門詩遞漏聲長座迎好雨欣同

氣車送輕雷喚阿香是夕雷雨折簡不妨招客早借題總為

賞花忙閒吟雪藕調冰句蘭若重飛杜曲觴

觀蓮節席間再呈同社三疊前韻

勝游難得雨靈光座中晚樵翁年八十四雨田翁年八十二鳩杖婆娑鶴算

長舊侶尚縈華屋感研翁又以感舊懷人之作見示新詞誰唱荔枝香

因貪樂事行吟苦轉笑閒身到老忙滿引碧筒齊酩酊

題襟歲歲捧壺觴

荷花生朝後一日第四孫祥麟試周喜賦一章

看到桐孫第四株循陔鶴子引新雛花前昨醉蓮房粉掌上今擎荷蓋珠乳名荷官喜抱晬盤憑玩弄先教襁褓識之無旁觀莫訝含飴樂點頷他年笑老夫

七夕子任彥甫兩部郎招集撫松池館先期以詩代柬次硯生山長原韻賦謝

老來愛作醉鄉游夏健松涼景慣留讌趁雙星會良夜車先一雨洗新秋立秋日雨閨中競鬪蛛絲盒座上重浮藥玉舟乞巧年年笑兒女穿鍼忙遍曝衣樓

子任農部

子任農部見示和韻之什疊韻再酬

鄉里嘶稱馬少游閒騎款段任遮留清尊又集茶瓜局涼信初回枕簟秋準備仙家排鵲駕傳聞海客泛螺舟星槎都轉近由津門至滬上又將作閩游詩人各有乘槎興彭蠡湖邊黃鶴樓秀峯昨返都昌官翁正往鄂渚

研生山長復示七夕雅集疊韻新作並預訂中秋賞月之局再次前韻答謝

杖端閒挂百錢游東坡句酒琖詩瓢處處留三伏正消殘暑雨是日三伏又得雨一輪先賞廣寒秋每將晚景娛枌社曾記湖光盪畫舟去年秋節汎月東湖歡飲最難逢樂歲天香同醉

稻孫樓　懷

七夕雨中飲罷感懷三疊前韻再呈同人

歸鳥投林久倦游移巢無定屢遲留星河隱隱女牛會苗黍油油鴻雁秋庭對紫薇懷傳舍宦經翠海縱虛舟清輝萬里同佳夕舊夢還縈蓮笑樓撫松池館紫薇正開因憶滇垣藩廨此花最盛故及之又昆垣有翠海亭蓮笑樓皆名勝也

秀峯學博省親都昌旋省走訪暢敘遇雨而歸賦此奉簡四疊前韻

久別還家似客游柴門指點綠陰留秀峯誦其途次近作云我家深在綠陰裏一路稻花香到門洵佳句也循陔最喜親無恙歸櫂剛逢歲有秋

香稻新吟詩入畫飄萍舊迹屋搖舟謂去夏圍居被水事清談半晌紓離緒山雨欲來風滿樓用句

研生山長又示八九疊韻之什五疊前韻酬之

家書分寫竹林遊時方寄湘南西蜀兩姪家問去雁來鴻不少留九疊雲張屏若錦十行露灑筆非秋羣公競鬥尖叉韻老納重登般若舟湖心寺正作盂蘭會涼月如霜峰似雪籌邊曾倚受降樓

七月望日大晴月下即事六疊前韻

曙色晴開暢目游雨餘未許片雲留蟾光夜隱五更月次日寅刻月食鶴影江橫千里秋燈火競嬉湖畔水中元會東湖多放河

燈者畫圖笑指壁間舟齋中懸有坡翁赤壁汎舟畫幀燕來頻語新巢定添築登高小小樓

題家藏王阮亭先生抱琴洗桐圖卷七疊前韻圖為滇友舊贈近從都肆裝褫寄來

漁洋壇坫士從遊百卌年來粉本留作於康熙七年風雅羣瞻朱履盛琴尊閒洗碧梧秋傳神昔領無絃趣妙墨今歸逸櫂舟予家齋名舊卷裝池新付襲治春烟柳憶紅樓漁洋集有治春詞虹橋修禊諸作

雨田太翁過訪預訂小西園賞桂先此賦謝八疊前韻

堂

不借鳩扶信步遊是翁矍鑠羨天留犀香又挹三千界鶴髮應添八百秋亭畔山叢愛招隱堂坳杯水笑浮舟滿園金粟重開醼有客望雲湖上樓喆嗣蘭生大令時官杭州

秀峰學博見示疊韻多什走筆奉酬九疊前韻

身經滄海快豪游浩浩天風傑句留秀峯昔年航海往來南北賦有紀游長古屢許看花同結社曾題落葉偶吟秋仙才待作摩空賦宦蹟回思且泊舟滇垣臬廨題額畢竟嫏嬛讓君富家藏萬卷號書樓用唐李磎事

寄祝劉詹巖京卿八十壽和大集中前賜送別題圖舊作各二首元韻八月二十一日生辰

老人星見大江東秋色平分度早鴻養望卅年雲返岫
依光千里月懸空禁中才子當時貴洛下耆英此會同
遥羨門牆桃李盛乘籃載酒擁春風連歲仍主鷺洲講席
舊識蓬萊供奉名群仙領袖譽雙清南齋給札金牋麗
東岱持衡玉尺平報 國願羅珊網獻娱親思捧板輿
行烏私兩度邀
天眷潔養常殷戀闕情
臯比講學媲蘇湖畫錦歡添戲綵圖八景樓標 恩泳
紀千秋史筆頌聲敷鄉邦夙借紓籌重山斗咸欽味道
腴往復詩筒感今昔滄桑閱遍兩人俱

絳帳頻年洲鷺圍新聲曲奏鶴南

絳帳頻年洲鷺圍新聲曲奏鶴南飛杖朝齒德尊三老壽世文章絢萬菲君毓桂蘭爭濟美我懷松菊亦言歸蕪詞預介期頤爵純嘏欣覘錫
帝釐

贈李藝淵太守二律

仙樹蟠根雨露培濟時羣羨楚多材賢書京國傳佳士列宿郎官應上台萬里曾聞籌筆去一麾喜見載琴來雙清亭外濂溪水景物珂鄉大雅推（太守占籍邵陽雙清亭濂溪書院皆其地名勝也）

草堂枉駕塵談親交誼通家有夙因遺愛難兄重感舊

齊年小阮又從新先伯兄昔權寶慶郡篆太守與從姪雲浦鄉榜同譜仗前舍仰
棠陰澤花下輿扶萱閣春時迎養太夫人來江老我退閒依部屋
清風何幸奉揚頻

寄輓蔡芥舟觀察四首補錄丙子秋作

乍傳海上失東坡驀地鶗音訝匪訛蓮剎前塵曾繾綣
柳堂新詠尚摩挲分攜久悵停雲遠歎逝那禁淚雨多
同宦故人半凋謝頻搔白髮奈愁何芥舟由滇入覲復乞假歸粵因奉滇檄轉餉羊城卒於旅次

褰帷露冕鎮潯陽遙聽聲威徧梓鄉廈庇萬間培棫樸
澤流九派溥耕桑東湖翠認婆娑柳南國陰留蔽芾棠

滇　羅

我亦部民隨父老口碑遺愛總難忘（芥舟初筮仕吾省歷官邑宰郡丞嗣守潯陽久權關部所至皆著循聲並多惠政至今稱道弗衰）分節移旌涖古滇蘭舟共濟賴籌邊談兵虎帳欃槍掃奏凱　鸞綸雨露宣蓬鬢賁憂時偕萬里芝顏話別倏三年歸鞍先後償初願偉績羣欽銅柱鐫（芥舟以特簡巡察迤東襄辦軍務同官數年屢建奇功疊膺　楙賞）吾老閒居狎鷺鷗君因轉饟故園留詩筒往復耽吟癖雅約殷勤續舊游竟負探梅過庾嶺空嗟化蝶夢羅浮誄詞聊代生芻奠搖落長悲百粵秋（芥舟于役穗垣予亦引疾旋里彼此詩札頻通并訂重游東粵今乃不克踐約為之悽然）

膺

輓劉養素方伯四首

空階落葉動秋聲歎逝彌殷舊雨情久契苔岑原執友
羣誇戎馬是書生金鐃凱息烽烟警銅柱勳留桑梓名
隔歲沈痾終訣别臨風老淚幾番傾養素久歷戎行積勞已甚去秋在省寓因舊恙復發回里第養痾今夏遽返道山深為太息

御李回思卅載前論文共侍鯉庭邊青雲夙抱騰驤志
絳帳曾聯沆瀣緣入洛才華方播譽渡淮治績遍稱賢
于今袁浦邗溝地父老猶聞遺愛傳養素昔年肄業豫章講院曾及先公門下嗣膺鄉薦挑發南河歷任繁劇皆有政聲

無端氛祲偪江鄉力挽狂瀾賴保障百戰身經銷刼運

九霄恩渥紀旂常匡時望切懷霖雨報國憂添鬢雪霜投老班荊重話舊同將塵事感滄桑咸豐年閒吾鄉洊遭寇亂養素適讀禮家居大帥奏調督師勦辦屢立大功全省肅清仰邀異數旋即引退不復出山予解組後藉以重申款洽為快

枌社優游杖履陪消寒避暑疊銜杯三年會憶湖山樂九老圖嗟風雨摧竹醉高吟留作讖菊香晚圃過含良故人頭白今餘幾手酹椒漿弔鶴來光緒乙亥養素約林下諸公於百花洲消夏雅集繪有九老圖照連年常作詩酒之局會中養素從無吟詠惟竹醉日曾賦古詩一章乃今夏竟以是日化去得非先兆耶

秋日書懷次硯生山長韻

珠玉曾誇鐵網搜才人又詠碧天秋黃雲蔽野安鴻雁
紫氣凌霄映斗牛相約尋花須縱酒祇愁無蟹有監州
良宵重汎三湖月水調歌成聽棹謳

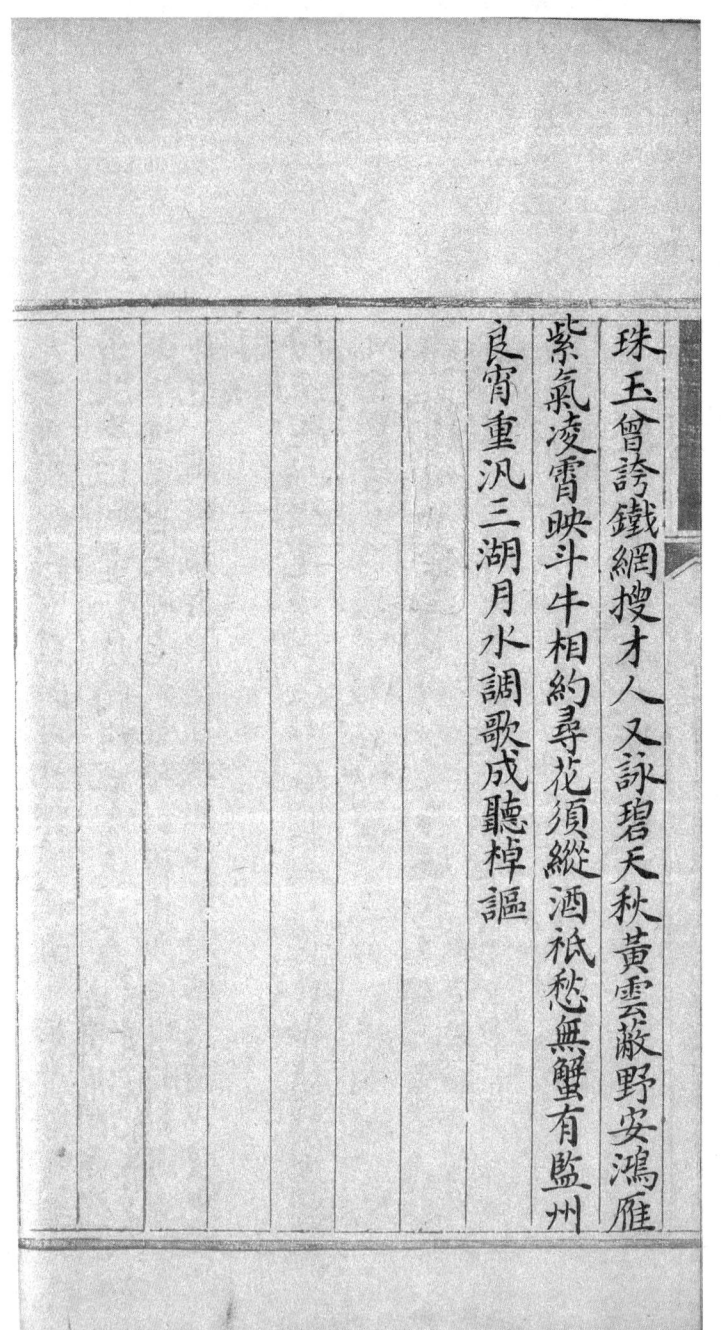

養福齋續存稿卷三十三

奉新　宋延春　引穌

中秋前四日移居新宅志喜二章簡諸同人

兩宅依然共一家新巢略比舊巢奢商量餘地添栽竹位置平臺好種花携幼儘堪娛杖履留賓閒與話桑麻叩門投贈移居什又見琳瑯滿碧紗

漫誇背郭草堂成經始曾勞意匠營窺壘笑隨歸燕侶隔牆飽聽讀書聲窩稱安樂慚非分境避煩囂謝俗情喜趁團欒三五夜開筵同賞桂華清

硯生山長賜和移居之作疊韻奉酬

卅年宦海笑浮家老慰菟裘宿望奢却掃苔痕兼草色
閒評秋月與春花曲歌白雪詞霏玉炊夢黃粱飯熟麻
最喜芳鄰依咫尺傳箋常近絳帷紗
九仞功須一簣成自慚堂構借人營優游底羨鼎鐘樂
陶寫還宜絲竹聲學佛求仙無幻想弄孫課子有餘情
皤翁私幸貪天力博得身强舉室清

新居初定再疊前韻示兒孫輩

舊是烏衣王謝家敢從金谷鬥豪奢一門詩禮先芬業
四座芳菲晚節花同人以花果盆景見贈室築衡茅依綠野
天題翰藻賁黃麻新居為戴可亭相國舊第堂中賜額猶存爾曹勉守雍

蘭

鹽分世味當知薄似紗 用放翁詩意

久謝朝簪報宦成求田問舍愧營營樓臺難起因無地雞犬相聞各有聲愛具壺觴諸老會閒耽松菊故園情受廛且效居廉讓勵志長懷酌水清

中秋夜養福齋與兒孫輩賞月偶成

今宵頓覺澈盧寬銀漢無聲轉玉盤 坡翁句 老子登樓誇矍鑠諸孫說餅笑團欒自娛泉石耽中隱誰訪神仙問廣寒桂魄當頭蘭共臭 時盆中素心蘭正開 花間小酌亦清歡

秋節後二日研生山長招集來學齋作展中秋會見示二律用少陵十六夜翫月十七夜對月韻

亦用原韻賦謝

月圓花更好會喜展中秋勸侶陪高座開尊集勝流鱗原仍告稔犀隱足銷愁笑我營新壘光分逸櫂舟予舊宅齋名

老結鄉中社閒游林下身光陰如過客風景倍撩人信報歸帆穩閩官城將由鄂旋里門詩催擊鉢頻酡顏扶醉晚水調又從新

八月二十日約諸同人過繖廬清樽度曲補賞中秋仍用前韻代簡

飽翫連宵月何妨補賞秋吾廬宜晚景老輩劇風流絃

管聆新奏霓裳掃舊愁朋來期不速杯泛芥堂舟
宅買芳鄰近湖濱早乞身自慚修月手羣羨倚樓人顧
曲多防誤飛觴莫厭頻箏琶同洗耳蓮華一番新

重陽前三日項笙伯大令招陪諸君子菊觴雅集
作此奉酬

芳鄰折簡預題糕餉客偏容及老饕南國棠甘爭說項
東籬菊澹又吟陶花黃酒綠開三徑露後霜前飫二螯
佳日從來多勝會扶笻傑閣更登高紉珊太守有九日滕閣登眺之約

硯生山長見和前什並訂撫松池館雅集預介賤
辰疊韻志謝

杖國翁宜號信天滄桑過眼付雲煙自慚白髮頹齡健
猶愛黃花老圃妍陸監寫真留處處蘇仙生日作年年
後凋蒲柳彌矜寵長託喬松飫綺筵

九月廿日展重陽節約諸同人小集新齋張燈賞
菊即席賦呈二章二三疊前韻次首用捲簾體

賞秋不暖不寒天卜夜先浮絳蠟烟花射燈光三面透
燈迷花色十分妍聯吟舊句翻新句展節今年勝去年
笑指屏山齊侑爵莫辭酩酊月侵筵

看花循例互開筵座客多符亥字年藥室功完須讌飲
落成詩贈各爭妍歲寒仍結枌榆社身老常耽蓑笠烟

贈

前社

贏得蓮廬怡晚景蘧蘧彩蜨醉鄉天菊屏插有蛺蝶燈

子任農部惠和菊燈之什亦用原韻奉酬

借題聊復款賓筵老眼看花似霧烟江上新游招鶴侶謂官翁樽前舊雨唱龜年座客度長生殿曲本箏琵洗耳吾忘倦珠玉霏詞子騁妍惜少泉明來入社江南春探早梅天硯翁因赴江南會館之局未至

秀峰學博席間見贈長律次韻答之

春讌三三秋九九詩賡疊疊韻重重名花燈影高低見佳士詞源左右逢老年興比少年勝新雨情如舊雨濃郢唱彌高和彌寡津梁得自丈人峯謂少谷太守

松

十月生日述懷四章即以自壽呈諸同人並示兒孫輩

又屆懸弧日稀齡更六周壬林重覽揆亥算疊添籌頑健慚黃耇婆娑笑白頭吾廬復中隱始願遂菟裘

歸田經四稔舊事話從新阡表松楸慕銘題棣萼親雞豚聯故老桑梓著閒人久矣辭簪組烟蓑伴此身

別有林泉樂壺觴集寓公香山前軌繼洛社勝游同禊展三三後寒消九九中耆英傳畫本寫讚到皤翁

儒素家風舊新營半畝園構堂非易肯松菊幸猶存養性耽詩卷怡顏課子孫客來欣不速同醉介眉樽

子任農部見示晨起對雨偶成之作次韻奉酬

衰年怯宵寒冬雨天必暖(見西京雜記) 檐溜鬧淋浪庭柯喜

湔盥晨興理荒穢步屧循階轉園丁課藝忙花甲坼苞

短(時方移種牡丹) 香澄缾嗅菊几潤硯浮蘚揮毫散雲烟霽色

小陽滿(是日放晴)

十月既望諸同人招陪官城觀察再集撫松池館

為予兩人補祝賦此申謝疊用前韻

朔吹連夕勁氣候變寒暖(後日小雪) 賢主共招客又命壺觴

盤游追赤壁豪徑踏蒼苔轉鯖味列饌多駒陰惜晷短

後凋池倚松題句牆掃蘚殷勤佩雅意醇醪笑引滿

冠

席聞官城觀察出示長古次韻奉答並再酬同人
結文憶少壯尋盟堅歲寒佳招具四美勝會并二難撫
今每追昔舊雨多新歡君文娓元亮亭亭照明玕古誼
篤先德香火懷師門歷宦中外久節錯還根蟠投老手
一編執耳推詞壇香山興復健屢戴遠游冠示我紀游
草令我開心顏郢曲殊寡和肯受繩墨彈比鄰訪詩僧
梅庵推敲過禪關扶輪仰宗匠研翁入社聯謫仙秀峰我亦笑
吹竽忝列耆英間松柏有本性後凋保三全賦詩補稱
壽金石莫與諼

研生山長見示賦謝梅庵開士贈菊二絕補和奉二

報仍簡梅公

一從彭澤賦歸來秋色東籬歲歲栽清供輸君移佛界
十分花羡五分開前過看花尚未全放
悟徹禪門無盡燈拈花微笑最高層歲寒緣結同蓮社
我亦東林退院僧

次答秀峰學博步月訪梅庵上人冒雨而歸元韻

老衲吾鄰友尋詩偶一來香龕留月住殘菊傲霜開坐
久鐘魚寂宵深笠屐回籠紗傳好句不待鉢聲催

又和秀峯冒寒訪官城觀察别後却寄二首韻

一日三秋感思君十二時細將離别意寫入紀游詩老

矣逢迎拙歸與狂簡知黃花香晚節侑斝莫嫌遲
閶門塵隔斷真趣自陶然絲竹山中樂耆英洛下年交
情詩札寄韻事畫圖傳談笑從軍日誰如魯仲連

新葺復遂小園十二詠 并引

予家舊宅在會垣東湖之西中有遂園乃 先
公題額園列八名各系一詩并有記詳見心鐵
石齋集中顧此屋經兵燹後已轉售多年矣予
自滇解組歸里卜築城南今秋甫得移居旁有
陋室數椽隙地半畝因葺而新之擴而充之院
中略具花木竹石之勝所搆船屋仍顏曰逸櫂

舟聊為退閒談讌之地爰以復遂小園名之即景抒吟成十二詠用誌毋忘先澤云爾

移桂

老桂曾招隱芳叢別院移根原天上種香是月中枝仙品誇金粟禪機悟木樨遷喬欣爾共徙倚小山時

植桐

露井培嘉本孫枝笑引桐棲高材百尺植近地三弓細響聽疎雨新陰拂晚風漁洋留畫卷洗滌效呼僮

乞竹

無竹令人俗僧鄰乞數竿此君宜左右佳士愛檀欒分

得干霄節緣同結歲寒取攜如我意日日報平安

補梅

一賦傳家久清芬憶誦梅耕烟林下補鋤月水邊栽笑待巡簷索香先入夢來逋翁心鐵石鶴伴共徘徊

蓺菊

小築柴桑宅園荒菊尚存暗團新露氣低蓺舊泥痕人對秋容淡花看晚節繁白衣如約至籬下又開樽

引藤

空庭須點綴插架引朱藤瓜蔓徐徐繞蘿牽細細騰刻溪𢧵展未滇沼杖攜曾準備鋪歌席陰濃挂月棱

壘山

素有看山癖壺中列九華壘成功一簣峰疊路三叉邱壑隨心運玲瓏信手加歸雲今戀岫長此老烟霞

鑿池

靜極還思動臨深羡在淵枕流疏曲沼漱石引清泉嘯咏春生草滄浪夏種蓮閒坊非履道池上敢名篇

築圃

爲圃何妨請高風且學蘇吹竽同北里抱甕近東湖畚築場登稼饞持徑闢蕪田家風景好生計足瓜壺

編籬

疎籬編小院宛轉護林栖插槿羊羝觸穿花鹿眼迷寄人空依傍隨地任高低顛倒淵明側笆斜夕照西

畜魚

安知真樂境非我亦非魚游泳闚天趣濠梁契古初洋洋欣在藻潑潑借傳書却笑垂綸者煙蓑伴老漁

飼鳥

良禽多擇木飲啄愛棲幽爭食羞雞鶩忘機狎鷺鷗香餘鸎粒味飽為稻粱謀嗜好吾同性翛然與物遊

蘇虞階漕帥移居新第賦詩志賀

坊北街南喜結鄰遷喬甲第美更新堂成肯郭花溪日

志

結

園 琳 侯增

地占平泉梓里春燕賀朋簪諸老集烏衣門巷兩家均公與予新居皆為大庾兩相國舊第名園再舉耆英會杖履重陪步後塵

沈雲閣大令賜題先集古作五章謹賦申謝

領袖洪都第一流郇箋捧到比琳瑯清詞獨步陶彭澤雅望羣推沈隱侯感譽先芬增色采忝承世業紹箕裘棠陰鄗屋瞻依近下里難將郢曲酬

次答研生山長雨窗即事書懷元韻

滿城風雨出游難絲竹聊尋永夕歡幸得求羊結鄰友敢誇屈宋作衙官詩瓢酒琖渾閒事鶴伴鷗盟共歲寒暘好冬晴娛晚景霜天月色捲簾看

敗

次酬子任農部雨窗即事元韻

久盼晴光老眼遮雨昏石硯字行斜時方寄滇友詩札脆抽芽甲一畦菜香吐檀心數點花盆中蠟梅初放染遍淋漓詩膽壯澆來塊壘酒腸奢輸君寒夜肩頻聳笑擘吟牋向客誇

嘉平朔日大雪喜而作歌用坡公聚星堂韻仍禁體

連宵擁被如敗葉江城又見兩番雪一冬積雨常苦寒三白先春誇妙絕湯壺煖足裀共溫氈帽蒙頭巾屢折河北久憫鴻嗸哀淮南近聞蝗種滅禿管呵凍指力僵破窗漏明目光掣酕醄欲倒螘甕醅襂襹難集狐裘纈

餟糜婦孺免啼號送炭鄉鄰謀瑣屑吟追坡老逞興豪
卧比袁安驚夢瞥侏儒貪飽秖自羞臣朔愁飢向誰說
豐年且喜得瑞兆願逐村農事犁鐵

臘八前二日和梅庵長老贈詩用研生山長韻

寸鐵休持白戰難强顏誰博杜陵歎贈袍有願憐貧士謂彭錫三世講時留住庵中退院何心就熱官蔬筍廚香堪借供饘
飽鉢美且消寒雪晴天外鴻音至呵手燈窗細展看頃得劉詹巖京卿詩札

詹巖京卿寄示憶重試近作依韻奉酬即賀重游
泮宮之喜君於嘉慶丁丑以府案首游泮今屆光緒丁丑吉郡舉行歲試適當周甲

於

爰有此作

小試先儲大用才，冠軍預占百花魁。君為道光乙未狀頭 泮宮重到推鄉望，六十年華首再回。

宗匠當時藻鑑明，臯比今又領羣英。師門父執淵源在，學步他年笑友生。君入泮宗師顧雲岩年丈與先君春官同榜，予於道光辛巳以縣案首倖入邑庠，計期亦將周甲矣

讀詹岩山長八十自壽敘文賦寄二章疊和前韻

山中宰相濟時才，著作光芒貫斗魁。耄學鴻文師抑戒，枌榆傳誦百千回。原文已為同郡人士鐫石

文星朗映壽星明，魯殿靈光洛社英。私愧秕揚曾兩度

白頭交誼重平生予與君鄉會榜皆忝在前一科

嘉平十九日約同社消寒第二集重舉壽蘇會以

詩代簡再疊前韻

當年天語歎奇才祖澤詒謀種芋魁見李鷹廌談記一自寫真

留畫本壽公此是十三回

漢嘉鴻雪又昆明忝誦清芬會眾英今日吾廬重歗侶

梅花繞座拜先生

臘月十九邀諸君子過中隱廬為坡公作生日席

閒賦呈二首用賞雨茅屋集中是日題東坡雪

堂圖韻

年年奎宿耀長空眉宇重瞻圖畫中公有千秋生日在
世傳百斛大文雄山頭遠影孤飛鶴江上新聲一笛風
赤壁雪堂鄰咫尺德星今又聚湖東
陌上晴泥已沒車坡公句閒居門巷類山家消寒局屢逢
三白禁體詩多賦八叉近日同人詠雪詩皆用聚星堂韻磚引深慚名
附驥危擎漫笑足添蛇仙翁彷彿乘鸞降雪滿蓬廬月
在沙半夜猶驚月在沙亦蘇句也

梅庵長老見贈壽蘇日消寒二集長古一篇次韻
答之

西湖主肯來東湖風流玉局曠代無回憶繪真十三稔

佛

年年此日同壽蘇江鄉今歲頻喜雪拈韻學步雪堂圖
愧我詞翰附冰玉識公面目真匡廬羣賢旗鼓皆勁敵
催詩火急如追逋衣鉢祕傳島佛瘦池亭雅愛柳溪愚
介眉忝在弟子列烟波垂白稱釣徒殘臘更訪惠勤去
老梅同探孤山孤

歲暮雨中遣興疊用壽蘇會韻

同雲鎮日羃低空殘臘潛消雨雪中祠竈壺漿非獻媚
祭詩壇坫孰爭雄歲寒頻結春前社身健自饒林下風
燈爐爐温眠未穩細聽檐溜響丁東
衡門淡泊久懸車餞歲團欒笑舉家窗暗目真迷五色

說

泥深步莫辨三叉衰顏薄醉杯浮蟻老筆閒揮字縮蛇
詩債難完窮易送揀金底事費披沙

小除日梅庵長老以供佛果蔬見餉走筆答謝次
研生山長韻

一花世界一如來善果都從心地栽分得鉢香清供美
拈花笑口幾回開
窗前猶點舊年燈見傳燈錄除日故事說法須參最上層迴憶餕
餐山寺味在家僧是出家僧

歲除前二日雪晴喜賦一律

連朝積雪掃庭階帖展時晴意想佳蕊綻寒梅香四座

頭　子

聲喧爆竹遍千街圜中泉石堪娛老湖上鶯花待騁懷
檢點詩囊和酒琖尋春更約舊朋儕

除夕即事疊前韻

霞爛籸盆凍醒階一年吟興此宵佳紛紛饋歲筐盈屋
得得沽春屐上街吳會客歸傳遠訊巴山書到慰離懷適聞笙巢觀察自蘇假旋又得四姪川中家問
土牛先迓兒童喜幡勝簪頭笑爾儕時邑宰送春牛至

元旦試筆戊寅

祥風甘澍報先春里舍桃符四度新瓊玖疊賡豐歲雪
酴酥後飲耄年人湘雲蜀水懷猶子謂三四姪時官兩省蘭砌桐

階學受辛（諸孫已有入塾讀書者）綵筆昔曾干氣象（杜句）試裁吟帖

送芳鄰

開歲三日立春用前韻

歲迎兩日又迎春笑撚霜髭句屢新讙舞競看街道士（用本日故事）婆娑長作醉鄉人占年書喜逢三卯（見東方朔占書今正月有三卯是豐年之兆也）養氣盤宜薦五辛暖信南郊梅共採詩僧有約過比鄰

汪少谷太守見示迎春日新什次韻奉酬

東皇閶道迓晴郊綵勝簪來有鳳毛（謂新郎君）枌社頻瞻行
白鹿蓮城尚記擁紅旓（予初出守廣南郡名蓮城曾迎春一次）仗前舊蹟

辛

鴻留印粱畔新泥燕換巢去秋予甫移居羣羨班春三太守甘棠託蔭附蘭交郡伯蔣蕉林新建沈芸閣邑侯皆與予有苔岑之誼

人日對雪偶成疊用元日詩韻

遊過斜川五日春朝來銀海一番新檐巡漫索花前笑帆落初歸雁後人筌巢觀察昨甫旋省細啜菜羹萌圻甲閒抛蔔屐息勞辛消寒無計偎爐坐酒送牆頭望隔鄰

人日大雪後連朝風雨悶坐書懷用坡公濰州道中遇雪詩韻

雨雪冬徂春節序迎復送歲改駒若馳天寒鶴同夢龍公迭試手玉戲再三弄滕六與巽二晨夕輒相共凌兢

裘莫禦煖熱罇罍空老夫强含飴繞膝引雛鳳課讀映
明窗休負書充棟驀憶秦晉豫災黎增隱痛安能乞膏
澤分潤資播種耄矣嗟時艱灌園聊抱甕

新正十日祝梅庵長老七十晉二臘壽次研生山
長韻

祇園松柏後彫枝上日稀齡益算時纔會雪堂瞻壽相
又來茅屋誦新詩吾衰索句忙叉手爾健拈花笑解頤
晚節同參無量佛個中三昧有餘師

上元前二夕携兒孫輩遊鐵柱宮踏月翫燈三疊
元日韻

老去尋歡惜好春燈宵初踏月華新琳宮齊放光明界籃轝笑隨遊冶人步蹴街塵晴夜午行沽村醞味甘辛樂天詠家醞句餅封貯後味甘辛遲遲玉漏歸來晚簫鼓猶聞鬧四鄰

元夕觀諸孫舞燈四疊前韻

庭闈同樂太平春竹馬兒童隊隊新滿眼青雲皆後輩盈頭白雪肯先人巢來窺燕能知戊座憶傳柑共破辛坡翁食柑詩金盤玉指破芳辛今夕吾廬燈事盛鄉閭喜說宋家鄰劉綏詩曾與宋家鄰

上元後二日約同人中隱廬消寒第三集代爾五疊前韻

蹟

紅溼江城半月春金錢買夜又翻新展來燈市圍爐局
同作康衢擊壤人方外論詩閒齋已（謂梅庵開士）樽前勸酒
笑迂辛（樂天句笑勸迂辛酒）炊粱翦韭家庖味底用鯖厨遍乞鄰

是日子任農部以事未至見示疊韻謝章再賦奉
答六疊前韻

相邀同醉玉壺春空谷跫然足蹟新忽枉風前傳簡句
知為月下執柯人（君適為人作伐）光陰每惜移庚甲酬唱翻勞
識（去聲）癸辛尚有餘寒消未了還來洗盞聽鄰鄰

少谷太守招集湖上草堂七疊前韻志謝

高唱纔行五馬春一回醉盞一回新湖山幸得平泉主

風月慚稱履道人好趁始和頒令甲閒陪歡讌飫香辛
津梁況許東床度韻事常聯遠近鄰謂令壻秀峯學博

少谷太守見示草堂雅集和章並喜晴新什次韻

再酬

好鳥嚶嚶求友聲朝曦迎客大隄行中宵聽罷樓頭雨
勝會催開湖面晴酒榼詩瓢賢主意梅芬茶豔故鄉情太守占籍滇垣新歲古梅山茶花事最盛予迭經遊賞幸從休沐隨羣屐老眼頻
看珠玉傾

正月下澣子任彥甫兩部郎招陪同人撫松池館
消寒四集疊用前韻申謝

湖波鷗鷺泛春聲又趁春光拄杖行杯蟺浮香仍臘味
窗蜂穿紙愛新晴尋來舊壁留題句消到餘寒隔歲情
社續韶辰遲更美各將詩思滿懷傾

廨

養福齋續存稿卷三十四

奉新　宋延春　引穌

中和節寄懷鳳樓四姪川中差次二首

憶昔滇畺別悤悤又七年爾能方入蜀吾老久歸田駒譽妨虛負鶯喬願早遷先芬誦清白端望竹林賢姪於壬申冬初自蜀轉餉來滇小住薇廨旋即別去

宦游懷小阮仙眷載全家池草新添詠謂雲孫三姪庭護好種花承歡謀祿養努力愛春華耄矣憐癡叔吟牋寄漢巴姪去春于役酉陽榷局近日迎養老母及眷屬赴川

二月三日虞階漕帥招陪同人新園消寒五集賦

候

謝次秀峰學博韻

華居曾賀隔年移，先與東風醉一卮。（用句）圍護花藩新霽候，筵開舫屋落成時。中權競羨登壇盛，（此會正居其中）後勁深慚學步遲。饜飫郇香噬腹負，枯腸搜索強裁詩。（予近患腹疾，詩成最後）

仲春上旬紉珊太守移樽松雲精舍作消寒六集疊用前韻奉酬

齋廚又借席頻移，滿引非同無當卮。香積妙含蔬筍氣，春陰初過海棠時。（用句）盆芬繞鉢花拈笑，沼影如弦月到遲。（盆梅盛開，夜見新月）典數家珍誇故實，酒酣忙和謫仙詩。（秀峯新什）

絶典

嘉

典雅絶倫

花朝同社小集敝齋預介程彥甫部郎四旬初度次硯生山長韻致祝二月十八日生辰

二分春色到花朝用句介爵欣將嘉客招青鬢雅宜花並壽朱顏好借酒能韶莫教棲隱耽泉石早盼聲名達漢霄鼎鼎年華才思湧淋漓蘇海與韓潮

是日小園醵飲度曲為消寒七集疊用前韻

百花生日是今朝成句冠蓋西園次第招天為羣芳開壽域人逢令節樂春韶壺觴疊疊頻傳座絲管紛紛遍徹霄闐道今年桃汎早波新南浦綠添潮日來江水初漲

題朱燮堂貳尹讀書觀稼圖二首

滇池萬里記同舟蒼洱烽烟話舊游火耨刀耕都看遍

簿書堆裏列戈矛

茫茫宦海早抽身一笑披圖面目真君守硯田吾學稼

蟫編老却兩閒人

春分後三日偕同人集撫松池館公讌汪少谷沈

芸閣兩太守即席賦呈二章次研生山長韻

筵開好趁布和辰共迓高軒掃徑新柳色烟波湖上景

杏花門巷雨中春梓桑遍聽絃歌化珠玉常教謦欬親

過半韶光農事近芳郊去看餉耕人

雙旌領袖冠雄州章貢清涵惠澤流花滿訟庭吟筆健
少谷太守尚宰南昌棠甘鄗屋口碑留芸閣太守將赴皖省太平郡任江山坐擁
同千里琴鶴裝輕載一舟自笑林泉藏老拙侑觴聊爾
效巴謳

上巳清明後一日同社再過撫松池館補消寒八
集和硯生山長韻

風光纔過禁烟時對景追歡有所思江岍尋芳前度迹
湖亭修禊去年詩身當老退交游密花為春寒富貴遲
用句小園牡丹未放莫惜典衣沽美酒招携曲水補流卮
依然屐履會東南姹紫嫣紅蝶夢酣觴詠重聯朋兩兩
歡

園林又展節三三醉擘玉盞頻浮白吟寫雲箋細擘藍
文戰恰逢齊下筆新聲食葉聽春蠶南新二邑正舉童試

張玉珊大令湖隄補柳次少谷太守韻

千條萬縷昔年稠減卻風光春復秋湖岸乍添青鬢影
畫橋重盼碧陰流綢繆烟雨新圖本補綴鶯花舊酒樓
莫負賢侯培植意婆娑老眼待勾留

穀雨前三日同人過小園讌賞牡丹補消寒九集
賦呈二章仍疊前韻次首用捲簾體

節臨穀雨潤花稠櫻筍厨開近麥秋南畝催耕壺饁遍
西園醵飲羽觴流春光屢展誇金谷國色初酣豔玉樓

花名風信廿番寒尚勒新粧倚檻故遲留今年花開較晚柳暗桑濃喚栗留聽殘杏雨昨宵樓尹邢避面無雙品姚魏爭妍第一流好月正圓三五夜是日月望名花同介八千秋後二日為研生山長初度之辰老來愛逐歡場隊調續清平錦句稠

董蓉初觀察見示解組歸里留別同人四律次韻奉酬即送其返昆陵

公才公望蚤圖艱報　國謨猷本素嫻弓冶久欽承世業笏爵猶記共朝班纔欣話舊梓桑近忽聽懷歸鷗鷺閒正是江南好風景用句鶯飛草長送君還

鑾掖當年講幄臣文章舊價裕經綸持衡疊見傳衣客
載酒常來問字人　九陛書屏隆倚畀一麾託蔭仰親
仁策勳更拜
天家寵晉錫頭銜繡豸新
藥欄春信律吹暄餞別宜浮婪尾罇幾度班荊曾道故
何時扶杖再歡言爭誇泉石初心遂尚覺詩書夙好敦
蔀屋從茲頻徙倚甘棠留憩綠陰屯
老愧籌邊亦冗員閒雲返岫日南天鴻泥往蹟湖山隔
鴒序前塵歲月遷蘭玉謝庭培令器耆英洛社會高年
渡江過訪如風便來效同舟李郭仙

輓內弟曾埜巢觀察四首

風雨瀟瀟黯灌城春愁寒食又清明養痾歸客輕千里
歎逝才人了一生病入膏肓雖莫救醫投藥石太無情
蒼茫搔首天難問那禁憑棺老淚傾

薄宦殘棊局竟收思量近事怕回頭槐街下榻頻過從
桂嶺傳箋互唱酬誕先蓮辰曾介爵詩賡花甲願添籌
如何海上騎鯨去撒手終成汗漫游

新炊尚未熟黃粱喚醒坡翁夢一場枝隕蘭陔猶隱憾
絃摧繐帳久神傷功名嚼蠟空賫志著述傳薪紹瓣香
伯氏女嬃逢地下也應揮涕感滄桑

喜

離筵三載憶銜杯別館江南庾信哀息壤遂辜同社約
作舟共惜濟川才清門後嗣騰駒譽華表他年化鶴回
我比黔婁衰朽甚椒漿些弔慰泉臺

和子任農部連日看牡丹新什韻

看花未了和詩忙日日花前覓醉鄉恰好新晴過穀雨
吹來餅餌麥風香

小園姹紫與嫣紅開到穠粧第幾叢更喜移春添畫檻
數餘花信廿番風

消息鄰家訪藥欄嬌姿待染鶴頭丹花王近侍分先後
老眼都從壁上觀

和研生山長立夏即事韻

春隨客去共登程柳色江干綰送迎適送別蔣蕉林太守北上繞檻花光各濃淡熟梅天氣半陰晴尊移慣許招蘭友品列剛宜喚藕兄同是投簪歸老伴閒看鷗鷺早忘情

佛生日朱鴻度部郎約陪同人新園雅聚消夏二集賦謝次硯翁韻

華閥承堂構英年得意春才名騰鳳譽詞翰染龍賓蘭簿通家舊苔岑入社新談詩契三昧爭羨箇中人

讌啟龍華會招邀結善緣嫏嬛真福地樓閣小壺天勝景題如畫芳鄰望若仙散花餐麥餅用本日事秃管愧磨甎

是日同集鴻度園中登籥雲閣後暢飲而歸又次

研翁韻再謝

高閣身初到凭欄日半斜八關齋夏節四座殿春花盆中

紅白芍藥猶盛灌佛方瞻禮休官久退衙振衣凌上界眼底萬

人家

遠岫晴空列坐看雲起時用句永豐坊角柳摩詰畫中詩

酩酊嚴觴政淋漓灑墨池笑余腰腳健鶴髮更雞皮

詹岩京卿書來以去歲浙江嘉興郡亦有重游泮

水者李沈四君互相倡和寄示原作并疊韻和

章詩刻因次元韻奉答二首

禁掖曾賡湛露零童科當日共談經于今芹沼重聯譜
佳話都傳老復丁
酬唱新篇藻翰馨耆英社裏酌香醽鴛湖廬阜相輝映
五老齊瞻鶴髮星

許季壬太守屬題令祖駕部周生先生玉印詩卷印
二首并引
玉印一方鈐卷端先生鑑止水齋集中自題云
玉印方寸篆曰周生得自黔南山中佩之十五
年矣今春忽失去後蹤跡得之喜而有作原詩
七古一章太守倩友隸書横幅名輩題詠甚多

裝潢成卷

鵲印非凡品鴻名表大儒光騰藏洞府肘佩勝璠璵誰竊連城璧終還合浦珠神靈久呵護寶物認新圖汝南遺手澤鉅製感亡存萬里流傳遠千秋姓字尊烏臺慚步武（先生尊甫方伯公昔官滇南廉訪予亦曾忝膺斯職）蟲篆溯淵源（先生尊大父學博公與先祖鄉榜同年先生又與予前後及阮文達師相之門）捧硯同珍守文章不朽論

任筱沅方伯開藩兩浙賦此志賀并以贈別次研生山長韻

仙骨宜披一品衣鵷鸞羣羨九霄飛枌鄉福被慈雲彩

萱閣春娛愛日暉願切就瞻誠悃獻
恩優屏翰詔書歸方伯具摺請覲奉旨毋庸來見桐江咫尺盈盈水
夾道歡迎畫鷁依
三載兼收杞梓才散樗託蔭亦親栽驪歌更盼陽春轉
蜺節爭趨廣夏來餘事平章好風月游踪指點舊樓臺
扁舟倘踐西泠約山色湖光再溯洄方伯瀕行時予有來歲重游浙水之約

宦城觀察見示令外孫黃子經彭入泮志喜二律

次韻奉賀

幽居滌暑理清尊忽聽傳牋夜叩門宅相芹香誇穉子

祖遺硯澤慶曾孫謂令曾大父樹齋前輩 童年英氣牛先食客座雄談蝨可捫秋賦瞬逢周甲歲苹笙繩武喜重論樹齋先生於嘉慶己卯領鄉薦來年又值己卯預占獲儁佳兆閒課諸孫守一經相期砥礪試儒硎秀才自昔能肩鉅國士從來在炳靈須識璆琳當作貢好隨蘭芷並升庭甄陶莫負宗工意風度他年似九齡

清和下澣七日同人過中隱廬消夏第三集餞別陶聯珊大令之官蜀中並預介子任農部初度

和硯生山長韻

梅炎消夏早榴爍頌春長大衍重添筭離筵又舉觴奪

標文戰捷官翁令外孫游泮折柳宦程忙簫鼓天中近葵心正向陽

海客乘槎至賢侯縱筆豪席間讀少谷太守贈日本游歷客田香谷長古胸羅三島小唾玉九天高酩酊流涎口婆娑感鬢毛扶歸人共笑摛藻比投桃

夏至後三日約同社復遂園消夏第四集研生山長子任農部各以長古稱謝次韻衍成排律奉酬五月二十四日

鵲語檐牙曙蛛絲屋角晴西園仙侶集南極壽星明次日為官城觀察生辰卻掃荒蕪徑重浮真率觥開筵荔子熟觀稼

賓
素兼工
繪事

稻苗平（皆用本日故實）畫擅丹青妙琴調絲綺橫（座中聽紫霓廣文鼓琴君素兼工繪事）知音逢仲偉展節介錢鏗元白誇詞壓蘇湖選韻清預排令李讌漫雜管絃聲儉腹傳餐薄酡顏攬鏡生詩壇多健將舊例結新盟

仲夏下澣六日撫松池館消夏第五集題坡公西園雅集圖卷次研生山長韻

道子雖來畫得無（徵之句）元明粉本後先摹攜歸南詔成雙璧補詠西園第二圖（予舊藏滇友所贈巨幅為元人院本曾有題跋近年復得此卷乃唐六如真蹟也）韻事慚追梅賦宋吟毫合讓雪堂蘇摩挲老眼同珍翫長伴耕田識字夫

張玉珊大令詠春柳四首用漁洋山人秋柳韻索
和依韻奉酬

雲煙過眼息征魂萬里歸栖五柳門好雨忽傳新格調
春風重拂舊巢痕青垂塞北無雙品綠補湖東別一村
願比召棠看手植笑携柑酒共歡論

少年青鬢蚤成霜芳草依依半畝塘邊驛遠留泥絮蹟
禁樓低映綵羅箱池亭鶯友懷張陸門巷烏衣感謝王
吟到輭絲金碧句敢誇履道又名坊

記曾染汁換宮衣回首龍池翠色非細葉柔條迷旖旎
紅塵紫陌夢依稀當時走馬鞭爭著此日投林翼倦飛

畢竟風流推大雅幾番折贈故交違
舊游風景劇堪憐客裏登樓眺雨煙烏榜隄平容繫纜
鴛湖夜冷欲裝緜金迷紙醉多千縷蓮轉萍飄倏卅年
何日仙鄉重倚櫂酒帘指點六橋邊

六月朔日久雨喜晴研生山長鴻度部郎預訂消
夏第六集補行禊飲為諸君祓除水患研翁疊
韻賦詩代簡因三四疊前韻志謝次首用捲簾
體

炎景流金鬱氣無鯖厨檢點食單摹南皮禊補壺觴會
東道歡聯主客圖勝境爭誇廉與讓風懷雅羨白兼蘇

祓除更領薰絃趣洗耳情移到老夫是日仍聽紫霓撫琴
日長添得睡工夫用句小閣涼招宿酒蘇夏至久宜消暑
讌老來閒愛卧遊圖舊書霉潤臨窗曝新帖光浮信筆
摹自笑侏儒貪果腹鴻磬但願眼中無

小暑後一日翁雲閣消夏六集再和硯生山長韻
答謝六月初九日

高閣憑臨昨也曾御風長嘯學孫登而今老步難誇健
悵望瑤臺十二層
羣賢重聚習家池沈李浮瓜又一時小暑剛逢蓮節近
酒酣笑引碧筒詩

譚墨莊比部自京師寄示江浙紀游近作率賦二

律題贈并以奉懷

忽枉新詩寄錦篇披函滿紙起雲煙迢迢雁帛三千里

歷歷鴻泥四十年卷中所詠名勝皆予昔日舊游也閒借湖山寫游蹟

故應琴鶴是家傳用句時君擬集資為郡守俯淮閣上曾酬唱回首

前塵倍惘然詰兄桐舫太守曩官袁浦時予每入都過訪屢承款洽

舊交三世託通家伯仲壎篪筆吐花手澤千秋親訂稿

先公詩集皆為尊甫鐵簫丈先後删定弁言付梓心香一瓣久籠紗論詩各把

先芬誦年來彼此互以家集投贈繼武還欣後輩誇兩令姪近同入泮漫許

知途慚老馬願期石墨早鐫華

仲夏既望得族孫雲浦大令成都寓書并蜀游紀程草兩卷因題其後即以寄懷再疊乙亥里門贈别韻

小阮新篇紀蜀程茲游奇絶唱行行楚雲巴雨供吟嘯綠水青山管送迎渺渺前塵嗟白首勞勞遠宦拯蒼生喜聞循譽騰巖邑借寇齊來告善旌姪於丙子冬緒篆營山去歲瓜代日部民具呈乞留果繼凌雲載酒游香棠先澤至今留時姪又檄權宰夾江為嘉郡屬邑乃先公舊轄也禾持瑞叶三刀夢牋寄慚修五鳳樓喬木共培繩武業廉泉分潤濟川舟姪前在里門與予會議重修宗譜適捐寄俸廉共襄盛舉

樊

近已集事并承蜀箋之惠丈人峰（夾邑山名）畔重敷政又譜絃歌報速郵

少谷太守長夏冒暑大江口勘隄舟中有作次韻

奉答

别搆湖亭水一方尋詩幾度問津梁暫拋簿領勤農事
雨笠烟蓑笑不妨
保衛江隄澤孔長宣防溝洫又西昌灌園翁守樊籬拙
瓜豆棚邊蓺菊秧
隻手迴瀾障百川賢侯利濟共懽然觀河面皺慚吾老
倚杖柴門聽暮蟬
蔭暍羣依樾下居閒雲一片卷還舒夏畦勞稼占秋穫

自笑山澤癯相交皆莫逆

鄙屋欣將大有書

消暑偶詠五首用子任農部齋中雜書韻

閒居畏伏暑園徑罕懶支養花浥宵露下簾避午曦何來襏襫子觸熱忘袗絺暫息南皮游且咏消夏詩

鄉井農事忙早熟登穲稏殘蟬抱葉吟流螢借草化成物由天工玉美沽善價餘糧雁鶩肥連雲盼多稼

桑榆逼嵫景壽我太平脈句放翁自笑山澤癯相交皆莫逆

風月任婆娑詩筆勞刻畫流行隨坎止樂哉煩襟釋

望遠懷故人翩翩來雁影投我瓊瑤篇清風拂塵境毫染畫舫閒香凝鈴閣靜江鄉湖水多惜少荷千頃

明河正案戶眾星碧落繁年年牛女會今夕同歡言兒
女列瓜果乞巧笑語喧老夫甘守拙仙侶迎高軒

次研生山長七夕雨原韻

隱隱星橋鵲駕河歡娛休問夜如何洗車雨愛先期灑
自古神仙情種多

一刻千金密誓忙緜緜地久與天長銀牀臥看蛛絲影
贏得清宵枕簟涼

又次研翁湖上訪秀峰壘前韻

金井梧飛月挂河僧寮選韻意云何禪心久作沾泥絮
妙諦誰參般若多謂梅庵長老

笠屐仙翁走雨忙檐聲細共漏聲長湖樓詩友如相約
領取新秋一味涼

睒卿寶三兩族孫新宅落成卜日移居詩以志賀

家承堂構蔚吾宗甲第初成瑞氣濃繼武芬芳誇美濟
遷喬輪奐羨靈鍾輝聯花蕚園中桂豔染衣香鏡下蓉
老我還鄉認華廈竹林重聚笑扶筇
祖業箕裘盛百年畫屏遥對翠微煙栽培松菊開三徑
位置琴樽列四筵星聚友于兄弟樂書香貽厥子孫賢
良宵月滿團圞會題壁先裁燕賀箋時諏吉中秋前四日遷居

和硯生山長新秋述懷韻八首

日暖今年不凍秧（用句）農家秋穀喜收場免教臣朔愁飢
苦樂土從來是故鄉

邊秋風景憶苴蘭（滇中城名）儘有名花四季看兩樹紫薇開
晝省一鈎新月上闌干

爽氣西山（滇垣亦有此山）久闢萊舊游回首碧雞臺攜歸袖裏
蒼屛石翦取秋光入畫來

湖光四面鏡新磨秋月生涼耀自他欲泛輕舠尋古剎
白雲深處老僧多

近炊香稻識紅蓮（用句）秋穫曾無半畝田笑看兒童乞羅
飯飽嘗粗糲愧年年

榮

記過消寒又踏春迎秋花樣局翻新倘逢田父還泥飲
同作歙豳擊壤人
衡陽雁度錦江深尺楮分傳遠道心寄語竹林秋色好
賞音早遇奏焦琴時方寄湘南蜀中三四兩姪家問

七月廿有一日為次孫聯姻納聘約同人小集澂
齋研生山長子任農部賜詩志喜稱謝疊和農
部韻奉酬

雙星良會後枉駕蹇修陪褵喜桐枝結牋勞藻翰裁崔
屏占鳳友駕乘愧龍媒伉儷他年美門楣託匠材
月老偕耆碩曾秋帆胡研生兩君執柯榮褒小草材調冰呼酒伴題

葉倩詩媒玉鏡新歡締金鍼巧樣裁重闈矜寵甚飴弄
笑攀陪

少谷太守賜詩稱賀次韻答謝

蔦蘿何幸施松喬倚玉芳鄰共暮朝多感使君培植語
桐階細護小根苗

盆中素心蘭新放一枝五朶口占志喜

空谷余情自信芳素心紉佩趁秋涼一莖預報蘭徵喜
又盼孫枝五桂香

祝帥紉珊太守七十壽詩四首 七月二十九日

綺歲聲名重清標挹梓鄉論交當少壯話舊感滄桑策

天

獻丁年早籌添甲第長官成欣杖國尚齒共稱觴
君才非百里借現宰官身戎馬書生異謀猷將士親輿
雲看自嶽沛澤受如春捷奏
酬庸渥冠影翠羽新
東魯播循謇 北宸褒郡符輿歌聽五袴庭綵耀三珠 綵
宦海收帆穩歸裝載石娛家風本廉靜蓑笠隱江湖
卅載分襟久懸車各後先重游認泥爪相對笑華顛衡
宇徐亭接耆英洛社聯老人星聚處同醉介眉筵

祝喻采臣太史七十壽詩二首 八月初九日

世閥推鄉秩多年舊雨親蓬瀛三島客棣萼一家春天

保歌符算香山會寫真聲華重鸞掖桃李羨陰新
掖桃李
好月初圓夜秋分見壽星清樽同介祉絳帳久傳經晚
節松身健歡顏桂子馨秕揚忝芸館巴曲頌稀齡

養福齋續存稿卷三十五

奉新　宋延春　引餘

仲秋上澣同人訂於少谷太守湖上别業尋秋補作消夏第七集先賦二章奉簡太守暨令壻秀峰學博疊用研生山長壽紉珊太守詩韻

爽挹西山翠列眉湖光好借賞秋時扶藜又踏名園徑别蘚重尋野寺碑梁畔留巢歸燕子籬邊迎客吠猧兒消除殘暑涼新味還補流觴祓褉詩

當筵華髮並龐眉主勸賓酬盛一時是日太守作客學博為主並為秋帆紉珊兩君補祝輝映玉冰籠璧句平章風月紀功碑筆健誰如

强項令硯荒自哂倒綳兒會看三五團圞夜更上南樓

共詠詩

日來喜晤方晚樵程雨田兩太翁暢敘賦贈並寄

劉詹巖京卿再疊前韻 方年八十五程年八十

三劉年八十一

婆娑重對古鬚眉都是方瞳玉面時二老畫圖聯洛社

百齡坊表媲秦碑雁來紅葉年還少鮐背朱顏齒豁兒

遥指恩江耆宿彩三星朋壽美風詩

詹巖京卿寄示存吾春齋續刻詩鈔奉題志謝并

以申祝次研生韻

辰續詩鈔名後甲

著

曾投敝帚返邊郵快讀鴻篇歲月遒予前歸自滇南寄呈拙刻承以大著全帙見贈新製崢嶸添十稔離懷洄溯又三秋蟾輝恰並長庚朗鶴算應符後甲周君於中秋後六日生辰續詩鈔名後甲草著作等身同壽世年年詩寄物華樓

八月五日湖上草堂尋秋雅集少谷太守惠詩言謝次韻奉酬

湖東一宵雨秋意初作涼招尋湖上秋假館開草堂賢主爲嘉賓休沐歡逢場臣心本如水濯纓歌滄浪新柳補隄畔修竹環樓傍同憩甘棠陰譬若迎壺漿敢云侈文讌聊以湔詩腸深情溢桃潭雅契聯贊皇君詩壓元

白吾老嗤楚狂回首翠海游舊夢縈珂鄉

題涇邑朱氏紫陽家塾詩集簡鴻度部郎

宗派傳新湖紫陽德門詩學燦雲章手編早訂千秋業
心折宜焚一瓣香古誼淵源同譜久全家沆瀣誦芬長
盥薇讀遍琅函什棃棗重新吐燄光詩集舊為蘭坡侍有喆兄靜齋中丞年丈諸作丈與先公乾隆丁未春官同榜原板因變毀失鴻度近擬補刊

重九約同人過江南別墅登高晚香園菊觴小集

代簡二章

懶從傑閣眺長江攬秀樓名登高氣未降章貢雙流曾作
賦金焦千里恍臨窗豪游蠟屐懷仙侶官城觀察近作章山之遊遠

浦歸帆送客艘(仲良中丞告養回皖)自笑年年誇健步插萸揮翰筆猶扛

風流屐履會東南老圃尋秋我舊諳主客重聯圖九九兒孫也踏徑三三(是日攜兒孫輩隨侍同游)曲高白雪知音賞香遲(去聲)黃花晚節探(座客度曲籬菊未開)難得居停容選勝題餻共醉菊樽酣(劉峙庭部郎假池館設讌)

讀官城觀察觀我生齋詩話題贈三截句

千古風騷正始音源流誰解度金鍼西江自昔傳詩派好向新篇子細尋

當代評詩衆說繁漁陽而後又隨園先生別創詞壇議

餘子紛紛漫與論
箇中三昧幾人知　一字推敲信我師　老對燈窗話甘苦
白頭味美似兒時

再展重九雨中芙蓉盛開口占二絶

木芙蓉勝水芙蓉　冒雨爭開不避風　似覺秋容嫌冷淡
朱顏笑對白頭翁
花乞鄰園憶去年（花為小西園移種）　重陽再展豔庭前　小池明
歲誇三醉　映水夫容晚更妍（用句來年擬於園內鑿池）

十月八日生朝述懷排律十六韻呈諸同人並示
兒孫輩即以自壽

甚

龍鍾自笑稀齡叟馬齒頻加歲月長洛社紀年符潞國文潞公年七十七與耆英會予今年亦當其歲秋容晚節慕安陽平生宦轍辛勤甚往日游蹤子細詳自賦閒居經五稔幸陪歡讌已千場春花秋月先傳簡子舍孫枝迭侑觴攬勝豪情渾不厭耽吟結習未能忘衰顏久愧同蒲柳生計何煩問稻粱鏡匣怕窺雙鬢白屏山欣對萬華黃朝端朋輩晨星少林下知交舊雨常老去懷人書寄驛閒來望遠客離鄉大家音姑羈跡仍關隴長女尚僑寓秦中小阮分程各蜀湘三四兩姪時官南楚西川暮景駸駸躋耄耋前塵歷歷感滄桑漫隨松鶴誇身健猶向枌榆選事忙家乘重編新譜牒里閭

積善滿囷倉(年來邑中勸捐積穀近又裒修宗譜)詩僧索句紗籠壁仙侶添籌錦貯囊天許此翁餘力富好將歌詠祝衢康

孟冬初十日虞階漕帥招陪諸君子東園雅集賞菊賦謝二首疊韻

坡仙留妙語有菊即重陽讌啟平泉勝英餐晚節香新葩絢池館舊侶集壺觴老圃芳鄰接頻趨晝錦堂

冬信先三日(後三日立冬)花遲受小陽梅芬傳庾嶺鞠釀醉郇香一品東籬種(花皆園中自植)羣賢北海觴消寒期又近詠續聚星堂

研生山長見示謝什次韻奉酬並呈虞翁

昨陪杖履賦登樓（九日曾有登高之局）領袖耆英第一流白首同
耽三徑樂黃花補賞十分秋高風我幸頹齡制勝會人
偕
壽寓遊（是日恭逢慈壽聖節）把琖持螯吟興健底愁無蟹有監
州

立冬後一日鴻度部郎約同人清芬別館品菊小
集席間志謝

妬花風雨乍驚寒花為遲開耐久看入室清芬來鼻觀
迎人黃色上眉端淡交幸附新蘿蔦真味毋忘舊芷蘭
（予與鴻度本係世誼近又喜締姻盟）猶記披襟高閣飲甘泉醞釀又聯歡

夏閒曾招籥雲閣作消夏會

望後五日諸同社召集撫松書屋翫菊賦謝疊用

前韻

晚菊喬松訂歲寒傲霜花愛逐家看樽罍排日傾筵次
珠玉隨風落筆端笑口頻開情未艾滿頭遍插氣如蘭
羣公互勸延齡酹快續清游赤壁歡

冬至前數日雨中鴻度部郎惠貺新開紅梅二盆

走筆答謝

斜風細雨竹敲門健步移來老瓦盆（少陵句安得健步移遠梅）幾度
巡檐方索笑一枝吐蕚逗香魂詩情灞岸橋邊雪春信

四十五年矣

及

江南水上村（花自撫州載到）座對癯仙邀酒伴安排臘甕瀉清樽

長至節重修宗譜蔵工告祭禮成紀事敬次 先公集中謁祠元韻再呈諸族長並示衆子姓

世閥崢嶸盛宗支似續頻基開千百戶籍記卅餘春（吾族宗譜自道光甲午 先公重修後迄今四十五年矣）數典源流辨尊先爵牘陳德星同聚里雅水接芳鄰睦族高曾遠敦倫子姓均矩規原率舊圖牒又增新雁序輝梨棗鴻篇綴錦紳觀成襄美舉報祀展精禋蕃衍丁添甲雲仍甫及申升香逢令節託蔭憶邊垠幸紹箕裘業堪娛桑梓賓詒謀垂累葉

逼勉答

君親

嘉平朔日虞階漕帥招陪同社東園消寒第一集

賦此申謝

陽生葭琯臘初回東閣筵從雪後開長至前數日喜雪纔賞秋

光三徑菊又傳春信一枝梅寒消舊侶循環集暖向羣

芳次第陪公園中新置藏花煖室玉局家風推首唱鶴飛重獻壽

蘇杯擬訂坡翁生日奉邀小集

少谷太守見示續刻不可無竹居前後詩集感懷

長古奉酬一律

忽聽先生發浩歌新篇舊什笑摩挲文光一炬雖當厄原板因燬于火幸得僚友所藏副本補刊慧業千秋自不磨劍化平津賴呵護珠還合浦免摟羅即今梨棗重輝處萬緣琅玕又細哦

臘月十九日約同人過中隱廬重舉壽蘇會消寒第二集賦詩代簡疊韻

年年此日壽髯翁恍待春風杖履中公有生辰千古在天教我輩一尊同坡公句游追赤壁仙蹤接圖寫黃州畫筆工鶴奏南飛笛聲起何人更唱大江東五度銜門笠屐過予歸里後已壽公五次化身散作百東坡前生

賁通

了了戒和尚老去悠悠春夢婆撲鼻梅芬清供雅介眉
藥玉醉顔酡消寒故事交三九腰鼓催吟別歲歌公官岐下有別歲詩

子任農部見惠謝章次韻奉答

餞臘怱怱愛景光老人無睡漏聲長坡翁句預謀爨婢傳
廚慣又遣奚僮折簡忙果薦晶盤覓柑荔羹調玉糝侑
壺觴高軒屢賦輝蓮華郢曲輸君步雪堂

除夕書事四疊前韻簡硯翁

甘澍先春透旭光夜雨朝晴寒爐醉擁引年長癡獃聽賁通
衢遍暖熱相招徹夜忙蜀道平安傳遠信昨得四姪川中家問湖

草亭嘯咏記流觴新詩和到期明歲思發花前寄草堂

元日試筆 己卯

初隨宦轍賦歸田荏苒韶華六十年予生長蜀粵嘉慶己卯甫侍先公自桂林旋里今歲又逢己卯干支已周甲紀矣鶴髮駸駸增耄齒鴻泥歷歷認新篇近刻湘帆歸隱艸初成屠蘇飲讓諸孫後幡勝簪宜半月先新正十四日甫立春春帖又書吟筆健杖朝期近樂林泉

開歲二日硯生山長見示喜雪和韻新什並訂人日消寒第三集疊韻賦謝

中隱難求負郭田農祥也許卜豐年欣符開歲飛霙瑞快誦新詞喜雪篇羹菜細調傳坐美穀精初種獻禾先

倣 大

辛盤做節當佳日名下無虛思涌泉宋淳熙八年正月初二日大雪正是臘前官家甚喜節使吳琚進喜雪水龍吟詞又雪為五穀之精以其汁和種則年穀大穰是日瀘南獻嘉禾九穗

少谷太守惠示元旦試筆詩次韻奉答

當代循良吏羣推一个臣蒼生蒙福久白首訂交新宦憶枌鄉蹟歸儕鄙屋民遷喬聽有信鶯語報先春

人日雪晴即事二疊前韻

雪滿園亭土潤田宜人晴日詠新年寒香競吐南枝蕊芳信遥傳北雁篇盆梅盛開適接小蘧總憲京師寄來詩札林下消閒隨地好花前得句占春先玉壺醉飲醇醪味底事移封向酒

泉時赴研翁雅集之約

上元前一日立春三疊前韻

又看彩仗簇芳田春日遲遲遇閏年燈市遍排千萬戶
詩筒疊捧兩三篇少谷太守屢示和章土牛吏迓韶光早前數日邑倅送春牛至竹馬童嬉令節先料理灌園花事近待開曲沼引
流泉

元夜月色甚佳仍觀孫輩舞燈小飲四疊前韻

六街簫鼓鬧田田春月春宵勝往年稺子讙呼分隊舞
皤翁戲詠賞燈篇枌榆社許傳柑共桃李園誇秉燭先
遙指斗牛騰紫氣引杯帶醉看龍泉

元宵後二日紉珊太守招過松雲精舍消寒第四

集五疊前韻志謝

久滯歸耕下潠田湖濱寄跡古稀年宅隣徵士耽高隱
廚借詩禪續舊篇買夜客來歡讌劇當春雨過養花先
杖頭滿挂行沽便廉潤猶分趵突泉（泉在歷下紉珊曾官山左故及之）

少谷移權臨汝邑篆賦此志賀贈別

移官喜見動行旌老手烹鮮笑代庖偶爾輕車來熟路
依然舊燕定新巢分光筆照臨川宅賦別情深潭水坳
此去河陽花再種詩多遠寄付胥鈔

小蘧總憲自京師郵示去冬樂全堂消寒初集近

什索和因疊次元韻二首奉報并以寄懷

平泉日下集壺觴耆碩風流晚節香芸館晨星前輩少會中諸老惟椒雲中丞百齋司寇二公為予同館前輩梓鄉舊雨感懷長年來養素篪軒兩方伯小湖廷尉笙巢觀察皆先後下世鴻泥留爪痕難覓駒影驚心隙過忙卅載觚稜天上夢不堪回首少年場

憶昔花探曲水觴朝衫卸後帶爐香鳳毛早濟清班美鶴算新添絳老長君前歲值古稀初度寄傲烟霞憐我邁消寒杖屨笑君忙久傳衣鉢門牆盛重話因緣選佛場來書道及昔年先公主講豫章君曾受業門下

蔣蕉林觀察將之贛南道新任見示留別長古爰

扈

賦四律奉酬即以贈行壘和子任農部韻次首

皆用捲簾體

聲華蚤滿 帝城春趨直曾依鳳沼濱水部才名原不
負樞垣密勿久相循 芝綸珥筆欽酬 國玉尺掄才
慶得人猶記灤京隨 扈日軍書贊畫運籌頻
迴翔禁掖十年頻
簡畀羣推作郡人座擁一麾叨庇蔭政敷三郡頌良循
棠雲畫棟珠簾畔黍雨鶩湖鷺渚濱
寵命新頒輝鷹節欣瞻有腳轉陽春
傾蓋襜帷五度春屢勞枉駕浣溪濱求賢雅量招徐穉

勵品清操媿賀循退隱慚稱黃髮老論詩許託素心人
遙知八境臺邊路竹馬爭迎笑語頻
鉅製骫骫盥誦頻匡時共仰濟川人風前驪唱聲初動
雪後鴻泥跡可循祖道攜樽攀仗下禪關話別傍湖濱
福星移照雙江去開府重來梓里春

少谷太守將之臨汝署任招集湖上草堂話別出
示留別古作率賦疊韻二章志謝再以送行並
簡令壻秀峰學博時亦同作主人也

江城十日報春回重扣園扉白板開柳色新舒湖岸早
梅花最喜故人來慣攜竹裏行廚便愁聽風前短笛催

冰玉多情同繾綣莫辭酣飲百千杯
公暇傳餞往復回摩挲老眼笑頻開者番惜別留題去
我輩扶笻逐隊來十載憩棠行部戀雙旌移節簡書催
臨歧無限攀轅意合進離亭祖帳杯

孟春下澣 公餞少谷太守於撫松池館並以補祝

太守又示疊韻和章因各用元韻再賦贈二首

宦味甘于蔗境回委蛇傳舍總懷開莫嗟歲月堂堂去
終讓聲名鼎鼎來著述千秋欣自訂雪霜兩鬢任相催
離筵補介添籌爵更羨齊眉唱和杯太守前後詩集近已梓成前一日為
覽揆
初度

執耳騷壇壁壘新連朝揮翰鬥龍賓會多舊雨兼今雨交遍詞人又酒人草碧初黏南浦水茶紅憶賞古滇春太守占籍昆池春間山茶極盛一帆風送前津穩轉舵還勞借寇頻

仲春三日子任彥甫兩部郎招陪同社撫松書屋消寒第五集賦謝二首疊韻

令節届中和芳園一再過疊開新歲局重撫舊庭柯寒意消餘幾春光漸次多陽關頻送別門外促驪歌連日讌餞蕉林觀察少谷太守

春風扇微和用句花信數番過晴日忙挑菜冰人笑執柯子任為人作伐文昌珠正耀武庫錦尤多得句輸君早先聆白

耦作

雪歌二君皆有詩代簡

二月八日為三孫行聘締姻子任農部惠詩稱賀

次韻答謝

喜訂鴛栖侶欣題鳳翥門桃夭求美種蘭卉茁新根孟蘭

正放顧陸他年畫朱陳此日婚重闈叨吉語預兆慶曾孫

硯生山長亦賜賀章仍用元韻奉酬

吾詠蔦蘿什君盈桃李門絲牽楣有耀禖結蒂同根春

豔多嘉耦冰融正合婚襃詞矜寵甚勉望作詩孫用東坡句

意

春夜雨雪寒甚兀坐排悶用坡翁正月廿日往岐

亭韻

十日春寒不出門（原詩句）閒居身似在山村虛窗風急搖燈影冷巷泥深蘸屐痕花信幾番愁勒住酒壚永夜氣難温篆香禪榻憑消遣欹枕吟餘妥夢魂

花朝鴻度部郎誦芬書屋邀作消寒第六集次研生山長韻志謝

滇池賞雪記花朝（昔年滇廨花朝讌集適遇大雪今春連日風雪亦然）梓里今逢賢主招春買玉壺分白打圍排翠竹上青霄蘭盆香吐重紉同臭（昨承惠山蘭多品）冰沼寒凝凍未消佳節飲醇重暖熱尋詩欲向灞陵橋

花朝後三日送諸孫入塾爾西賓家子雲姪孫茂
才仍用消寒五集韻
淑氣布陽和賓筵小阮過芸編承 世業桐蔭植喬柯花
事窺園少書聲繞座多春風披絳帳快聽鹿苹歌
詹岩京卿惠詩寄懷次韻奉答
喜捧郇雲朶巋然魯殿存春風懷舊雨壽相泳新恩君園
居有泳恩樓各抱烟霞疾如親笑語温康强更逢吉同灌桔
棣園君時抱恙初愈
春社後一日約同人中隱廬消寒七集代爾
雨中春色倓平分燕啄新泥陌草薰久慣鄉風話桑柘

仍尋社會樂榆枌節過啟蟄花猶勒客為治聾酒易醺
枉駕蓬門忙擁篲鬧鷗笑逐鳳鸞羣

子任農部見示上巳前一日偕友人汎舟游三村看桃花近什次韻奉酬

看花最好趁朝晴屧屐春遊五緉輕碧漲初添新雨足朱霞遠向惠風迎歡聯仙侶同舟鷁醉裏行厨醒酒鯖用皮日休詩句意祇惜今年韋禊會尋芳小圃杖藜行園中桃花正放

彥甫部郎亦有是日三村看花之作依韻答之

桃根桃葉鬪春葩用句老眼難看霧裏花村路當年記游蹟仙源何處問津涯洛沂競羨壺觴樂祓洛頻驚歲月

睇好寫新圖傳韻事昌黎舊句詠蒸霞韓文公題桃源圖詩川原遠近蒸紅霞

連日小園盆花絳桃海棠玉梅各種盛開足供翫

賞詩以美之疊用子任元韻

花壓闌干正午晴風光新換袷衣輕羣芳位置當窗列

三徑徘徊入座迎飛舞儘教吟謝蝶繽紛都似合婁鯖

目迷五色輸金谷底讓山陰道上行

清明節官城觀察招陪同社作展上巳會補消寒

八集次硯生山長韻賦謝

新煙潑火集東南禊事遲修興倍酣觴詠重招賢聚七

座客七人耆英預介壽朋三後三日為研翁初度方塘曲水杯仍泛杏酪榆羹味細探園滿花光增眼福頻將勝會紀叢談

清明後四日虞階漕帥東園偕同人讌賞牡丹補消寒九集席間賦謝疊用前韻

公居巷北我街南春滿鄰園花正酣玉局補成圖九九瑶臺先賞閏三三紛披五色樽前醉管領羣芳座上探誰續清平誇絕調隔牆試喚老僧談謂梅庵長老

閏上巳節復遂小園重修禊事簡諸社友

草長鶯飛後風光延閏年蘭亭重會日穀雨殿春天前三日穀雨又喜聯觴詠何妨列管絃座客多精音律禊游添故事櫻

筍預排筵
小聚追陳蹟幽情借酒消繁葩堆躑躅盆中杜鵑盛開新曲定
妖嬈用句藻思吟催鉢錫香暖送簫韾賢仍畢至曲水彷
逍遥

閏三月上澣偕同人公餞許星臺廉訪入　覲京
師赴江南新任賦此贈別
藥欄風景詠將離話別同擎婪尾卮時設讌程園共賞芍藥雙節
新輝趨陛日一簾飛絮餞春時蘇臺竹馬歌來暮棠舍
蘭芬繫去思去秋曾荷盆蘭之賜遙祝朝
天符瑞兆花團金帶拜　彤墀

程雨田太翁連日疊舉孫曾之喜詩以志賀並簡
令嗣椿生藕生昆季椿生抱孫藕生得子
重闈疊喜見孫曾佳氣充閭叶瑞徵鶴筭八旬躋耄耋雨翁時年八十有四鳳毛四葉衍雲礽竹林秀茁成雙美桂苑香攀最上層藕生將應秋試笑我含飴同繞膝筵招湯餅醉歡騰

子任農部復見示立夏即事疊韻之作仍用前韻答之

誰似能詩皇甫曾詩逋渾不待秋徵詩債待秋徵唐人句也送春詞為閏年緩消夏樽宜舊貫仍座對尚留紅藥朶簾垂初透綠陰層自慚飽食侏儒粟隔轍還占雨氣騰時方禱雨

茗堂

鋪

用本日事

秀峰學博屢以令外舅少谷太守自臨汝寄來新什見示賦酬太守並簡學博

連朝雲朵落蓮鑪，錦句傳觀五色鋪。海客聯吟馳萬里，使君揮翰唾千珠。花探堂茗臺登峴，興寄山樵畝詠蘇。〔東坡句欲求五畝寄樵蘇〕甥館唱酬羨冰玉，琳琅誦遍碧紗廚。〔來詩有和日本詩人田香谷百韻排律，又訪玉茗堂、登擬峴臺、衙齋漫興諸古作〕

少谷太守寄惠報章仍用前韻奉答

森森夏木繞吾廬，眾綠成陰几席鋪。絲熟三眠蠶剝繭，殘環九曲蟻穿珠。倦游我已輸禽向，吟興君還媿白蘇。

淵

覽候又排櫻筍讌開樽悵隔步兵厨

蓺淵太守寄示謝丹臣太守贈畫扇和什二首亦次原韻酬之并寄丹臣

送君南浦記三春琴鶴翛然問水濱好友齊年傳妙繪廬山面目寫來真扇作廬山瀑布圖

風流賢守璧連雙讀罷新詩月滿窗安得扁舟偕訪勝同看瀑布泛昌江

亭

養福齋續存稿卷三十六

奉新　宋延春　引龢

長夏改築園亭落成用香山卜居草堂初成題壁
詩韻

新築衡茅背郭堂東頭屋轉倚西牆蓬門卻掃仍招客竹徑徐開好納涼漫傍原田阡陌畝聊栽榆柳兩三行倦飛亭就堪題榜老我婆娑暮景光予舊有望岫倦飛圖卷因以顏亭額

閒居遣興

六年退隱此閒居隨分幽棲樂有餘晨起客談鄉里景夜聽孫背學堂書不嫌充腹嘗粗飯偏喜登盤薦野蔬

性懶故交音久濶又傳尺素遺雙魚
蓬蒿那稱列仙居散策荒園積雨餘湖岍平添三尺水
竹林分寄數行書（時方寄兩姪湘蜀家問）閒隨圃叟澆松菊愛向
鄰僧乞蔬隙地儘容閒曲沼好栽蓮葉戲游魚

連日盆蘭盛開詩以美之

花移章貢品無雙（蘭為去秋許星臺廉訪自贛南移贈）采采寧須詠涉江
空谷何人音共賞素心幾輩筆能扛頓教善氣迎虛室
合寫芳情寄遠艭（星臺甫由江淮北上）坐對庭陔香繞處騷詞細
讀酒浮缸

端午園中對雨即景再用香山韻

小園風景自堂堂滿架蒲萄綠過牆蘭芷千花欣兆瑞
葛羅五月怯生涼門懸虎艾絲盤縷渡競龍舟錦奪行
酌罷蒲觴還徙倚銀蟾屋角吐新光

分龍日雨後課園丁種竹疊用前韻 五月二十日

欲覆清陰避暑堂移栽新篠傍園牆捲簾雨挹西山爽
竹自西山移至卧榻風生北牖涼閒對此君差免俗招來佳士
自連行纔過竹醉分龍候棐几揮毫展麥光

詠老自嘲十六韻

老境蹉跎甚皤然一懶夫貪眠常晏起養靜怕傳呼遠
訊遲慵答佳篇急索逋煎茶欣客至卻杖愛孫扶雨霽

園頻涉晴薰物自娛篔簹窗影透苔蘚屐痕鋪倦息投林鳥忙驚過隙駒性忘名怳惚眼澀字模糊引睡書三味澆愁酒一壺鄉農貽我黍禪友供伊蒲蕭散階隨鶴頹唐櫪伏駑冷吟噎穠纖飽食愧侏儒尚齒曾聯會麗眉共寫圖稀齡餐杞菊晚景戀桑榆舊局翻新局今吾認故吾餘年天永假西抹又東塗

大暑後一日虞階漕帥惠贈園池新開雙蓮二枝
用坡翁和沈諫議獻西湖雙蓮二首韻賦謝

新池菡萏羨親栽妙種應從玉井來分得仙葩作清供雙頭又喜膽缾開

滌暑筵遲待擘箋剛逢佳節近觀蓮碧筒並醉南皮讌
回憶花洲五載前乙亥荷花生日曾與同人消夏雅集

中伏日少谷太守寄貺臨汝伏瓜口占答謝

樽開河朔欲浮瓜筐筥纍纍遠拜嘉悦飲廉泉消暑渴
分甘餘潤散冰衙
當年傳舍種瓜壺滿架金箱媿塞酥今日與君話鄉味
東湖畢竟讓昆湖昔宦滇時薇廨圃中夏日種瓜蕃茂

六月十三日喜雨和研生山長寄答少谷太守餉
瓜詩韻

望澤連朝水一方阿香忽聽駕車忙詩催座上風雲急

霖　扇　揚

暑滌窗前枕簟涼土潤多含花潤遍吟聲細和溜聲長
甘霖普兆農祥慰賀雨重賡志喜章

盆中素心蘭新開寄懷王筱初太守芝陽差次疊
用前韻蘭為去夏太守移贈

素心人遠阻同方佳卉頻勞灌溉忙九畹纔經新雨潤
一枝先報早秋涼立秋前三日憐予白首情懷潔佩爾清芬
臭味長坐對陔叢憶空谷遙吟葭露溯洄章

丹臣太守自南康郡齋疊寄乞畫扇面二箑各系
短章次韻答謝

舊雨遙睽翰墨蹤傳來好句玉丁冬清風雨度揚懷袖

逝

恍對匡廬遠近峯兩扇分寫廬山晴雨景
升香禱澤自公餘天沛甘霖農望舒大筆淋漓揮灑處
郇膏召蔭頌非虛時郡中祈雨有應

輓鍾官城觀察疊用乙亥夏日見示雨坐感懷舊
作四首原韻

忽聽仙禽駕鶴迴鵾音難忍碎琴哀人方沈痼烟霞疾
天亦收羅著作才十日賓筵成永訣千年華表盼歸來
淒涼賸有池亭景手種芙蕖逝後開
林下投閒皓首同詩壇酒陣互稱雄久居山澤憐癯叟
慣學癡獃笑阿蒙九老圖留終惜墨消夏圖冊允為題贊不果百城

座擁自銘功書生漫誚毛錐客仗劍曾經震遠戎

陳跡團圞似磨牛苦吟琢句費工鎪豪游屢紀名山勝

樂境渾忘陋巷憂蘊露友多悲宿草謂養素寬軒小湖笙巢諸君連歲相繼下世蠶桑誰更補奇謀如何枌社耆英侶壓網抛除也脫韝

近局追陪五載餘常聆安世誦亡書蓋棺且幸歌黃耇

軌紼那堪引素車往事烟波問鷗鷺畢生燈火注蟲魚

椒漿泣酹還歌些一榻遺風緬古初

觀蓮節感懷三疊喜雨韻

湖樓蓮笑憶炎方每到嘉辰介爵忙滇垣翠海有蓮笑樓是日多讌集于

此歸隱婆娑曾逭暑乙亥章門曾作消夏會怕逢褦襶獨追涼花洲韻事留圖久翠海前游入夢長餞夏尋秋醉荷芰又勞賢主細平章虞階漕帥有補賞池蓮之約

中元前一日雨後新浴園中晚步四疊前韻

明月連宵屋角方驅炎驟雨滴階忙睡餘抛枕尋幽境浴罷披襟趁晚涼閙醉翁誇吟筆健遠歸女話別懷長時長女自京歸省抵家燈前領取新秋味蟲語催成急就章

子任農部閱訂拙稿賜題和韻答謝

敝帚何堪享將詩莫浪傳杜句自慚勞鵠刻多感獎鴻篇餘燼叢殘本真師沆瀣緣千秋寧安想藏拙笑連拳

仲秋上澣二日虞階漕帥招陪同人補賞秋荷席間賦謝五疊前韻

留得池蓮玉水方重招閒侶鷺鷗忙樹消殘暑清樽滿花洗新粧翠蓋涼笠屐又傳觴政雅輶軒初駐驛程長時屆鄉闈主司涖省旁觀多少登雲客預奏賓筵苹鹿章

秋分後一日約諸同社過中隱廬桂觴小集預賞中秋代簡六疊前韻

選佛場開集上方樨禪妙悟正槐忙是日鄉試頭場適鴻度部郎移贈盆桂園林再賦高軒過秋色平分素月涼四座觥籌花氣靜三條燭跋漏聲長回思五十年前景愧說風檐舊詠

擻

章（予於道光戊子秋闈倖捷迄今已五十二年矣）

寄賀湘南雲孫三姪七十初度排律二十四韻九
月十六生日

八年以長慚癡叔七秩初臨羨阿戎憶昔弧懸廬廨日
欣逢綵舞祖庭中（姪於嘉慶庚午誕生先公權川試南永甯道署與先公生辰同日）
啼四座賓誇異覽揆重闈誕正同學愛小時真了了名
傳壯歲已隆隆移根禮為宗祧續（姪為伯兄第三子出繼仲兄承嗣）捧
檄情殷祿養崇勝會竹林遊共豫慈暉萱閣報宜豊知
送老驥程分遠得路家駒羣展空曾聽湖湘紛播譽却
旋桑梓慎圖終二難並轡騰驤迴萬里從軍氣概雄幕

司

府請纓期布露滇池磨盾快乘風新銜寵煥三刀美薦
牘清褒一葉功同治戊辰姪與四姪偕來滇藩廨省侍即投効軍營論功得邀奬敍帆順
隨流舟更轉車輕駕熟徑仍通先芬勉誦輝堂構世業
長承紹治弓寸管張顛毫最妙分書韓買體尤工姪善篆隸
草各體書孤征慣折千條柳薄宦頻飄兩鬢蓬借箸心勞多
擘畫紆籌物力自殷充時姪司筦衡郡釐局優游栗里耽松菊徒
倚衡陽盼雁鴻爾屆稀齡猶矍鑠吾歸中隱久衰癃離
懷翠嶽書常達晚節黃花興不窮治譜鴒原稱競爽雝
聲鳳翽識靈聰波平烟渚蘭紉綠秋滿霜林橘綴紅尚
菌偏遲入吟社介眉且復寄詩筒遥添鶴筭清樽集漫

倩鳩扶絳蠟融他日抽簪重把袂掀髯互笑白頭翁

中秋後十日得少谷太守書賦此寄答次子任農部韻

盈盈秋水漾心旌雙鯉傳來老眼明寸管飛騰多士氣（謂秋賦諸子）尺書繾綣故人情鹿苹昔喜珂鄉盛（曩官滇垣疊與鹿鳴讌）鳩杖今慚洛社英料得使君逢樂歲絃歌聲雜壤歌聲

八月廿五日失足戲詠

偶然失足便蹣跚平地翻愁行路難徑捷讓人爭得得來遲笑我獨姍姍扶藜躑躅聊安步卧榻跏趺且靜觀

好待衰翁腰腳健登高依舊共凭欄

重陽後二日紉珊太守約過松雲精舍看菊小飲

三疊前韻志謝

鎖院傳鐘望捷旌是夕文闈揭曉又來佛地現光明菊觴補作

登高會枌社仍聯話舊情鄂渚歸帆問泉石座中李葆齋觀察甫

自武昌假旋香山畫本羨耆英梅庵長老新購得香山九老圖幀懸之壁間禪參

玉版齋厨便慣聽催詩擊鉢聲

連日園丁送來初開菊花各種鴻度部郎又惠贈

新菊百盆位置園亭洵稱大觀賦詩志美并答

謝四疊前韻

花品分移五色旌百盆羅列綺疏明重陽待展多乘興老圃遲開更遣情歲歲秋容娛晚節人人笑口贊羣英新科放榜得士稱盛皤翁獨抱陶家癖準備紗巾漉酒聲擬作展重九之局

九秋下澣作展重陽會邀同人小集僊飛亭張燈賞菊五疊前韻奉呈

亭擁屏山迓客旌華燈爍爛晚粧明照來蛺蝶燈名蹁躚影襯出芙蓉旖旎情三徑黃花仍寄傲千枝紅焰競飛英羣仙會展龍山勝恍奏霓裳法曲聲席間仍聽諸客度曲

次答秀峰學博席間贈什原韻

仙才惜未踏槐黃雖在他鄉是故鄉人品輸君同靖節
秋容愧我詠安陽佩囊補酌三臺酒吹帽還添兩鬢霜
快讀新詩壓元白爭誇摛艷與熏香

入冬後三日硯生山長子任彥甫兩部郎約陪社
友作再展重陽會菊燈同集撫松書屋即席申
謝亦次子任韻

餞秋排日醉千卮酬唱微之又牧之白髮頻搔香滿髻
黃花遍賞笑舒眉任教風雨催租急偏愛觥籌展節遲
松下新歡仍舊例尋盟再訂歲寒詩時又將舉消寒之局

九月廿九日峙亭部郎又招同人小集晚香圃賞

菊疊用前韻志謝

雅量非同無當卮留賓時復一中之晚香曾撩看花眼昨以園菊移贈勝會誰攢入社眉酣卧疎籬抱陶癖吟舒碎錦笑邱遲伯倫豪飲誇傳後舊詠回思竹醉詩尊翁養素方伯往年有竹醉日大作時亭酒量亦豪

十月八日生辰同人惠貺樂部稱觴致祝子任農部並賜賀章次韻答謝

耆英媲洛陽吉語貢琳瑯絲竹容陶寫桑榆荷寵光扶鳩誇步健附驥愧名彰歲月山中永追陪四皓商菊部羣仙會絃歌送羽卮用句吟推楊汝士譽忝鄭當時

白髮籌添屋紅牙酒侑池箏琶頻洗耳喜挹紫芝眉

十月既望同人醵飲觀演燈劇喜賦二章疊和子
任農部韻

律呂正調陽吹葭預奏琅梨園陳戲劇梅月放燈光竿
木千場演魚龍五采彰銀花偕火樹繪景倩劉商唐貞元時人官郎中工畫
枌榆煥新局金屈聽歌危赤壁重游日紅瑜不夜時霓
裳和玉燭仙舞聚瑤池點綴豐登象輝騰展笑眉

長至前三日第三孫女生口占志喜

晚食安眠後中宵送喜聲女嬌同父誕十一月初七與紳兒生日同

氏

陽至冬陰生六琯音初動三珠掌又擎（命名桐珠）消寒梅信
早湯餅共杯傾（盆梅初放時又將舉消寒之局）

李藝淵太守鄭示近作各篇即和其袁郡送親返
旆途次二首元韻並以寄懷

六載萍蹤何處尋（甲戌予自滇歸里取道袁州）讀君新什感難禁傳
來夜雨思親句寫出春暉寸草心旅館更籌聽幾轉高
堂壽斝憶雙斟好將賢守奚囊錦付與編氓子細吟
纔從南浦唱行行又向昌江返客旌（太守時司景鎮榷務）席上珍
羅彝鼎惠檐前溜滴玉珠聲（承賜錫盌多品日來喜雪）頹齡馬齒慚
虛度汲古鴻詞慰遠情（來詩有咏鄒氏遺書之作）梅信寄剛逢驛使

瘦

峭寒風送朶雲輕

嘉平十三日彥甫部郎招陪同社消寒初集以詩代簡用是日青衣授書故事韻亦用原韻疊賦二章志謝

歡侶仍高會堂開娩樂全（東坡有詠張安道樂全堂詩）優游大稔歲觴詠小壺天酒味紅爐鬥詩懷白髮牽虔詞誇折簡首唱演珠連

局又消寒展園林景物全梅新香餞臘松老翠參天（時集撫松書屋）玉糝調羹薦銀絲膾縷牽南飛聽鶴奏介爵更流連（擬於壽蘇日作消寒二集）

江　會

臘月十九日約同人過中隱廬重舉壽蘇會消寒第二集賦呈二章次首用捲簾體

道貌追摹憶古滇壽蘇十五又今年（自乙丑在滇屬繪圖稱祝迄今已十五次矣）江流東去千秋在鶴曲南飛一笛傳細認泥鴻經歲月能逃磨蝎即神仙手孶藥玉同歡醉翰墨重尋未了緣

閒居屢結歲寒緣玉局弧辰會列仙笑我白頭添種種祝公赤鼻慣年年雪堂敢詡尖义鬥畫本常將笠屐傳足蹟平生半天下少游西蜀老南滇

小除日立春即事

僑寓東

臘鼓聲中屆小除雙春又喜迓桑榆（今年值閏）黃羊昨夜歆
祠竈綠螘連年醉壽蘇恰好鄰交來舊侶還添詩債索
新逋（梅小岩中丞適由浙入覲乞假旋里僑寓東鄰去歲曾寄示詩帙）兒孫圍繞紅鑪
畔幡勝簪頭笑老夫

元日試筆 庚辰

由庚重見啟元辰七載歸娛林下身垂白久耽泉石隱
輭紅猶戀屬車塵（蘇句）婆娑膝繞鳩扶健耄耋齡添鶴髮
新笑語耆英歲寒友年年詩筆總宜春

人日對雨遣興疊前韻

乍晴復雨暗芳辰閒向書堆老此身詩寄草堂含宿潤

客來泥巷蘸輕塵瓶梅供案香留久園菜調羹味薦新
聽罷小樓還取醉餘寒消却甕頭春

硯生山長見示開歲十日夜雪和韻新什再疊前
韻奉酬

霰集寒凝夜嚮辰繽紛鶴氅又披身五更犬吠驚殘夢放翁有南犬固應多吠雪句萬里鴻飛憶舊塵昔在滇垣屢遇春雪枕上炊粱
纔報熟盤中翦韭更嘗新冷吟願向程門立珠唾頻聆
絳帳春

春夜讀秀峰學博臘杪游新吳近作多首三疊前
韻贈答

塵　　君山

幾載湖莊數夕辰，素心常伴苦吟身。遊蹤去踏厭原山名雪，詩橐歸攜殘臘塵。嘯舞雞聲同調少，推敲驢背逐篇新。燈前細誦尋泥爪君所詠途次各景皆予還鄉必由之路，贏得紗籠滿壁春。

新正王丹臣太守自南康來省，匆匆晤敘，仍返郡齋，别後賦寄，四疊前韻

江天相望感星辰，邂逅依然報 國身。座擁湖山欣借蔭，裝隨琴鶴不沾塵。歡顏並介堂前壽兩尊人年登大耋皆迎養來署，真面曾瞻畫裏新君去夏以自繪廬山景摺箋見贈。風利揚帆慳小聚，遙從鄣屋頌陽春。

上元前二夕攜兒孫輩鐵柱宮看燈踏月而歸五疊前韻

晴開恰遇試燈辰月翫良宵散誕身仙闕高騰鼇頂焰康衢暗蹴馬蹄塵兒嬉逐隊僊僊舞街市有扮演兒童花燈送子故事老眼觀場歲歲新不惜金錢多買夜全家同樂太平春

元夜小園賞燈書事六疊前韻

芳園秉燭玉調辰李嶠詩四序玉調辰扶老俄將八十身嘯傲柴桑尋樂境平安林竹報音塵近得兩姪湘蜀家問倦飛亭繞紅燈遍中隱廬斟白墮新漫笑龍門珠易採他年去占鳳池春時童孫喜舞龍珠因戲及之

身十丈

元宵後二日子任農部招陪同社程園消寒三集

賦謝七疊前韻

孫枝彌月慶弧辰（前一日為新文孫彌月）傳簡相邀壽者身展節燈添十（平聲）夜市歡聲月滿六街塵筵開湯餅樽同醉部列笙歌局又新（時將舉春園演劇之會）增得上元無限景陽生黍谷遍回春

正月下澣六日展元宵節同人雅集江南別墅觀

演燈劇八疊前韻

和風應序律生辰優孟登場傀儡身十丈纙褕歌扇影滿堂燈火舞衫塵魚龍分隊鱗鬐幻鸞鶴翔空耳目新

平聲

高會羣仙欣永夕循環甲子萬年春以上皆燈劇名

閒居偶詠

老境耽蕭散閒閒隱者居貪眠多戀枕破悶且攤書局罷棊枰靜朋稀酒琖疎杜門謝車馬吾亦愛吾廬

春日過訪秀峰學博寓齋出示少谷太守近什二章次韻寄懷并簡秀峰

學高自昔能名世官好由來不愛錢作吏難隨今俗吏閒年已近古稀年峴臺景詠行春令潭水歌聽別調絃最羨冰清偕玉潤倡予和女共陶然

君治平聲枌社懸明鏡我廁珂鄉愧俸錢游草曾經題萬

欽

里古梅猶記訪千年吟添鶴算香山句原作用白詩相看七十欠三年

韻笑試牛刀武邑絃郤寄詩筒寫離思掀髯霞甌想當

然

花朝約同人游法雲古刹看桃花歸至松雲精舍

小飲補消寒四集再疊前韻代簡

遠公來報春消息梅庵開士遣人告知花已盛開隱叟忙分白打錢訪

勝重招娛老眼看花自笑尚童年偶乘遊興携壺榼底

事張筵列管絃咫尺仙源休誤約水邊籬外想嫣然

看花道上口占再簡梅庵長老三疊前韻

春色平分晴正好城南又策鐵連錢花光後度思前度

人面今年異去年茅屋舊痕留片石詩禪新句續公經
笑拈座上紅霞滿蝶夢尋香栩栩然

清明節園中牡丹初開張子衡廉使過訪翫賞久
之翌日惠詩次韻奉答

小雨應憐國色寒幾番醖釀出闌干笑他金谷無雙品
也許人間老眼看羅昭諫詩帶雨方知國色寒
坐對穠粧感鬢華高軒過賞喜邀遮新詞不讓清平調
妬煞春風富貴花

清明後三日紉珊太守移樽選詩寮招同社補消
寒五集四疊前韻志謝

節過清明初賜火又尋幽徑踏苔錢二三舊雨聯新社九十春光遣暮年南郭鶯花曾蠟屐花朝甫有看桃之局東邦鴻雪憶調絃芳樽卜夜休辭醉好借僧寮寶炬然

養福齋續存稿卷三十七

奉新 宋延春 引龢

暮春上澣園中牡丹盛開紫色尤最因仿宋人李嵩三月初八生日看花故事亦於是日奉迓同社諸君讌賞用誌佳話并補消寒八集賦此代簡

誕日當年羨李嵩看花老眼此朝同飛來瓊島誇仙種開向莊園奪化工（舊記在李里莊園牡丹無本自生）一品紫衣輝鬢白三春黃耇醉顏紅笑余八十先占瑞盛會齊招百歲翁（李嵩自八十看花至一百有九歲）

展上巳節吳小述司馬徐少農鹺副邀集江南別墅補修禊仍作為消寒九集即席賦謝

秋色春光兩度來（去年重九今歲春朝連集于此）佳招又訪好樓臺江南品擅延陵譽城北名傳孝穆才列坐重新誇展禊羣賢依舊暢流杯鬪成韻事今番續（三月十三日展上巳見天中記唐開成元年歸融為京兆尹時事）扶老猶堪一再陪

硯生山長子任農部各以展禊之作見示次韻奉答并簡吳徐兩君

良辰觴詠美東南轂雨初晴景共探游仿竹林賢聚七（座中賓主七人）禊逢桃汛節添三（江水新漲）春深尚覺寒威重花好

趨

還留國色酣小園牡丹尚茂此會蘭亭應不讓風流更助晉人談

祝胡硯生京卿山長七十壽排律二十四韻 三月十七日

先生麗澤從游日君曾受業先公門下賤子朝班儤直年綺歲昔闈誇妙手稀齡今喜仰華顛桂宮杏苑攀香並芸館蘭臺逐隊聯花看九衢騰譽早秋揚兩度愧居前持衡得士堪酬 國抗疏匡時屢告天荒徼憶經分宦轍輭塵曾共著吟鞭迴翔 禁籞欽趨陛轣轆戎行替守邊萬里音書多契闊三秋別緒每縈牽遙聽保障還桑梓迅

掃欃槍息燧烟猶記談兵勞箸借久完讀禮羨車懸功
成擘畫蒼生慰
寵煥頭銜紫詔宣鵠立宏開新絳帳皐比慣擁舊青氈
楚黃蔭託松楸盛保赤誠求襁負全揮麈君方環侍坐
抽簪我亦賦歸田忩忩互認鬚眉改歷歷都忘節序遷
滌暑消寒招壽客尋芳結社證詩禪蘇湖月旦師資重
笠屐風流韻事連圖仿香山摹九老襟題洛社集羣仙
休懷往蹟升沈感疊誦比鄰唱和篇鉅製碑銘叨不朽（承撰先公神道碑文）清芬衣鉢幸相傳觴稱上巳添春景弧設
良辰展禊筵尚齒競推真率繼介眉齊頌算籌緜婆娑

舊

豈藉鳩扶健歡舞爭看鶴彩翩笑獻巴詞侑康爵耆英

會上祝彭籛

研生山長見示初度述懷新什二章次韻酬答

梅肥桃熟柳絲絲又近廚傳櫻筍時鄉社共斟千日酒
御屛曾寫十聯詩壽添絳竿神仙骨春上朱顏老子眉
珠玉隨風吟筆健紗籠滿壁笑搘頤

馬齒虛慚長九春放翁畫扇妙傳神山林久作優游侶
廊廟原同獻納臣鷺宿鷗盟尋舊夢烟蓑雨笠老閒身
輸君壽世千秋業濟濟升堂問字人

宋子材太守惠贈二律依韻答之

避地君曾入西蜀太守占籍滇垣因兵燹移居渝郡應官我久歷南圻
才名兩度桂香籍文采三春柳汁衣譽播雲司趨省闥
歡承日下戀庭闈一麾作郡先鞭著竹馬爭迎衆望歸
傾蓋幸逢賢太守隨車甘雨正祁祁梓鄉共仰清風被
芝陛新叨湛露滋況託吾宗蘭譜誼欣聯小阮杏園詩
與姪孫玉田同春榜退閒老拙多矜寵愧報妍詞乏秘思

暮春之杪子任彥甫秀峰諸君過訪園廬盆開芍
藥同坐翫賞茶話而去作此奉簡仍用展上巳
韻

藥欄初燦喜朋來 共賞餘春啜茗臺金帶圍占賢相兆

玉槃盂詠老坡才浣花將啟遨頭讌餞別同傾婪尾杯時有公餞芍亭中丞之局預訂郇厨消夏早朱櫻綠筍又叨陪研生山長約舉消夏初集

研生山長訂於四月八日招陪同社消夏初集以詩代簡次韻答謝

麥餅香風賜宴天明嘉靖間於是日賜百官麥餅宴在家學得忘家禪蘇句介眉好補清尊集尚齒都增絳老年君於前月古稀初度笑灌同龕彌勒佛調梅庵長老醉歌脫帽飲中仙南皮河朔從茲始放鴿先將盛事傳用本日舊事

孫駕航觀察自羊城入都展覲道出章門款留

餞別賦此贈行再次前韻

金臺並轡昔時佳(君與予先後同入詞館諫垣)話舊江干解渴懷百
粵驂騑重戴芳廿年蠻觸笑爭蝸鬭尊快集同岑侶述
德還尋課讀齋(君往歲曾隨侍尊大父文定公江右學使官廨)此去朝
天行色壯裁牋賦別麥光揩

展端午同人撫松池館消夏二集次子任韻

雨腳風聲兩快哉(石湖句)天中節展又樽開波添錦漲奪
標彩筆吐珠光照乘枝蘭芷回思吟舊句艾蒲重對發
新醅池亭餞別還祛暑嘉客相期不速來(是日公餞芝岑觀察)

展端陽節同人公餞夏芝岑觀察回湖南糧儲任

祠

賦贈二章即以送別

歸帆曾記菊花天，檀板金樽醉別筵予於甲戌九秋道過星沙承款留餞飲。游蹟三湘鴻印在，離懷六載雁書傳。何期舊雨萍蹤合，又話鄉風枌社緣。甲第新開榮晝錦，壺園佳處勝平泉君搆新第園亭甫經落成。

征軺暫息甫朝天頃自京展覲南旋取道里門，祖餞剛逢滌暑筵。軌繼歐蘇壇坫盛，祠新屈賈詠歌傳君涖治湘垣提倡風雅重葺屈賈二公祠徵詩紀事。重聯禁掖鵷班侶時雲甫司空在座，好續江湖鷗夢緣。九面望衡風正利，出山當憶在山泉。

是日雨後過訪虞階漕帥東園池蓮初開賦詩志

美疊用消夏二集韻

花移玉井種佳哉，半畝方塘一鑑開（用句）。雨洗紅衣粧楚楚，風搖翠蓋影枚枚。重臺品貴栖鴛夢，滿座香清泛蟻醅。玉局濂溪兼擅美，莫辭吟賞幾番來（公有消夏觀蓮之約）。

奉呈賀雲甫大司空臺長六首（并引）

曩歲司空與予先後同官銓曹諫院，交契最深。嗣以分除內外，濶別多年。近於己卯冬仲，由都解組就養，來江廨，哲嗣幼甫太守南昌郡齋，重親風采，藉慰積私。爰賦長律奉贈，聊述今昔之雅。時屆仲夏，為公七秩晉一初度，并以申祝云。

轍

紫陌聯鑣卅載前班荆話舊古稀年藤廳柏府慚先導
畫棟珠簾續後緣祿養承歡二千石
恩榮錫嘏九重天煙波自笑閒鷗侶何幸追陪鶴髮仙
回憶春明發軔初輭紅十丈走輕車清通啟事居華省
密勿參謀入直廬逐隊禁中才綽綽退朝花底步徐徐
一從宦轍分馳後南北遥瞻闊訊疎
萬里邊塵忝備官東華悵隔五雲端班高卿月依光近
座朗文星被化寬爭羡門牆盛桃李遠欽臺閣滿鵷鸞
輶軒聞道畿畺徧多士齊歌廈庇寬歡
尚書曳履久迴翔憂國頻添兩鬢霜玉勒晨趨瞻鑾影

書
金鑾晝接拜
龍光誠紓丹悃籌時局澤及蒼生繫衆望休沐公餘尋
樂境五更三老迭稱觴
朝簪初謝理歸縢一水扁舟自在乘　帝許耆英娛歲
月天留晚福課孫曾寓公來訪同曹友郡閣如棲退院
僧捧到琳瑯金薤字籠紗蓮華仰輝騰
蘭交白首尚如新互認鬢眉鏡裏真官舍何妨同子舍
嘉
近臣非比是遷臣湖山小住留嘉客風月清談有故人
巴曲重賡介康爵杖鳩共醉甕頭春
雲甫司空賜和前什六章並擬將唱酬之作分書

兩軸付之裝池各懸齋壁以誌一時韻事因用
樂天寄酬微之整集舊詩及文筆百軸原韻再
賦答謝

歡詠同為退老身陽春郢曲本超倫塡箱唱和誇元白
裝軸流傳愧主臣屢展近聯滕閣錦笠蓑遥憶漢濱綸
（來詩有將還漢上之意）氣吞夢澤胸襟濶歸乞宮湖眼界新泥爪
又留垂白蹟巢痕尚戀軟紅塵分光幸附紗籠壁下拜
江西社裏人（元遺山句論詩寧下涪翁拜未作江西社裏人）

研生山長以詠蘭二律索和次韻答之

雅人具深致之子詠懷長品潔自殊俗心清聞妙香（用句）

新吟寄鄭叟舊葉掃禪堂時方校閱梅庵續刻詩稿有客褰裳去風騷正采湘芝岑觀察首塗

白雪詞揮扇清風慕季真雲甫司空惠賜紈扇錄詠雪景舊作蓮開偕入社松健喜涼人儘許紉為佩何勞袖拂塵奇芬聆玉屑服媚薛蘿身

雲甫司空見示新著四首和韻分酬

過客翻從客裏迎雄才賦久作金聲忙揮千首詩無敵靜養一龕心太平消夏初排冰簟爽買春共酌玉壺清蘇門豪氣方回品吐納俱含沆瀣精元微之句夜吸沆瀣精

當年鐵面懍秋霜同詠臺垣古柏蒼席聞駕航研生公與予四人皆先後

同官諫垣鬥險韻傳白戰令酣吟夢入黑甜鄉故交落落鬚眉改朝籍看看姓字忘贈別琳瑯行篋富輸公雲漢抉
天章

右和端陽後四日招陪孫駕航觀察欽別郡齋

二律

名場進退後先同文酒流連兩廣公予舊籍奉新僑廣省門珍弆漫誇和氏璧時以家藏書畫請加品鑑塵談爭羨晉人風書傳遠道烹鮮鯉鄰卜高橋落彩虹闈賦歸來秋月滿小山招隱桂香叢公擬於秋仲言旋武昌杖藜索句醉顏紅入社攢眉笑遠公謂梅庵興到濃時花

管燦律於老去繡絲工一簾風雨杯浮螘滿紙雲煙墨
戲鴻連日新篇披絡繹都教收拾錦囊中

右和次日奉邀枉過敝廬讌餞篤航觀察同集

二律

小暑後一日過訪秀峰學博湖上草堂賦贈並寄
少谷太守次子任農部韻

昨過湖莊避晝暾是日午陰稻香臨水款柴門補題醉竹迎
涼句預訂觀蓮介壽樽荷花生日擬作消夏三集歸奉親闈助游興
君甫侍尊嫜旋里來省來依甥館認巢痕平章却憶園林主村落
年豐鼓吹喧放翁句

初伏日少谷太守寄餉臨汝伏瓜走筆答謝

一年又是及瓜期佳品分甘不後時壓擔香來浮雪盌觀蓮恰好藾南皮宦味如君久繫匏廉泉潤我暑全消細吟留客茶瓜句解渴還同濁酒澆

六月廿四荷花生日偕同人奉邀雲甫司空湖上觀蓮歸飲松雲精舍消夏第三集以詩代簡仍用司馬温公耆英會詩韻疊賦二章

滌暑花洲六度春風流曾寫畫圖真指乙亥九老消夏會又開河朔浮瓜讌回憶長安索米貧公適以京倉陳米見貽花亦年年添

鶴竿詞看疊疊染龍賓最難大雅扶輪手來作騷壇執耳人

湖光山色夏如春明鏡菩提幻也真酒户爭强誰示弱詩囊門富不愁貧逃禪偶住清涼界入社非同褦襶賓此會南州增故事耆英笑比洛陽人

雲甫司空賜和代簡之什再疊前韻奉酬

尚齒同游不老春論詩誰似故交真鷗盟有伴堪栖隱鶴俸無糧莫饋貧竹裏行厨花作主樽前米汁佛娛賓讀公郢唱多矜寵乞把金針度與人

湖上觀蓮改於十八日預介花辰遍尋諸寺名勝

傳衣憐孺子族孫祥生識

暢游竟日再紀以詩三疊前韻

籃輿逐隊似嬉春遊遍招提禮應真花繞三湖省中多湖名面面酒傾百斛豈貧貧調冰雪藕催詩雨泛綠依紅入幕賓江南別墅池蓮最盛扶路醉歸聞笑語羲皇又見古初人

清晨奉訪雲甫臺長朝寢未興歸後旋荷惠貽新什次韻酬答

自笑抽簪懶渾忘束帶紆傳衣憐孺子族孫祥生識字愧耕夫夢戀黃粱熟詩鏖白戰娛箇中三昧在參透睡鄉無

觀蓮節後二日虞階漕帥招陪同社消夏第四集補作荷花生辰四疊前韻志謝

芳鄰曾賞兩家春消夏還宜君子真蓮放雙頭同介壽

菊栽百種不嫌貧（公園中新蒔菊苗最盛）嘉魚葉底閒游沼瑞鹿

筵前樂醼賓（近蓄有幼鹿二頭）補醉花辰添韻事婆娑半是畫

中人（座間列九老會者六人）

研生山長見示謝章次韻奉答並呈虞翁

扶藜剛踏翠微回（虞翁近游西山甫歸）屐屧重招不速來三徑竹

深飈館入一池荷淨水亭開紅依庾幕風流句碧引郫

筒解語杯老向康衢思 太液仙葩多處祝蓬萊（是日恭逢

祝 鑾

聖節）

雲甫司空又賜示觀蓮長古並新律再賦二章奉

什

報五六疊前韻

園亭題牓筆生春倦息方知鳥性真公近為予書倦飛亭額有酒藏厨隨取便無田負郭久安貧桐陰琴韻推壇坫頃又賜題家藏漁洋山人抱琴洗桐圖卷玉敦珠槃互主賓絡繹鴻篇紀游什搜腸難效續貂人

選韻爭奇十疊春公於此韻已疊至十首矣愛蓮風雅寓公真慣從短調更長調莫怪新貧壓舊貧用句鄉思遠招來鶴侶書名高並好鶩賓願留杖履常相伴好與湖山作主人

藝湖太守寄示上巳前一日初度和西席曾濬卿學博長古兩章久未奉答太守頃由昌江榷局

堂

移莞吉郡鹺務道過章門小敘餞别爰賦二律

補祝并以贈行七八疊前韻

覽揆先逢上巳春良辰高會列仙真湖山地美千篇富
琴鶴風清兩袖貧坦腹多慚選東榻（予第三孫為君門壻）介眉競
羡頌西賓笑同曼倩桃遲獻老我年逾絳縣人

慈顏曾捧板輿春（尊堂於去歲曾迎養來江）祿養承歡至樂真榮借
紆籌期共濟論均鹽鐵自無貧樽前醉餞碧筩酒洲畔
閒招白鷺賓滿挂蒲帆風色利蒹葭秋水溯伊人（淦郡當在秋初）

雲甫司空賜題豫章後九老消夏會圖冊長古全

座中

丹

篇同人擬仿唐宋諸賢故事補繪其像於卷首
以冠耆英九疊前韻報謝
摛藻傳觀滿紙春新圖補寫樂天真立言早有千秋想
下筆曾無一字貧旗鼓誰當壇上敵聲名壓倒座中賓
後來耆碩應居首洛社羣推領袖人
訪秀峰學博問疾未晤口占詢之十疊前韻
問誰妙手果回春丈室維摩示相真丹鼎九還應療疾
青囊一卷或醫貧暫違世外餐霞友去訪山中采藥賓
欲愈頭風何待檄朗吟催起謫仙人
研生山長見示新秋疊詠素心蘭佳什十一疊前

韻答之

九畹移開絳帳春同心花愛素心真國香媚處非凡品
幽谷生來自慣貧雅度神傳黃子久淡交味共白申賓
庭階玉樹添新種也似門前立雪人

秀峰學博病起寄示近作諸篇賦此奉酬志慰次

雲甫司空贈詩韻

想被詩魔擾非同劉更生讀君驅瘧什慰我索居情筆
又驚神助詞仍翻水成君和雲翁觀蓮烟霞啮痼疾珍長古尤稱絕妙
重歲寒盟

未完消暑局先詠早秋詩是日立秋豪氣楊無敵狂言杜牧

之葡萄誇解渴（昨拜佳果之惠）蘭芷寫相思（頃和研翁詠蘭之作）領取新涼味桐間一葉知

鴻度農部自京乞假南旋次研翁韻寄賀

籋雲閣記倚瓊霄咫尺天衢步匪遥華省郎高輝應宿銀河星小美藏嬌邗溝月聽吳娃曲溢浦風迴越女橈好趁團欒三五近清娛入侍可憐宵（中秋計可抵家）

和答子任農部新秋雨涼書懷次韻

靈雨欣應期纔過七夕禱天意驗循環物象判榮槁沛兹三日霖潤彼再熟稻東坡喜亭記香山賀詩草農望慰須臾多不怕花惱殘暑退幾何高樹涼歸早蟲吟陋

懶祭蠹簡任搜討勸酒兒慣斟含飴孫受抱秋社尋詩
僧禪林偶一造蹯翁笑攤飯甘向睡鄉老

胡小蘧總憲令嗣揆甫庶常授職編修賦詩志賀
奉懷疊用己卯寄示元韻二首

枌榆展節醉蒲觴奪錦喧傳姓字香展端午得喜信知散館試列前茅
美濟椿庭清德劭芬留芸館
聖恩長晨趨晷影移輒緩夜下詞頭視草忙　禁苑同
登媿瓌蹟尊前尚欲笑千場放翁句
樂全堂上喜傳觴拜　賜宮壺雨露香冰玉文衡誇四
美淵源使節擅三長揆甫為許仙屏太史令壻將來秉節典試喬梓翁壻先後乘軺可稱

侍快逢舊雨綢繆密贏

呈

四美佳快逢舊雨綢繆密贏得新詩唱和忙予汀因賀雲甫司空詁也就養來江常有詩酒之會借問簪纓侍朝列何如巖谷卧詞場

新刻吟社唱和草呈雲甫司空又承褒答二律次韻再酬

披揀由來金在沙雕蟲聲價頓增加巴歈愧我歌三疊郢曲輸公手八义新唱旗亭欣附驥舊題塵壁似昏鴉山谷句倘教購去雞林賈虛譽還愁略減些

同舟仙侶仰林宗詩社何妨載酒從東坡句曾賦皇華馳嶺表更吟使節指居庸公昔典試粵東視學畿輔粲花妙吐瀾翻舌濯錦全消芥蔕胸自此一游添一集漫嘲塗抹阿婆逢

仰

用薛逢事

次韻硏生山長中元夜對月感懷二絕

中宵燈月鏡光圓解夏僧收供養錢齋食還排荷葉餽秋成遍告慶豐年皆用本日事

湖橋趁會小勾留欲訪詞人竹徑幽謂秀峰好句預裁傳令節坡翁有月即中秋少谷

又答硯生山長奉懷少谷太守二律次韻並寄太守

懷君屬秋夜用句讌賞幾經春莊比王摩詰詩傳戴叔倫壺觴前度久枕簟早涼新卻羨耽吟客奇峰仰丈人謂秀

青捤

峰
珂鄉依畫省樓對紫薇花滇垣藩廨夏秋紫薇最盛昔賸宦游蹟今還老圃家鴻音託書帛蟲語透窗紗典郡携琴鶴輕迴熟路車

李捷峯中丞命題桐蔭授經圖賦呈五古一章

嶽嶽龍門高森森百尺桐蟠根自仙種鳳翙朝陽東宦游昔假道講學欽關中驅車太華麓爽挹青芙蓉漢臺登業業金谷流淙淙緬彼鄉嬛富蔚然靈秀鍾簡書迫未遑古碑艱磨礱抽簪返林壑荆識尊韓公推襟到樗櫟垂庇依栟幪鈴閣政多暇示我圖畫工丹青捤風度

彷彿瞻華嵩趨庭雙鳳雛授讀誇神童家訓本詩禮聖
教無異功薪傳勉負荷清課殊雍容書聲繞樹根和鳴
羨雝雝緣字映萋菶黃卷披蔥蘢儒臣湛經術門有秀
才風賢哉喬與梓世業承大春淵明責子勤退之誡符
聰培此楨幹材美譽騰超宗作貢於廟堂致用由經通
甘棠蔭蔽芾萬戶歌綏豐芝蘭拜嘉貺素心相與同摛
藻愧枯管聊寫景仰衷

授室之

養福齋續存稿卷三十八

奉新　宋延春　引龢

中秋家人賞月戲詠一首

阿翁自笑鬢雙皤，佳節稱觴舉室和。好月清光同萬里，良宵樂事占三多。兒孫說餅團圞坐，賓友傳牋水調歌。更喜鴻眉齊子舍，看看新婦學為婆。次日為兒媳三十生辰

中秋後四日彥甫部郎招陪同人補賞桂節賦此志謝并以贈行彥甫時將取道淮揚北上

西來秋色正平分，是日秋分展節招攜又樂羣。杖屨慣尋松徑熟，羹湯初試桂華芬。昨為文郎授室之喜朋添壽相圖應補，坐客

皆九老會中人新約傅心畬學博己年逾九秩矣座繞天香酒易醺後夜離亭遲月滿臥聽簫管渡江雲

是日彥甫席間喜晤傅心畬教授話舊言歡奉贈一律疊用中秋元韻

九秩仙翁鶴髮皤卌年重挹笑顏和君年登九十有四自道光辛丑里門一別至今再晤長庚星彩江鄉瑞周甲師門歲月多予辛巳入邑庠及尊甫雪岡夫子門下合寫新圖臻耄耋爭傳盛事譜賡歌香山遺老推元爽白集云洛中九老會李元爽年一百三十六漫被人呼春夢婆

八月廿四日展中秋節偕同社奉邀雲甫司空虞階澧帥同游芝岑觀察壺園探桂移樽彥甫部

商

郎撫松池館雅集話別詩以代簡

會展中秋走雁奴芳園先探小蓮壺主紉蘭佩懷湘沚芝翁已旋星沙令嗣鶴孫款客客證禪話鑑湖松下補開商皓館花閒好借步兵廚餞壽交錯闐驪唱更寫江樓餞別圖後二日彥甫即登舟

探桂之次日虞階漕帥召陪諸君同集東園即席賦謝疊用前韻

鄰園芳信問花奴賢主佳招詠斷壺昨拜園豆之惠展節雨餘陪桂醼尋秋年少記杉湖予幼時隨宦桂林鹺廨後有杉湖新葩金粟初含露舊句紗籠已滿廚最喜東籬消息近千畦點染

晚香圖公園中隙地蓺菊多種

越二日秋帆山長紉珊太守又携樽至永福禪林

同人再集仍疊前韻志謝

詩囊隨處累奚奴放翁句重叩禪扉挈榼壺壇上光芒壓元白謂雲甫司空座中賓主羨蘇湖研翁秋翁兩山長枌榆常結歲寒社蔬筍又勞香積厨祖道連朝忙惜別還教添入醉僧圖日來皆為彥甫飲餞梅庵亦在坐

張玉珊大令綰篆新吳因賦二律志賀並以述懷

贈別

才名綺歲播鴛湖蚤聽蜚聲達紫衢身現宰官先百里

書編史局媿三都（君襄事省志局數年）攜琴喜慰來康顧製錦新誇借寇須我愧部泯慵退隱難隨竹馬伏前趨

馮川老屋歃原西境閱滄桑失故棲（予祖居邑城遭兵燹被毀）因肯構未遑歸燕壘移家聊復印鴻泥春風補柳酬高唱（去歲曾奉和柳大什）春秋月懷人訊舊題（謂吳牧騶觀察與君同里為予滇南舊日寅好承代詢及鄙狀）何幸梓鄉依厦庇甘棠憩處頌羣黎

滇南張星垣孝廉春闈下第來游江右口占賦贈仍送旋里

江干閒泊孝廉船八載班荆話夙緣纔抱明珠過燕市更攜彩筆照臨川（時往臨汝訪少谷太守）鵬程瞬向亨衢展驪唱

愁將別緒牽歸語昆華諸父老皤翁吟興健如仙

李茂園司馬自滇返廬陵至省小住話舊以扇索

書因用前韻題贈

宦海曾同萬里船二難香火締因緣令兄芝圃觀察與君先後同官滇省皆隸予條屬揭來息影閑三徑猶記迴瀾障百川把臂秋風蓬鬢改關心舊雨柳絲牽芝圃因事左遷尚僑寓昆垣言歸暫入枌榆社譽美蟠根羨謫仙

聞川中鳳樓四姪凶耗詩以哭之

音傳蜀道愴啼鵑老眼難禁泣涕漣薄宦十年渾似夢浮家萬里散如烟衰親那忍憑棺痛穉子還生失怙憐

細　醉

料得衡陽聞斷雁也應淚灑竹林邊

滇池兩度筴征軺倖博微名達紫霄九坂鹽叢身盡瘁一官雞肋味全消爾方强仕空賫志吾尚頹齡歎後彫素旐何時歸故里聊將哀思賦魂招

九月朔日秋晴過松雲精舍訪梅庵長老值園桂盛開同翫久之歸贈一律疊用補賞桂節韻

小山老桂舊叢分六十年來餘不羣梅庵云辛巳年移種于此冷露連宵含細潤奇葩滿院散濃芬指拈慣惹維摩笑心醉如參米汁醺偶向詩禪證無隱天香深護一龕雲

園中折來新桂分插瓶中足供清賞再疊前韻

拳

高枝豈是月中分綽約仙姿迥異羣攀折雅宜拳石供
安排競挹膽瓶芬清吟擁鼻閒尋味獨酌支頤半帶醺
況對丹青蟾窟影氤氳好伴博山雲（時壁閒懸友人月桂圖幀）

重九節約諸君子同游江南別墅登高歸至中隱
廬菊卮小集以詩代簡三疊前韻

秋影涵江雁陣分登臨又歗鷺鷗羣題餻仍把茱萸健
引玉爭流樨桂芬（研生子任兩君疊和詠桂之什）杖策東籬今日慣壺
携南館去年醺（客秋九日友人曾招飲于別墅）晚香莫負持螯約自向
牀頭撥甕雲

是日席閒再呈同社一首

樓

菊為重陽冒雨開（用句前二日小雨）新晴屐屨惠然來秋容最愛黃花瘦老景渾忘白髮催自笑年年逞腰脚同登處處好樓臺探香攬秀都游遍（謂攬秀樓晚香圃）還醉吾廬桑落杯

秋帆山長見和登高之作用捲簾體二首因四疊原韻奉酬

種秫初收穲稏雲醇醪飲我已先醺（昨拜佳釀之惠）循環快誦珠璣爍盤露欣含齒頰芬一瓣香留娛晚節九秋帽落笑同羣滿斟菊釀頹齡制酩酊何妨到夜分

重陽後五日雲甫司空召陪同社雅集永福禪林

同集

賦此申謝用九日席間韻

折爵精藍笑口開寓公翻作主人來僧廚偶借伊蒲便仙句何妨擊鉢催此日餐英同栗里當年選勝記豐臺深叨惜別殷勤意更勸花前送客杯（公時將返楚北擬申祖餞）

展重陽節同集倦飛亭菊樽公餞雲甫司空暫歸漢上再疊前韻奉呈并以贈別

園亭秋爽一樽開又續新詞歸去來節展黃華驪唱緩雲看白日雁行催（令弟儀臣時官黃州教授屢以書來約往衙齋）閒娛杖履臨皋館（臨皋亭在黃岡一名臨皋館）並奏塤篪江上臺攜得雪堂坡老句待公齋侑介眉杯（同社臘月消寒例為東坡先生作生日）

館

陽有羣仙高會

霜降後三日硏生山長子任農部信甫醝副陶山
水部招集撫松池館賞菊三疊前韻志謝 九月廿三日
拒霜黃菊為誰開 坡翁句 都愛重陽再展來酒送籬邊泥
甕倒槎浮海上火輪催 彥甫部郎時正航海入都 留賓共賦羣仙會
主客凡八人 呂純陽有羣仙高會賦 憶弟遥登九日臺好趁甘泉新釀熟
添籌預進紫霞杯 不虞階漕帥在座後三日誕辰

孟冬朔日於長清寺召集緇流修齋奉佛用香山
酬夢得長齋見戲原韻爾梅庵長老雲谷上人
山門老衲迎禮佛叩長清齋食伊蒲供道場鐘磬鳴天

花隨鉢散甘露向瓶傾妙相莊嚴現真如自在行色空無罣礙心地倍光明說法皈三寶消災度衆生淨修靈性澈虔懺俗緣輕諦悟棲禪隱功深蓮社情傳燈大歡喜退院息喧爭經壽沾無量菩提慧業成

十月八日生朝述懷紀事三十二韻呈諸同人並示兒孫輩

頭顱似此笑冬烘預聽人呼八十翁萬里辭官懷闕北七年退隱傍湖東平生足跡半天下往事光陰如夢中身歷五朝沾湛露圖參九老繼高風星星白髮催嬴景歲歲黃花愛

晚叢廿四詞科前輩少道光癸巳通籍倖入詞館迄今庚辰已二十四科矣百千
境遇幾人同憶從庭誥承堂構敢詡家聲紹冶弓儤直
藤廳曾畫鶴依班柏府更乘驄馳驅勉效匡時策盤錯
當紓報
國表滇徼烽煙方典郡書生面目强臨戎三遷屢拜
宣綸寵六詔頻邀晉秩崇秉節虛名慚竊位籌邊末效
謬褒功薇樓瞥眼秋葩紫棠舍驚心夕照紅解組稀齡
遂初服收帆宦海理歸蓬閒居息影尋沙鷺回首前塵
付雪鴻故里滄桑蹤泛梗衰顏蒲柳鬢飛蓬卜鄰有宅
巢枝穩負郭無田硯歲豐歡比游鱗縱池沼倦於棲鳥

下

一

脫樊籠松楸蔭表罔阡茂梨棗輝揚譜牒隆近歲補建先塋神道碑銘重修族譜社仿香山緣再結吟耽玉局句難工消寒滌暑携壺榼荷笠披蓑下釣筒愛與詩僧談競病厭逢俗客學癡聾鰥魚久戀眠衾懶駑驥猶存伏櫪雄耄耋舊交雙學博謂傅心畬教授壽九十四方晚樵廣文壽八十七賡酬新什一司空賀雲甫尚書壽七十一琴樽適志追陶令絲竹娛情慕謝公賓友瓊章投疊疊兒孫綵舞樂融融含飴嘯傲神逾健扶杖婆娑興不窮馬齒於今推養老雞窠他日羨還童會聯真率傳唐宋歌並耆英祝華嵩園桂餘芬仍共挹嶺梅早信已先通泉甘杞菊稱觴醉稻熟枌榆鼓腹充遙向康

較

衢瞻
壽寓揮毫尚吐氣成虹

李藝淵太守惠寄詩章稱祝並以盆蘭山茶二種
為壽即次元韻報謝

小陽春信傳梅芬木樨籬菊猶含薰蟠根仙李品不羣郇牋遠寄飛朶雲蘭馨勝似爐烟焚佐以寶珠紫綬紋琪花瑶草嘉惠分頓教蓮華添氛氳一從調燮借寇君太守時方權鹺吉郡香凝燕寢窮典墳開緘貽我錦繡文受寵慚等負山蚊昏姻洽比歌孔云遥尋詩社策詩勳筆陣橫掃千人軍感君致祝禮意勤心醉還較酒易醺自笑歸

晚

老事耕耘樗櫟久賦東門枌庭階何幸羅華紛蒲柳亦
覺散淒焄蕪詞聊當瓊報聞（原作用東坡壽子由詩韻）

十月幾望虞階漕帥召陪同社菊觴雅集次研生
山長韻賦謝

纔聆仙瑲飫郇香（昨蒙惠貺菊部華筵之局）傳簡重招賞晚芳清濁
犀罇浮螘綠尖團蟹殼嗜螯黃名花別種開宜緩好句
催租和更忙坡老情豪放翁健叨陪壽客醉霞觴（後三日為陸劍南生辰）

鴻度農部惠貽園菊多種作此志謝次研翁疊用
耆英會詩韻

樹弟居

秋容移贈小陽春，老眼頻看霧裏真。冀北歸裝君比富，鴻度近甫自京乞假旋江籬東滿把我非貧。花遲似待餐英叟，玉潤堪誇入幕賓。長令郎為予孫壻雅睨年年娛晚節，頹齡健羨傲霜人。

樹齋司馬招集嘉樹山房張燈賞菊仍疊前韻答謝

弟勸兄酬舉室春，名標第五結交真。樹齋為鴻度喆弟雁行居五晚香並濟清芬美，豪飲誰云大戶貧。主人酒量最佳四座紅燈花下夜，滿頭白雪笑簪賓。酈泉仙釀滋蒲柳，愧作蒹葭倚玉人。

少谷太守自臨汝因公至省同人訂期置酒話舊

研生山長以詩代簡次韻奉贈

一日思君十二回最難風雨故人來用句冬晴日久時方禱雪喜應新歌白雪宜先唱高會紅爐已後開月朔為開爐會梅信好探湖上屐菊香留覆掌中杯聚星重結消寒社禁體詩忙擊鉢催用東坡十一月一日聚星堂賞雪事

十月廿八日公讌少谷太守於撫松池館席間再次前韻即以送别仍返臨川

依然沼曲與欄回曾踏歌聲兩度來去春曾讌餞于此冬醖初消寒夜醉曉帆又逐凍雲開詰朝即解維簪裾小集聆珠唾

簿領餘閒讀玉杯太守云及訟庭多暇仍以讀書自娛風笛離亭君笑我
安眠不畏簡書催

仲冬七日第三孫女桐珠試週喜賦一章

去年子舍爾同生與紳兒同生日周晬盤珠掌上擎學語牙牙
呼阿姊牽衣躍躍趁諸兄添來小妹三花現弄到童孫
四美并膝下孫男四人孫女三人此日重闈頻點頷鶴吟聲和鳳雛
聲

勸募重葺會垣普賢禪寺謹賦長律呈諸同人並
簡梅庵長老

洪都第一古禪林六十年來厄再臨嘉慶庚辰寺中不戒於火至道光己

亥庚子甫經修竣迄今歲十月杪復遭回祿擬再重葺解劫化身留白象隨緣布
地湧黃金法輪願繼先人志前次爲先公與同鄉諸老輩勸捐集事廣厦
歡同善士心須信衆擎容易舉重瞻寶相煥千尋

嘉平月三日程信甫鹾副四旬初度偕同人預期
稱慶用戊寅花朝壽令兄彥甫部郎詩韻疊賦
二章申祝並寄彥甫京師

金昆壽斝祝花朝覽揆今還介弟招六琯新調陽正復
二難强仕氣方韶欣添籌斝飛青鳥遠聽壎篪和絳霄
臘鼓初敲齊侑爵朱顔春滿暈生潮

花萼樓前暮復朝題襟佳日屢相招會聯白社宗傳洛

至

座擁紅瑜樂奏韶時以菊部侑觴我輩金聲誰擲地諸郎綵筆競千霄令子姪及甥輩將應歲試乘風更羨仙槎客滄海曾看萬里潮彥甫昨已航海抵都

長至日偶成用林字韻

凍雲釀雨潤園林前二日喜雨陽至霜晴節又臨盆卉含苞梅綻蠟瓶枝膩馥菊留金蠟梅將放鉼菊尚妍圍爐預訂消寒約詠絮還縈望雪心待得祥霙飛六出好將詩句灞橋尋

長至後三日喜雲甫尚書游黃州返櫂南昌奉贈一首

菊樽話別展重陽巡到梅檐索笑忙千里客歸江水遠

一帆風送暮天長新詩滿袖添池草好景留題遍雪堂
果喜消寒符宿約又排近局醉壺觴

仲冬月杪交三九初沛大雪志喜呈諸同社

一笑天公竟破慳朝來滕六款柴關快吟潑水堆鹽句
如在瓊樓玉宇間冷巷夢驚南犬吠寥空寒送北鴻還
頭番預兆豐年瑞捧誦瑤華倍解顏研翁適以喜雪詩見示

雲甫尚書以黃州携歸東坡墨榻各種見賜疊用
前贈詩韻志謝

赤壁重游又小陽分貽墨寶解裝忙畫梅老榦留傳古
醉筆新詞引興長四座星光騰烱烱千秋壽相仰堂堂

焱

承惠墨刻坡翁小像並自繪壽星圖紗籠蓮華加珍護
及老梅畫幀醉書浪淘沙詞屛幅
好介眉山共侑觴擬於坡公生日作消寒二集

臘日族中諸子姪將應文宗童試招集小飲賦詩
預賀再疊前韻

羣羣騏驥待孫陽靜聽蠶聲食葉忙握槧風檐量晷短
摛詞雲錦繡紋長文章有價追先德絲竹相期拜後堂
莫負家駒千里譽泮冰預酌采芹觴

榜發族曾姪孫懋德取入邑庠詩以志喜並賀焱
卿寶三兩姪孫三疊前韻焱卿之姪寶三之子

敢誇頭地避歐陽小試泥金報帖忙學勵三冬期用足

忙東

芬流四葉溯源長，攀梯幸識初桄路，舞勺先登大雅堂（年甫十三），老向竹林羨雛鳳，掀髯竟欲醉千觴。

嘉平十九日中隱廬消寒第二集舉壽蘇會代簡二章呈諸同社四五疊前韻

凌雲載酒憶嘉陽，郡閣趨庭介壽忙，東去江流自千古，西川家學本三長。新圖攜贈臨皋館（坡翁畫像裝供齋壁），舊句留題玉照堂（滇垣黑龍潭唐梅在此堂下花時曾作斯會）。自笑為公作生日，于今十六度稱觴（自乙丑至今庚辰已十六次矣）。

三九寒消冬日陽，小園申約課童忙，詩瓢酒榼安排慣，竹韻梅芳趣味長。賸有風流教我輩，惜無雪景繪斯堂。

筵前難覓花豬供芋糝調羹藥玉觴

雲甫尚書因懋德曾姪孫入泮賜詩獎賀謹賦申

謝六疊前韻 並呈幼甫郡伯

小草居然得向陽也隨眾卉逐槐忙髫齡忝附門牆盛耄齒重游泮水長予於道光辛巳入泮來年又逢其歲白髮蕭蕭欣見獵青衿楚楚學升堂傳衣許在孫枝列撰杖花前捧鶴觴

歲晚閒居雜詠十首

歲晚寂無事閒居謝俗喧吾廬本中隱樂境惟小園新竹蔭紗牖早梅香瓦盆朋來如不速乘興一開樽時甫舉消寒第二集

絮

壽蘇聯社會祀竈請鄰家杯酒斟芟尾盤餳薦膠牙塗糟司命醉爭果學童譁夢寫回文句曾烹雪水茶同社為坡公作生日末聯用其故事

星軺來按部文戰興方酣大野空羣驥春聲食葉蠶揚眉欣宇紫丱角羨衫藍闈說公門盛搜材遍梓桐是月學使按臨南昌歲試

晴日冬烘久寒消得未曾庭泥慳詠絮檐柱免敲冰靜愛垂綸叟閒尋退院僧雛孫牽袂問何日舞春燈冬臘月久晴雨雪甚稀

鄉俗沿荊楚紛紛饋歲忙東鄰糧壓擔西舍瓶盈筐爨

糜

婢分糜粥奚奴挹酒漿老夫耽結習檢點祭詩囊鄉饋歲亦有東坡岐下詩意

唱和推元老千篇興未闌掀髯驚退舍執耳讓登壇筆勢搖山岳詞源倒海瀾相當怯旗鼓詩債隔年完吟社諸公以雲甫尚書詩最多而興最豪同為佩羨

山林在城市蓬蓽稱幽棲避客無車馬迎年有菽雞衡陽通雁信蜀道阻鵑啼終歲憂兼樂都將健筆題近得湘南雲孫三姪家書而西蜀鳳樓四姪尚無歸覲信息

梵宇重新搆名山香火緣好參真象教豈學野狐禪成佛輸靈運求仙覓稚川千秋須自訂敢比老彭錢重葺普賢

禪寺昨已興工明春計可觀成

帖寫宜春字堂懸瑞兆圖青氈仍舊物白髮笑今吾爆竹轟傳響新桃艷換符皤翁簪綵勝最後飲屠蘇

鶴筭頻添紀駸駸倏八旬常傳珍饍日竟作杖朝人團歲兒童喜書雲耄耋新後彫愧松柏歌詠百年春

歲除前以土物數種餉研生山長并系小詩二章

鄉風饋歲學坡仙發籠慚無品物鮮多稼欣逢肥雁鶩細春香稻熟紅蓮

東鄰西舍薦辛盤粉餌餈團大喜歡好把豚蹄介春酒筍蔬聊佐歲朝餐

養福齋續存稿卷三十九

奉新　宋延春　引穌

元日試筆　辛巳

綵筆書元屆八旬依然鶴髮鏡中新農占又喜逢三卯正月有三卯豐年之兆見東方朔占書歲幹剛宜薦五辛椒酒承歡先獻壽梅花索笑待迎春初五日方立春回思黌序今周甲曾作童軍領隊人道光辛巳予以邑試冠軍入泮距今已六十年矣

開歲五日立春疊用前韻

絳年甲子紀初旬元日逢甲子朔欣迓東皇閏歲新澤被土牛維吉戊前一日喜雨是日值戊辰祥呈彩燕正祈辛後三日行祈穀禮清游

好續斜川美盛餞曾傳賀監春老學兒童笑㸃勝題詩預寄草堂人

新正十日祝梅庵長老七十晉五壽再疊前韻

禪名佛說豈波旬見楞嚴經重挹長眉壽相新詩屋半間慕齋已梅危滿酌勸迂辛偶呼彌勒同龕笑常駐維摩丈室春拋却團蒲閒拄杖謝蹁去作詠花人長老是日避客尋梅法雲古剎

上巳前二日子任農部信甫鹺副招陪同社撫松池館消寒三集賦謝三疊前韻

歲朝款曲動彌旬杜句里社風光又一新翦韭泥酥嘗嫩

郎

甲搗虀味美飫香辛襟題勝會休辭醉燈試康衢共踏
春料得輭紅塵裏客應懷池草朗吟人謂彥甫比部時尚寓京邸

雲甫尚書賜和新正近作韻二首四疊前韻奉酬
平生泥爪幾由旬柯爛空山局尚新舊雨最難得知己
頹齡何幸息勞辛琳瑯矜荷連篇寵蒲柳榮添滿鬢春
紫陌紅塵花看遍與公俱是過來人

程園消寒三集雲甫司空見示贈兩主人謝章次
韻奉報並簡子任信甫二君
春韶排日醉賓筵老去風流學少年幾度尋盟鷗渚畔
當時曳履鳳墀前華燈近仰三霄彩藻翰曾題五色

闌

箋闡道傳柑陪曲宴　尚方珍品錫于闐公席間談及昔年內廷侍宴觀燈事曾拜玉甌之賜

燈市初開動笑嫣寓公酬唱續新篇剝蕉抽繭層層密綴玉聯珠顆顆圓我輩沽春飛翠琖誰家買夜擲金錢桃花消息三村近指刺漁郎渡口船江城桃花三村最盛

正月廿日雲甫尚書召陪同社郡齋消寒四集賦詩申謝疊用秀峰學博韻

吟牋折簡兩番來樓愛春暉郡廨樓名綺席開壇坫盟尊鑑湖老珠璣句美謫仙才謂秀峰燈宵纔賞魚龍戲煙景翻教燕雀猜記得滇池鐃吹曲吳梅村有詠此題四律風光回首碧

雞臺

舊雨還隨今雨來恰逢洛社壽筵開（是日為白少傅生辰）消寒好補香山會尚齒誰誇履道才留取畫圖如滿肖（指梅庵）偷將格律老元猜莫辜賢主殷勤意拚向糟邱共築臺

是日席間雲翁出示補作香山生辰二律次韻再酬一章

一尊重話去來因同向汀洲逐釣輪（用義山詩句意）倚杖藜光分太乙添籌蓮社及良辰紅絲縷繫肴珍美（用本日事）白戰毫揮壁壘新（公於此局先賦四絕）但祝湖山長管領酕醄也學醉吟人（香山有醉吟先生記）

回

少谷太守寄示補題後九老會圖册長古一篇並
爲今歲予八秩賤辰稱祝賦此申謝仍疊用去
冬餞別韻

仙吏風流褚彦回鴻篇補詠畫圖來千軍横掃詞壇殿
九老掀髯笑口開顧我忝叨黄耇什酬君遥泛紫霞杯
向榮蒲柳添生意耄齒渾忘歲月催

少谷又寄和香山六十八各體詩多首因摘和二
章奉報

郵箋恰好到春頭雨足郊原草木柔（山谷句）結社屢披新
著作應官常憶舊文游蓂階值閏餘青數（數閏或餘青微之句也今）

年逢閏菊戔吟秋太白浮指客冬餞別事萬里鄉雲懷故國卅年
宦海等虛舟來詩云此身原本是虛舟行沽茅屋愁粘屐退食琴堂
笑敝裘料得蒼生欣借寇勸耕重解老農憂君仍留縮臨川邑篆

右和枕上作韻

老來猶戀讀書牀風雨聲中過艷陽枕上甜吟尋斷夢
樽前軟飽潤枯腸訟庭花落憐同癖農畝膏流久不妨
讀罷元和新體格機心早覺鷺鷗忘

右和就暖偶酌戲諸詩酒舊侶韻

前詩已就雨雪未止再和元韻一首

夜臥頻移避漏床又揩倦眼盼朝陽尖叉競鬥玉冰手

訝

(近與秀峰令壻亦多唱和)嫵媚慚稱鐵石腸四野田功雖至喜三村
花事或相妨(擬往三村看桃恐為雨阻)使君莫訝書遲答老比師丹
性健忘

次研生山長和答雲甫尚書見贈二律韻並呈雲
翁

香山將壽補蹉跎性癖耽詩詠碩邁行樂每嫌佳節少
選題要比古人多蘇湖月旦知難並賀監風懷孰與過
自笑手持無寸鐵請寬號令免從苛
春江水暖鴨先知(蘇句)風雅誰如江總持榻颺茶煙微示
疾(予適體中小極)箋披玉板疊傳詩欲探萬紫千紅景常抱二

秋一日思攬勝輸他腰腳健扶衰馬得按摩師

花朝喜晴次研生山長韻

優游正盼四難并又作春風爛縵晴蘇句夜半小樓聽雨夢朝來深巷賣花聲雞豚結社休辭醉鶯燕撩人倍有情記得滇池風景異許多火耨與刀耕

仲春九日為四孫祥麟啟蒙入塾授書口占示勗

養到桐孫第四枝童蒙求我叶文辭孫甫六齡他年望爾能繩武也學重游泮水時

二月廿五日展花朝約同社汎舟游三村看桃花過法雲古刹小憩歸飲松雲精舍銷寒第七集

代簡

春光過半遲（去聲）幽探（前四日春分）節展花朝興倍酣勝會又招賢七七（嘉賓七人）芳村重訪徑三三六年鴻爪迷仙洞兩岸鷗波汎禊潭（丙子上巳曾修禊於此）怪底餘寒消不盡要留冰雪助清談

滄桑莫問古螺墩臨水人家尚有村綽約東風新笑靨依稀西竺舊巢痕（往歲三村桃花以螺墩及西竺庵為最盛今已蕩然矣）林間拄杖龐眉樂霧裏看花老眼昏慣借齋厨蔬筍供治聾預醉社前樽（次日春社）

看花後一日得雲孫三姪湘陰差次家書作此寄

武

答

昨泛扁舟訪武陵魚書今遺(去聲)自湘陰三村絢爛穿花塢一紙平安報竹林老笑皤皤鳩杖步新詩嶷嶷鳳雛音(登荃姪孫近已啟蒙授讀)好將癡叔春遊樂寫寄鸞牋子細吟

雲甫尚書賜示展花朝三村看桃花雅集長古一篇次韻奉答

三春難得好風日十日春寒九不出詩老告天乞放晴天公做美爭興逸晴空喜無片雲遮奚奴折簡催看花聯翩南浦羣賢集蕭索東風兩鬢華(蘇句)拏舟指點仙源去避秦人向此中語問津前度非劉郎種桃道士在何

飯

處舊游泥爪餘紛紛當年勝蹟傳鄉枌咸春閣名老梅霏
白雪圓覺庵名山茶堆紫雲韶光過眼留難住誰歟長領
烟霞趣欲尋仙子飯胡麻塵緣未了迷機悟憶昔同探
上林枝東華十丈輭紅姿尺五莊前沈醉客花之寺裏
靚粧時鉛華洗却追黃綺別采心花開意蕋俄驚滄海
幻桑田往日朱顏今老矣寓公龍馬誇精神與花共占
八千春興酣落筆尤絢爛傾倒羲皇以上人我家居傍
桃花浦園林小築藏春塢移樽偶爾借精藍暢聯舊雨
兼新雨社中錦製雲霞蒸自笑吟罷枕前燈斯游風景
良不俗粉本還倩圖嘉陵

雲甫司空又見示郡齋山茶盛開六截句依韻再

酬

一官萬里隔烟霞曾賞奇葩陟太華滇垣山名茶花最盛底似曼

陀天上種勝他花草與蠻花

庭院盆山位置盈宵含香露晝烘晴新粧渲染非容易

多少工夫醞釀成

繽紛姹紫與嫣紅消受疎簾擘柳風記否退朝歸院日

漏聲遥在百花中用句

亭亭冰雪逞芳姿洗盡鉛華强入時試向雕欄描粉本

珊瑚玉樹羨交枝

飲

湖上鶯花占一村園丁閒課執荃蓀（雨後種蘭）禁煙已届清明節吹暖餳簫白板門

循陔郡閣趁花時酬倡新詞樂舊知鎮日笑公忙不了纔停染翰又催詩

硯生山長見示贈子任杏甫兩君謝章次韻荅之

耽吟自哂囁嚅翁扶杖閒隨竹馬童月夕花晨容入社一年强半醉歌中

杏雨初過禊飲天厨傳櫻筍又争先園中瓊島藏仙種待領羣芳祝大年

挈榼提壺過上方禪參米汁味精良今朝猿鶴山中侶

可似舊時鵷鷺行

千篇敏捷謫仙才（謂秀峯）美玉求沽不借媒畢竟詩壇誰勁敵羣推安定與方回（雲翁研翁）

雲甫尚書賜題舊藏伯陽山人所繪五色牡丹畫卷即次元韻奉酬五章

丹青珍弆壓裝忙梅古桐清並吐光萬里攜歸雲五朵披圖已閱八星霜（此卷為甲戌滇友贈行之物時并攜有阮文達師唐梅詩榻王漁洋山人抱琴洗桐圖卷）

粉本流傳憶石屏（滇南州名）一樽同賞倦飛亭平章妙筆誇題品獨步當時溫與邢

花

名花齊入名公鑒國色如邀國士知況有南齋工寫照
嫣然笑對酒酣時壁間懸有董文恭相國所繪紫牡丹畫幀
菊盎曾將巧手摹神傳老圃古今無秋容雖杳春光在
留伴花前詩酒徒予尚藏有伯陽盆菊長幅惜已佚去
金迷紙醉總無瑕看到子孫能幾家笑我衰年增眼福
倚欄顧盼畫中花

季春之杪彥甫比部自都假旋里門賦贈一首

棟花風信餞春時江上人歸畫錦遲舊侶重尋紅藥徑
新銜初領白雲司厨傳櫻筍遨頭讌社續枌榆婪尾巵
海岱山奇觀多少景奚囊細讀紀游詩

彥甫歸裝初卸移貺家園新開紅白芍藥二盆走筆答謝疊用前韻

花贈將離客返時階翻新樣不嫌遲交情久許方中散吟興還誇替左司魏相簪符金帶兆坡仙酒進玉盤卮紅粧白髮慚相對報玖聊賡近侍詩

四月八日立夏書事再疊前韻

紅稀綠暗又經時閏歲移秧節候遲異卉獨標蘇玉局狂吟誰遣杜分司麥香餅賜不落夾元人本日故事花散醪浮無當卮報道龍華須展會新炊迎夏且裁詩梅庵前約是日舉浴佛會因事不果

陂

立夏後四日過訪雲甫尚書寓齋暢敘半晌歸後

奉呈

别來一日似三秋細話兼旬頓解愁花事忽忽雲過眼
年光種種雪盈頭餞春買夏拋壺榼荷笠披蓑伴鷺鷗
預約湖東消暑局芙蕖香裏續清游

研生山長子任農部疊示和章再用前韻酬之

陂塘五月近涼秋梅雨聲中賦四愁浴佛會教遲灌頂
浣花宴莫趁遨頭標懸待奪翱翔鷁杯渡無驚浩蕩鷗
珠玉隨風催霽景（久雨初晴）杖端閒挂百錢游（用句）

小滿後四日偕同人過撫松書屋小集三疊前韻

同集者五賓三主也

風流雅慕鄭當時留客茶瓜也未遲節近艾蒲聯社局厨移櫻筍代庖司工吟汝士欣添筭（子任農部端二日生辰）止酒淵明强倒巵（東坡句我雖不飲强倒巵）池館松涼人健夏五更三老共題詩（同集者五賓三主也）

研生子任疊示和作又三疊原韻奉答

疎簾清簟弈宜秋（程園常有棊局）榻颺茶煙遣客愁編譜自慚加馬齒奪標先卜占龍頭（予方續撰年譜諸郎將應童試）晝長汎汎杯中蟻水滿羣羣舍北鷗（池水新漲）却憶騷壇有詩老題襟尚阻鏡湖游（謂雲甫尚書）

次答研生山長夏五朔日即事原韻

亭

帖院曾聞供禁中仙靈方朔産依東(用端日故事)一清風遺扇字飛白炎日書符絲繫紅攤卷紙鑽嘲朽蠹臨池墨戲羨鶩鴻(謂雲甫尚書)安排滌暑南皮會待向湖亭引碧筒

端午前三日何青耜都轉由粵東入　覲道出章門枉臨話舊賦此贈別疊和硯翁前韻

征帆暫卸急流中(適值江水新漲)過客來從嶺海東兩度重逢蒲節綠(戊寅都轉赴粵任過此亦當午節)三年飽啖荔支紅襟懷天際翔雲鶴宦蹟湖邊認雪鴻(時將取道武林小住)垂老臨歧還惜别常將竹訊付郵筒

天中節園中對景遣興再疊前韻

論園買夏午晴中居瀼優游西復東薇艷久吟邊外紫
葵心曾向日南紅前在滇廨每逢午節庭薇蜀葵花開最盛雛孫翦艾頭粘
虎皤叟扶藜目送鴻浴罷蘭湯添逸興呼兒沽酒覓郫
筒

硯生山長又示五月九日芒種節喜晴新什次韻
酬之

于飛鮮羽燿倉庚埤雅倉庚之羽鮮明在夏草閣輕寒陰轉晴纔見
江龍噓鏡影更聽田鳫趣耘聲圖傳西域新編志泉酌
東坡故里情西域平令史官撰圖志又坡翁寓新吳謁劉真君祠酌丹泉飲之皆用本日故事
僂計招涼開近局醉回花舫信風行

再和硯翁曉起疊韻之作

長夏農占叶望庚最難夜雨又朝晴犁扶四野鋤禾景蠶罷三眠食葉聲常度金鍼傳妙訣自珍敝帚遺閒情來詩過辱褒獎湖村預賽豐年社燈火中宵繞巖行聞湖上夜來社會頗盛

大端陽前一日内姪曾陶山工部四十初度賦賀一律書扇贈之

髫齡丞羡佩觿童槐市芳鄰接若翁昔官京邸與尊甫比鄰而居姪尚在童年强仕新聲誇水部趨庭舊業紹南豐良辰竹醉樽浮碧展節榴燃座毯紅笑我耄年稱長倍齊紈助爾快乘

示

風

鍾子超大令以紈扇索書走筆賦贈

燕山閥閱舊家風一識荆州迴不同澤遍雙流鄉國福才非百里宰官雄匡時正仗經綸手餘事兼收翰墨功散策看花曾步武（今春偕游祇園古刹同玩牡丹）塗鴉貽笑對良工

雲甫尚書見示近著以詩社中牋筒往來較少次韻奉報並以解嘲

投牋近日少封題祇愧文詞遜夏倪偶聳吟肩紈扇落頻搔華髮葛巾低巢痕湖上新鴻爪草色天涯舊馬蹏畢竟登壇推健將據鞍顧盼老髯奚（用坡翁詠韓幹馬詩句意）

泮

搜遍枯腸笑白顛巧偷聊拾唾餘涎飲醇畧得酒中趣
索解翻從音外絃回憶前游池泮詠重尋陳蹟畫圖懸
予近賦重遊泮水詩並擬繪游歷各境圖閒吟不在彈章例藏拙非關號令
傳

重游泮宮詩 有序

道光紀元辛巳余以縣試案首取入邑庠今逢
光緒辛巳蓋已周甲矣爰仿前賢故事賦詩十
章聊以志幸云爾

弱冠童軍逐隊來初桄小試倖掄魁藍衫一領欣重著
六十年前老秀才

高
共十二人

師門沆瀣記鄒王齊魯風高皖水長星賦聯珠標奪錦
雲程進步感難忘邑侯山東鄒松崖師文宗安徽王蓮府師縣試詩題奪錦標院試賦題五星聯珠皆蒙甄取
簪罷宮花詠蔦蘿洞房爭羨小登科老來鴛侶分飛久
漫聽人呼春夢婆是歲冬仲曾夫人來歸今下世已卅餘年矣
青箱世業勉傳薪六葉芹香十二人素志平生恥溫飽
希文敢說是前身余家自　先太高祖以下六世入郡邑庠者共十二人同族子姓不在此數
猶憶兒時讀父書習聞詩禮過庭趨誰知白髮青燈畔
風味依然一腐儒

譽髦

巍峩再仰舊宮牆祖德遺芬祀梓鄉今日孫枝來下拜
又陳俎豆薦馨香先祖於道光壬午崇祀文廟鄉賢祠先君率子孫輩奉主入祠行禮
朝衫久卸遂初衣朋輩晨星賸少微笑指青衿成法物
杖朝曾拜　賜新緋
丁年舊句韻依劉學步居然泮水游私願諸孫繩祖武
他時庠序紹箕裘丁丑歲和劉詹岩殿撰重游泮水詩有學步他年笑友生之句
當初領袖集羣英故事曾聞説兩黌昔是童顏今皓首
譽髦濟濟萃登瀛吾邑舊定府縣學額僅二十名近以軍務捐輸廣額並有登瀛集饋遺卷費喜資洵稱盛舉
人間游戲愧神仙駑馬知途強著鞭重把頖宮詩首唱

圜橋先後會同年

雲甫司空賜和重游泮宮詩又示寄懷令弟儀臣
郡博新什二章疊次元韻志謝並祝七旬晉二
初度 五月廿五日

邮牋五色朶雲舒珠玉風生欬唾餘鼓篋慚稱前博士
摛辭寵賁老尚書近聯舊日松筠侶常伴閒身蒲藻居
曲奏澄清芝獻瑞（用本日故事）又歌天保頌如如

郡閣承歡晚景舒婆娑猶自惜三餘丹毫慣寫驚人句
黃耳頻傳憶弟書放鴿會遲蓮誕節介麋觥補藕香居
（東湖酒肆）笑同碩果陪桃宴游泳湖天罨畫如

硯生山長惠和前詩疊次前韻答謝

絳帳新篇似錦舒寵矜翰藻誦芬餘遊場又領少年隊學士曾窺中秘書自笑陳人當避席相期多士勿懷居傳衣重溯淵源舊勉繼前徽愧不如來詩述及昔年曾受業先公門下事

養福齋續存稿卷四十

奉新　宋延春　引龢

六月朔日研生山長見示曉晴憶湖上荷花消息寄秀峰學博之作適余往訪學博暢敘而歸次韻奉荅並簡秀峰

乘籃款款愛湖光隄岸陰濃柳綫長新荔曲傳南海妙孝梅香送北窗涼（皆用本日事）吟篇稠疊欽詩老（時携雲甫尚書唱和諸作傳觀）花信更番問水鄉（新荷近為陽侯所厄）難得吾宗鄰結社推敲韻事羨同方（謂家梓儕太守）

仲夏五日研生又示過江南別墅預訂觀蓮雅集

疊韻一律再次韻酬之

樓臺倒映一池光，采采江南攬秀長。屢向芰荷探消息，遲開菡萏識炎涼（予前二日亦曾游此閬館，人云因夏寒花放較晚）。魚游且待依香國，鴛夢徐還覓睡鄉。笑引碧筒將做節，溯洄彼美詠西方。

周榕岑郡伯因尊甫太翁今歲在桂林里第重游泮宮賦詩二章志喜遍示同人即次元韻奉賀

黌宮再到祝椿庭，子舍詞傳鄴屋聽。驥尾附翁稱二老（予亦本年重游泮水），龍頭比我長三齡（太翁壽屆八秩晉三）。泮芹又並羣英采，嶺桂重攀八月馨。海內同登猶有幾，被人齊指少微

星

灘江隨宦水迢迢少壯回思歲月消先君昔官粵西鹺使余幼年隨侍迄今已逾周甲矣倖雋童軍歸里梓奇探獨秀憶山椒新猷鹿洞承家訓舊蹟鸞坡共市朝郡伯近權南康府篆曾與余先後同詞館綵舞孫曾歡介爵笑誇黃髮學髦髫

六月廿四荷花生日偕同人奉迓雲甫尚書湖上觀蓮過撫松池館消夏初集用杜少陵丈八溝納涼二首韻代簡

觀蓮先有約折簡不嫌遲勝地尋仍舊名花壽及時翠盤搖扇影香氣拂鞭絲元老推君子重賡介爵詩是日為雲

翁補祝

社集年年慣紅粧笑白頭清尊消酷暑健筆掃閒愁葉

壺中

底朱鱗戲壺中綠蟻浮優游期不速颷館似涼秋

夏夜對月即景偶成再疊探荷前韻

宵深頂上現圓光新沐頭輕引睡長露浥盆蓮千葉艷
風篩檐竹一庭涼談天有客能窺象汎海伊人正望鄉
假館又開瓜李醼小池玉水照流方

小暑前一日渭川居士移贈新開千葉蓮一盆置
之園亭足供清賞口占四絕答謝

自娛花許共人娛居士軒名自娛千葉移來處士居位置疎簾

山石畔恍從湖上翫芙蕖

湖隄池館探蓮番底似雙頭植瓦盆雅愛亭亭君子品
薰風香送雨聲喧

回憶名花賞古滇樓臨翠海笑田田滇垣翠海有蓮笑樓花時每登賞翫
鴛鴦卅六瓶齊插樂府曾歌相府蓮此亦指滇廨觀蓮舊事

歸來滌暑向花洲老輩招携續舊游重展畫圖尋韻事
南皮帬屐擅風流時擬於荷花生日小集

荷華生辰後三日崔棣村郡丞招陪賀雲甫司空
暨同人再游江南別墅賞蓮雅集席閒賦謝一
首

颸館看花兩度來（蓮誕節曾過此）納涼又趁好樓臺粉紅遍墜蓮千柄筩碧頻斟酒百杯司馬青衫留客醉尚書白髮笑詩催石湖風雅蘇湖範（座中有范鶴生觀察胡研生山長）還許皤翁末座陪

大暑後一日少谷太守寄貺伏瓜口占答謝

一日三秋疊拜嘉及瓜勿代轉投瓜怪他雪藕冰桃外依舊分甘沁齒牙

從來瓜瓞詠緜緜風味今年勝去年尚許瓜期償宿願言歸同種邵平田

雲甫尚書避暑僧寮余於伏日過訪適棣村郡丞

展

亦攜樽而至遂留與同人暢飲薄暮冒雨歸家

仍用前韻志謝並呈雲翁

三客真成不速來虞翁研翁與予皆不期而至禪房花木鏡非臺通幽徑曲剛臨沼滌暑筵多又引杯滿座雄風爭欲避歸遂急雨漫相催老饕負腹徒貽笑河朔南皮一再陪

七月七夕同社訂於松雲精舍消夏二集奉邀雲甫尚書棣村郡丞同聚疊用杜集納涼原韻

渡河仍隱隱消暑尚遲遲九老重聯會雙星私語時鵲橋穿月線蛛盒織機絲却笑癡兒女忙催乞巧詩

新歡尋眼底舊恨展眉頭且效神仙樂都忘離別愁玉

壺封蠟啟銀漢望槎浮後約還期踐桐陰兩度秋（今年閏七）
夕

七夕後二日暑雨生涼盆蘭大放即景遣興再疊
賞荷前韻

空谷幽香撲鼻來斗甕雅供近蓮臺（盆蓮尚開）洗車雨透鋪
冰簟入室風薰讀玉杯雲外秋光羣雁帶林間涼意一
蟬催良遲慣愛同心侶紉佩清芬左右陪

立秋日渭川居士移貺素心蘭滿盆走筆答謝三
疊前韻用捲簾體

花迎君子屢叨陪（月昨兩次拜盆蓮之惠）秋信還將九畹催清露

歊汗

未晞容贈佩素心相對合銜杯笛吹芳芷浮湘櫂(謂蘭同貳)(尹時往長沙)琴奏騷吟擬峴臺(謂少谷太守尚宰臨汝)獨有老夫交共淡國香服媚靜中來

觸熱會客戲賦一首解嘲四疊前韻

熱客無端褦襶來炎歊疑築避風臺障塵謝郤南皮讌揮汗停傾北海杯身懶久忘衣帶束官忙多畏簡書催為霖尚慰蒼生望一雨成秋倒屣陪(時方久晴盼雨)

秋日即事奉簡雲甫尚書一律

咫尺精藍唱和稀投牋漫許素心違江干忽聽鯨波泛(連日江漲聞有蛟患)天際初排雁陣飛曲沼風過殘暑退疎桐雨

滴早涼歸何當歟侶來方丈一曲瑶琴信手揮公時有禪室聽琴之約

雲甫尚書招陪同社補消夏三集疊前韻賦謝

招陪同社補消夏三集疊前韻賦謝

𤼵然莫怯足音稀餞夏尋秋約不違鴻影又開樽北海鶴聲如奏鶴南飛紉珊太守次日生辰寓公假館頻頻聚使客乘槎緩緩歸少仲中丞乞假航海將抵里門好趁新涼吟興健拋甎更盼彩毫揮

學使洪文卿學士賜題重游泮宮匾額諸君子各惠賀章因再賦二首用志榮寵并以申謝

泮游周甲又逢辛南昌科試文宗定於今冬舉行更續文壇香火因何

韋宗工題緣筆光分蓮華倍生春
阿婆笑入少年場樂類重賡學使扁字魯頌章黌序從今添
韻事紗籠四壁誦琳瑯

秋分後三日偕雲甫尚書同訪研生山長暢敘而
歸承惠新什依韻酬之

詩情又入早秋天用句老去同耽翰墨緣愛向局中尋鏡
隱閒從方外證詩禪謂梅庵十年北面春風座一卷南華
秋水篇難得寓公常領袖朋歌三壽會羣仙

八月十七日約同人桂危賞月作展中秋節會代
簡一章

香

節過桐閭展秋光說餅良宵又舉觴好月遙知千里共比鄰先送一枝香瀛槎觀察昨以折桂見貽座中客動南樓興席間葆叁觀察將之武昌花下風餘北牖涼小試廣寒攀桂手衆仙同日詠霓裳後數日南昌舉行郡試

中秋後二日晨雨復晴夜月自佳即席呈同社再疊前韻

秋月仍圓昨夜光捲簾照客引壺觴舊栽竹徑芙蓉潤園中木芙蓉含苞欲吐新供茅齋橘柚香交久襟懷同灑落老耽詩句每蒼涼已盈三五娛今夕酩酊何嫌顛倒裳

廿五日再展中秋陶山水部招集江南別墅三疊

郎完娶嘉

前韻

佳招再展借池光更勸行厨醉月觴健步何須携孔杖老饕又許飫郇香游魚影裏留荷翠吠蛤聲中趁稻涼恰好芙蓉遍臨水涉江采采待褰裳

重陽前四日紉珊太守弄璋之喜詩以志賀

欣傳老蚌產明珠四美居然又設弧（新郎君行居四）始信精神誇壽鶴好將啼笑試新雛添丁酒趁黃花熟紀甲齡先絳笄符（君今歲壽七十有三與絳老相合）博得蟠翁增口福洗兒湯餅合歡厨（本月為大文郎完娶嘉禮）

九日硯生山長子任農部彥甫比部招陪社友登

高賞菊同集撫松書屋次硯翁元韻答謝
朗吟風急與天高杜老經秋句更豪九日登臺重酌酒
千年韻事羨題餻振衣樓外誇腰脚吹帽樽前感鬢毛
笑把茱萸看歲歲東籬香滿醉霜螯

重九後三日秋帆山長移尊松雲精舍招集同人
翫菊即席賦謝
催租雨霽淨街塵笑叩禪關局又新老衲借花還獻佛
賢東假館好留賓茱萸醉把會仍健蔬筍加餐師不貧
我奉瓣香稱弟子采芹詞寵再來人昨承惠獎重游泮宮佳什

虞階漕帥新葺西園落成重陽後五日召陪同社

菊觴雅集奉賀志謝

堂成新構娖西園，歘侶同開北海樽。坡老家風愛秋色，陶公樂事寄霜根。樓臺小試經綸手，籬落香留泥爪痕。四座餐英娛晚節，叨陪畫錦素心論。尊與素心蘭正開

展重陽節梅庵長老約集選韻賽品菊小飲賦謝

疊用前韻

節展重陽祇樹園，招携來醉九華樽。禪房花木開三徑，香積齋廚淨六根。甕倒疎籬英漫嗅，紗籠舊壁墨留痕。何當再踐歲寒約，選韻推敲對榻論。

少谷太守寄祝賤辰並賀重游泮水長律次韻答

傾

謝奉懷

桃潭遠憶舊丰姿快誦吟箋醉菊時子美情深思白也樂天句好答微之老成忝比秀眉耉新進英英卝髮倪天末賓鴻傾寄語春風鶯谷盼瓜期

十月朔日補展重陽約同社菊尊小集代簡二章

疊韻

徂冬經半月有菊尚重陽展會催風雨閒情補詠觴秋容遲較盛晚節淡彌香酒綠燈紅處休辭卜夜長

折簡逢良月開爐趁小陽仙音盈耳奏（擬請座客度曲）壽客介眉觴梅嶺先傳信芹池又采香羣賢仰星聚耄叟引年

長

十月初八日八十初度述懷自壽呈謝諸同人並
示兒孫輩八首

尚齒居然大耋身樗材何幸媿靈椿詩編年譜頻添帙
宦蹟游踪細寫真余近擬繪耄年游蹟圖册鳩杖
五朝宮闕迴鑾旂兩度泮池新欣逢
壽寓呼嵩日老作康衢擊壤民

雪泥鴻爪徧天涯南挂征帆北走車幼學同分親舍果
壯遊早看禁林花三川客負囊中錦百粵僧籠壁上紗
二十四科前後輩玉堂清夢繞煙霞

記否揚鞭出紫閣巖疆往事怕重論沙場戎馬蒼生困蠻徼烽烟白晝昏萬里籌邊忙草檄一朝凱讌竟開樽而今獻曝茅檐下猶戀當時
雨露恩

攬轡澄清纓早收還鄉再植舊松楸得依隴畝償蓑笠長向烟波狎鷺鷗輸粟無田分鶴俸買山有券遂菟裘阡文家乘從新補食德仍須共服疇

前番虛度古稀年曾賦承平卅韻全辛未冬在滇廨詠七旬自述詩三十首用上下平韻天許歸娛閒歲月人誇退隱好林泉久安獨宿疑成佛雖願長生懶學仙惟有風流追白傅續題九老

畫圖傳

桑榆暮景念平生孟案空存百感縈家侍桓婆憐老態王氏長女近歲孀居歸里省侍年將周甲矣官貽任子博微名遥期小阮循良譽三姪組同尚作宰湘中愛聽諸孫誦讀聲枌社況多新舊雨春秋佳日會耆英

附庸風雅列騷壇禪友詩緣結歲寒老圃莫嫌花冷淡精藍常報竹平安硯遺東閣欽師範圖展西園契古歡異品摩挲留手澤珍藏待與後人看家藏有阮文達師相揆文奮武遺硯及唐六如所繪西園雅集圖卷

盛事喧傳履道坊頓教蓮華燦琳瑯尚書高詠松筠茂

衿

賀雲甫司空學士重賡芹藻香洪文卿學使法物敢誇唐顯慶陳
人愧說魯靈光犨公珠玉無由報笑醉黃華晚節觴

十月望日第五孫生詩以志喜四疊前舉諸孫元
韻

八秩籌添五葉孫榮敷小草總
天恩靈椿幹老桐枝秀雛鳳聲清燕翼騫丹桂相期承
祖蔭青衿更待繼黌門漫誇盤古先生達後一日為盤古氏生辰
湯餅觥聯介尚書壽樽

雲甫尚書於十月既望假鍾鍾氏園亭為盤古氏作
生日召同社消寒初集次硯生山長韻賦謝

耆舊三朋

耆舊三朋獻納臣（尚書與山長及余先後同官臺諫）尊開晚節雁來賓
鴻濛始啟先天壽鶴算同增大地新坡老後游曾赤壁（前一日故事）
放翁初度尚青春（次日為陸劍南生辰）園亭又幸逢賢主
耄齒慚為傳食人

雲甫司空賜賀添孫大什依韻奉酬

捧到郇牋五色芝新篇拜寵及孫枝欣逢混沌開天日
恰好胚胎墮地時乞果紛紛爭膝繞含飴隊隊笑肱麾
他年倘副繩其譽勉紹書香佩頌規

硯生山長惠詩賀孫用余前贈紉珊太守弄璋元
韻亦用前韻答謝

五星曾記賦聯珠周甲孫枝映彩弧（余於道光辛巳宗師試五星連珠賦入泮迄今已六十年矣）愛我良朋貽吉語驚人奇句譽新雛和調琴軫音相協福衍箕疇數正符點領呼兒重設讌鼎烹還欲聚鯖厨（後二聯戲用五字典故因新孫行居第五也）

子任農部亦賜賀孫之作用盤古生日韻仍和韻酬之

笑從子舍策勳臣喜為添丁迓鶴賓纔舞萊衣雲錦爛又綳繡褓月輪新褒詞疊被非常寵綵筆都生太古春贏得重闈娛晚景多留祖硯待傳人

仲冬上澣雲甫尚書將就養虔南道廨同人置酒

祖餞賦呈四章即以贈別時令嗣幼甫觀察權贛南道篆

卅年京國綴朝班三載江城接笑顏難得寓公陪杖履好將游蹟壯湖山圖添洛社東林後詩滿徐亭蘇圃間子舍欣逢移薦節板輿那許道旁攀

近局何妨過從頻幾番選勝幾番新黃州鶴夢懷前度赤壁鴻泥認後塵池草遥賡千里句嶺梅先贈一枝春詩筒自此勤來往江水沿洄六六鱗

章貢盈盈憶舊游萍蹤兩度汎扁舟余於道光甲午乙巳兩游粵東道出虔州俱曾小泊香山珠詠臺邊現玉局紗籠寺裏留鬱孤臺天竺寺為贛郡名蹟白蘇皆有題詠老我難隨尋雪印如公合讓繼風流想當

陔養行吟暇多寄新篇掃暮愁
久聚方知遠別難清樽作餞又消寒重題南浦三春景
時以今春同遊三村看桃花畫幀乞補書舊作于上
且盡平原十日歡驪唱怕聽
催祖帳鷗盟還待主詞壇分襟珍重搔霜鬢離緒紛紛
繞筆端

十一月望日為五孫滿月之期奉邀雲甫尚書暨
同社作湯餅會消寒二集代簡一律
弧矢懸彌月重闈又置樽愛邀諸老伴歡弄小雛孫襁
負含飴樂爐圍煮酒温充閭猶有待軒蓋耀蓬門
小寒後一日彥甫羹臣兩比部約陪雲甫尚書餞

別即席賦謝次硯生山長韻為消寒三集

排日離筵話歲寒喬松老健竹檀欒園招嘉客頻勞借仍集撫松書屋船載名花預買看江干新到盆梅浼羹臣代購數種贈別詩多催債急治庖法比選材難彦甫治饌極為精腆如邀十八阿羅漢設供靈山大喜歡是日為十七因用其故事見東坡集

范鶴生觀察見示六十生日述懷四律和韻奉酬即以補祝

品節朝端寵賜鞭莪冠擁鷹仰扶顛濟時霖雨能生物游宦清風不受錢星現丁躔宜杖撰籌添甲算正弧懸祝公耆耇吾衰矣馬齒虛慚長廿年

東華並踏御街平芸館藤廳履跡并漫說盧前與王後笑呼張丈共殷兄公與余先後同官詞館銓曹材儲桃李頻持節蔭託枌榆快識荊況是通家叨蔀屋躋堂酒為介眉傾林竹孫枝愧小坡當年鐵網幸搜羅族姪孫立球丁卯鄉薦及公門下丁丑倖捷南宮作宰鄂省高翔欣附鵷鸞隊退息自隨鷗鷺波白傅社中前輩少歐公門下異才多好將天保如如句補效康衢擊壤歌公生辰在九月初七日

詩學家傳繼至能吟毫朗潤一條冰絳紗争拜無邊佛白首同為有髮僧朋舊鸞牋增唱和兒童驂䮽競歡騰願期晚節喬松茂常詠甘棠向磨去聲鷹余家居在會垣之南磨鷹城畔

仲冬下澣二日虞階漕帥招陪雲甫尚書再與同社敘別作消寒四集疊用重陽賞菊韻賦謝並簡雲翁

堂成綠野又新園新葺西園落成榴瑞宜浮甘露樽用前一日故事暖閣窗明開眼界芳鄰酒美瀹靈根締交久共霓裳詠與公雲翁鄉榜同年賦別重添雪印痕吟到玉梅三九句客帆江上計程論

嘉平既望立春書事

冬餘喜見頭番雪歲閏重迎兩度春三白句吟飛絮妙一枝香送早梅新梅庵長老折梅見贈鼓鉦聒耳嬉童子幡勝簪

頭笑老人遥憶鬱孤臺上客題詩應寄草堂頻謂雲甫尚書

壽蘇日約同人中隱廬消寒第五集疊用前韻代

簡

壽蘇會仿年年例暖室花開盎盎春赤壁圖披仍似舊

黄州鶴奏又從新尖义韻事無雙譜硯翁見示喜雪之作用坡公北臺韻

笠屐風流第一人笑我頽齡猶逞健消寒醉客不嫌頻

硯生山長賜示壽蘇會新什次韻奉答

化身齊仰百東坡介壽新篇飲且哦為君置酒飲且哦坡翁句也

珴偏教千里隔詩筒又積一年多雲甫尚書時在虔南未及與會大江

東去流餘韻孤鶴南飛憶嘯歌細啜糝羮參玉版還尋

大室問云何謂梅庵詩僧

子任農部大文郎澍臣入泮詩以志賀次研生山長韻

健筆能扛五彩虹傳家詩寫御屏風令郎為文宗取錄詩古雲衢初步誇無敵月旦高標本至公老驥知途銜轡熟新鶯出谷發聲工芹香先後欣同譜余於道光辛巳游泮科第蟬聯笑若翁君於甲子乙丑聯捷成進士

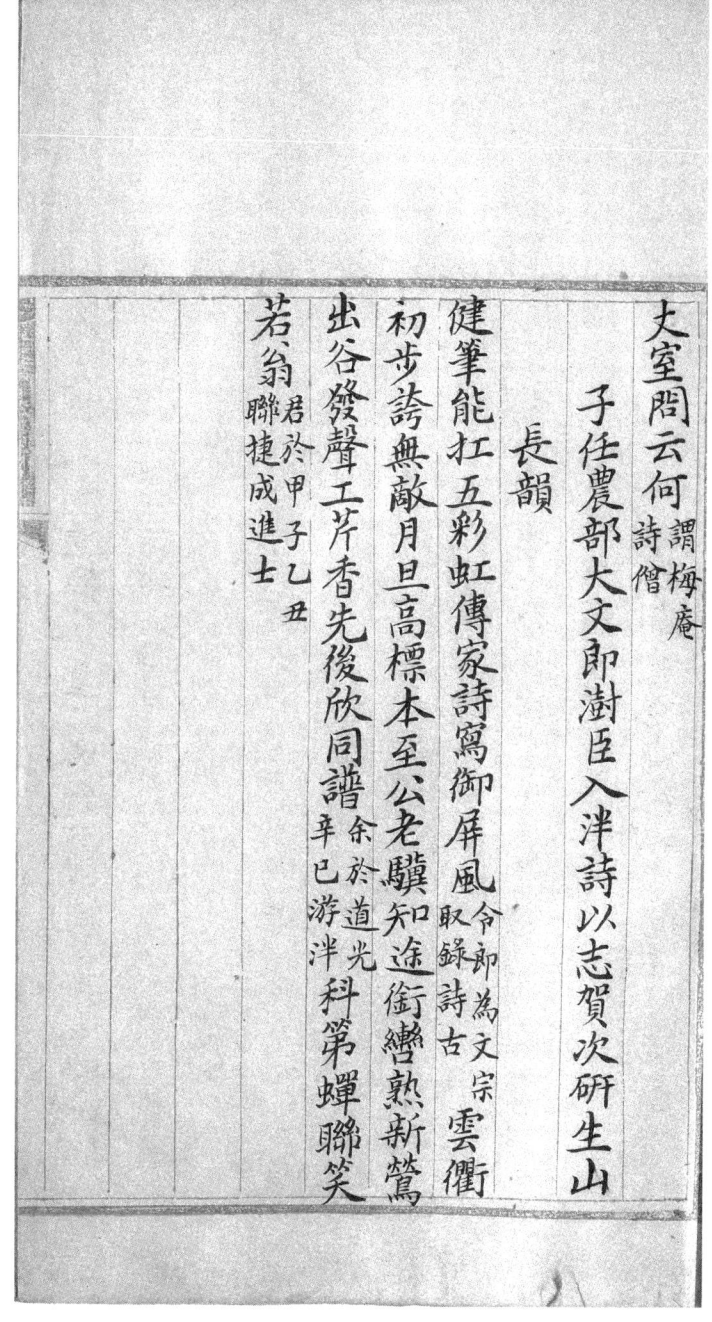

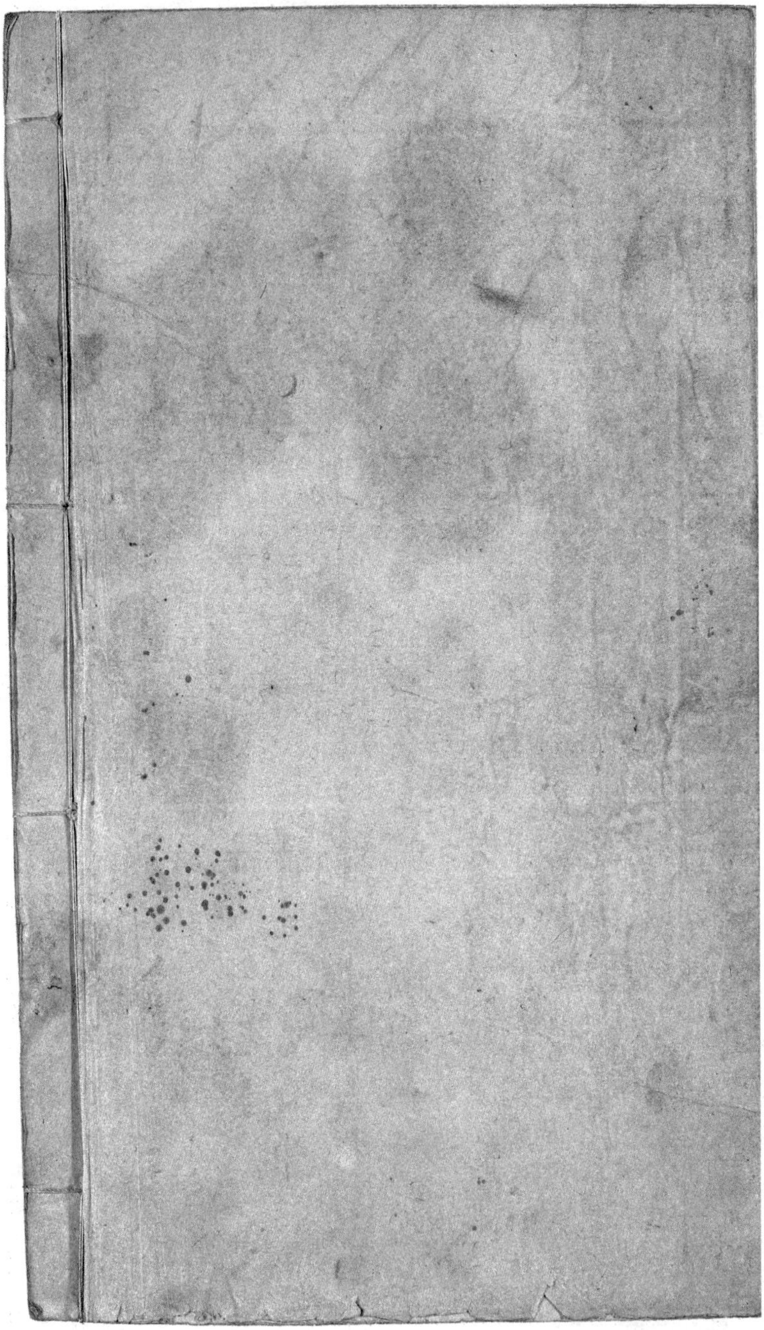

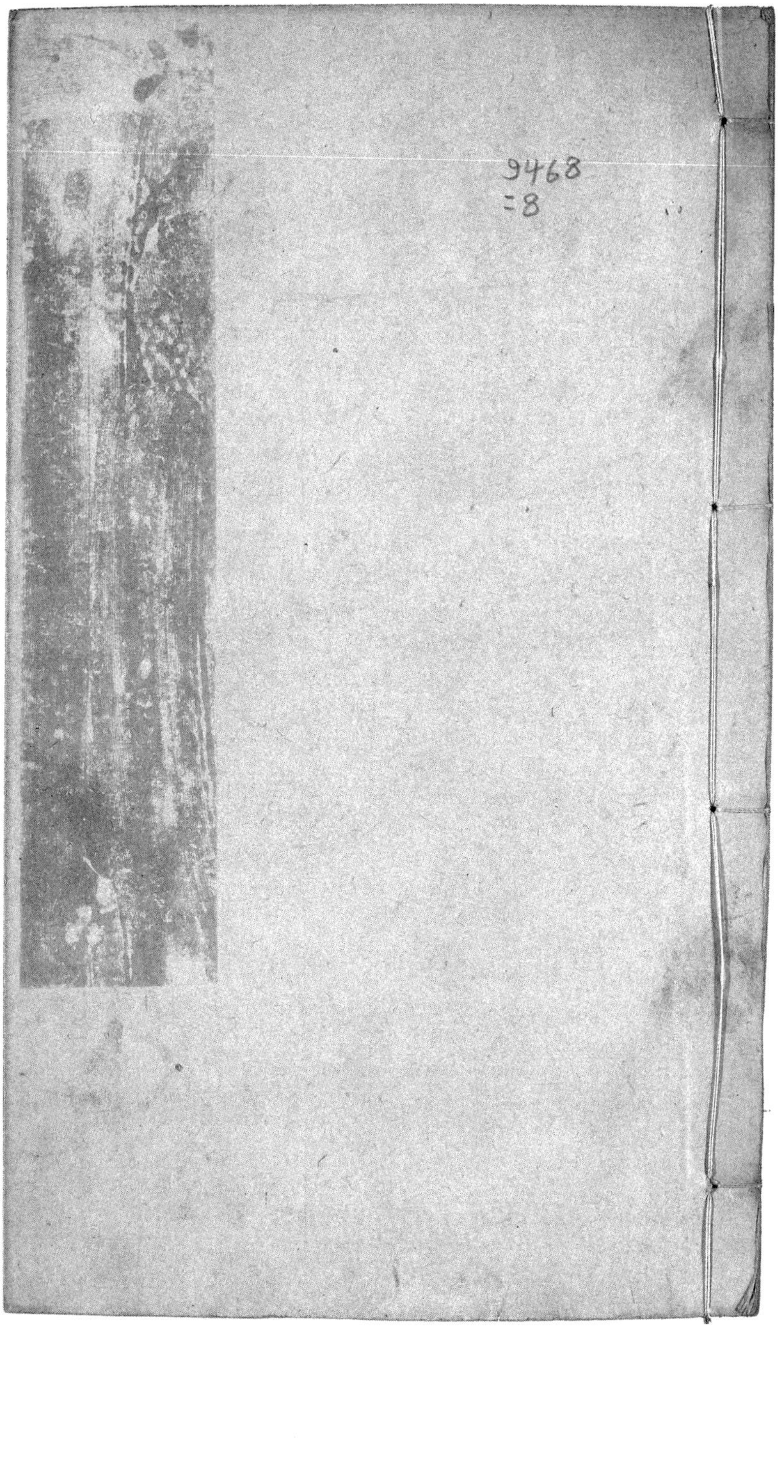
9468
=8

養福齋續存稿卷四十一

奉新 宋延春 引穌

嘉平月二十日學使科試吾郡事竣余偕新進諸
生展謁釋奠禮成重游泮水紀事志喜再賦四
章呈同人並示兒孫輩

臘日欣聞選佛塲梓鄉多士逐槐忙老夫壁上閒觀處
見獵心猶喜欲狂
宗匠持衡玉鑑懸黌宮濟濟萃羣賢朝衫笑領襴衫隊
白髮朱顏展拜虔
雅水華林秀氣鍾青廂世業繼吾宗竹林雙鳳符前兆

展拜

廂

周甲詩賡樂泮宮道光辛巳科試余與族姪邦宣同案入泮今歲族弟九坤與族姪烱亦同案游庠皆係叔姪行輩先後相符洵盛事也

梅花門第誦先芬祖德馨香衍藻芹私祝繩其孫子盛

他年佳話續新聞是日又率領兒孫輩再赴鄉賢祠先大父神位前行禮

自題耄年游蹟圖有序并引

先大夫於道光壬辰九秋壽屆七旬曾繪有稀年雜憶圖十二冊各系以五古一章詳見心鐵石齋集中今逢光緒辛巳冬初余幸登八秩忝誦先芬追思往事亦倩友人仿作斯圖共廿四冊不揣荒陋勉成里句分綴冊端用誌生平游

從游
舊
紀

蹟馬爾

漢嘉游釣

先君於嘉慶辛酉官四川嘉定守次年壬戌余誕生郡廨嘉陽地多海棠故名香國郭外有凌雲山即東坡讀書處署中有憩園為公餘文讌之所余童時隨侍從游迄今憶之猶宛然在心目間也

分得峩眉秀回思舊釣游趨庭同兗郡就傅在嘉州香國題襟會凌雲載酒舟小時殊了了繪事紀從頭

巫峽揚舲

嘉慶甲戌　先君擢授廣西鹽道自蜀入都
展　覲再之粵任余隨諸兄奉侍　先慈
攜眷屬買舟取道夔巫東下歷瞿唐三峽之
險雖安流無恙然此中殊惴惴耳
蜀道辭天上初揚出峽舲三巴流水碧兩岸送山青鷁
影如飛下猿聲不住聽慈航欣穩渡奇境快曾經
洞庭春汎
甲戌冬杪舟次巴陵假館小憩度歲因登岳
陽樓一覽洞庭之勝乙亥春正雪晴仍挂帆
而進風利湖平瞬息千里較之蜀道其難易

相去何啻霄壤耶

蒼梧隨宦去滿載洞庭春千里帆檣接全家笑語親衡陽排雁陣湘浦指漁津風景渾如昨更番雪印新

桂廨傳經

自乙亥至戊寅余俱隨宦桂林鹺廨與兄姪輩從師肄業　先君公暇嚴加督課廨後濱臨杉湖書齋窗外遥對獨秀峰奇甲天下課餘偶然流覽胸次為之一快

子舍聞詩禮剛逾舞勺年六經詒業授八桂誦芬傳牖對粤峰秀床吟春草聯至今念庭誥菽粟在書田

春

遂園侍養

己卯春　先君由粵西解組偕　先慈挈眷歸里僑寓章門庚辰卜居東湖之西宅旁築室顏曰遂園是歲少梅伯兄入都筮仕余仍誦習家塾膝下承歡頗極天倫之樂

輿捧還鄉日養親惟小園循陔采蘭芷託蔭傍椿萱室有琴書樂門無車馬喧松楸猶眷戀孺慕永難諼

馮川文戰

道光紀元辛巳春仲余奉親命回馮川奉新古名應童試蒙邑侯山左鄒松崖師甄拔冠軍夏

水

闈科考文宗皖南王蓮府尚書師按試取入
邑庠從此科名祿仕倖獲進階乃忽忽竟已
周甲紀矣
發軔歸馮水須論合格文名場爭一戰筆陣掃千軍試
庭圖南翮慚空冀北羣書燈猶是昔白首憶青雲邑城樓名

吳越計偕
余於戊子秋賦忝膺鄉薦與袁六皆干小垣
兩同年計偕入都由吳越水程至袁浦遵陸
北上瀕行時先君賦詩示勗謹誌之不敢忘
忝附賢書列初程計吏偕行行歷吳越淼淼泝江淮驛

路良朋誼邏窗游子懷祖鞭從此著足蹟半天涯

金焦眺雪

己丑開歲二日大雪維舟京口偕同人泛小艇渡江往游金焦二山水天一色覺瓊樓玉宇如在人間洵生平一大觀也曾賦長歌紀事原稿惜已佚去為之悵然

扁舟渡揚子縱覽向金焦況湧一江雪如乘八月潮天風吹上界樓閣倚層霄曾寫驚人句惜隨烟霧消

潭柘尋秋

己春赴試禮闈至都下　先外舅曾賓谷公

時官京邸即召下榻蜴館及被放仍留過夏
秋仲命隨侍游西山潭柘戒壇諸寺旬日始
歸同游者顧南雅學士吳蘭雪舍人章虛谷
孝廉名山覽勝耆宿題襟洒一時雅集耳
槐街纔過夏柘寺又尋秋潭徙老龍宅客隨閒鶴游泉
聲清洗耳竹色翠盈眸杖履追陪舊空餘香瓣留

南屏持齋

癸巳予倖捷南宮獲邀館選乞假省親復取
道武林同鄉陶雲生鹺副招游西湖過南屏
淨慈寺齋食香積傳廚竹筍尤妙禪參玉版

口腹一新以視畫舫笙歌觥籌交錯有雅俗之別云

湖上名藍遍南屏山色佳菩提參妙諦蔬筍供清齋飯後鐘誰覺壇前鉢競排素餐吾竊愧行脚比僧鞋

會稽訪古

癸冬假旋途次杭州小住時同鄉周雪樵前輩守郡紹興爲世交夙契族兄味菘官柯橋貳尹皆有書見召遂放棹作山陰之游盤桓信宿而别雖非管絃觴詠而舊雨言歡連床情話亦客中一樂也

庚支

探奇來禹穴古跡訪山陰柯竹逢人問蘭亭何處尋謫
居鸞掖侶同氣雁行音仰止羣賢會前游歲月深

珠江啖荔

甲午夏初因赴粵東李鄉甫姻丈之約迺稟
告庭闈由里買舟泝虔郡度庾嶺端午節後
行達羊城鄉丈款接有加禮比當伏暑招游
荔支灣即南漢昌華舊苑也荔支正熟任摘
飽嘗色香味皆臻上品閩產不得而知若蜀
產則妍媸迥異矣

嶺南多異品荔子擘珠江苑口紅雲樹灣頭絳雪艭君

謨誇第一坡老咲無雙旅客同消夏冰丸飫滿腔

鵞湖蓺稻

辛丑壬寅余家居讀禮當道聘主鉛山鵞湖講席時邑宰為南海吳鄉泠同年連歲俱招至邑城下榻試廨攷書院乃朱陸講學之地因歲久失修諸生難以棲止鄉泠邀往一游院居鵞湖山麓距城十餘里風景絕佳山田高下彌望青蔥昔人詩云鵞湖山下稻粱肥洵不誣也余每月課士命題校藝自慚譾陋未能勉步前型然及門諸子中頗多英俊嗣

皆先後有登科第入詞館者余曾繪圖册索
同人題詠惜亦久遺佚矣
肯為稻粱計田荒硯未蕪傳薪師鹿洞講執緬鵞湖學
冀通經士耕慚識字夫樹人期百穫飽食笑侏儒

金臺餞菊

余備員輦下垂二十年咸豐乙卯仰蒙
恩命出守滇南適值南中兵阻將取道秦蜀
赴任九秋戒行有期同人各以菊觴祖餞流
連匝月始克首塗古人桑下三宿猶深依戀
况余久宦春明遽聽驪唱能無悒怏乎因賦

留別詩見意同人亦各有和章焉

一麾指滇徼廿載別金臺白雪催行色黄花餞客杯秋風馳萬里舊雨醉千回晚節東籬畔酣吟歸去來

草堂索詩

乙卯初冬余自京挈眷南行由燕而豫由晉而秦直達蜀界所經棧道中峰巒泉澗奇秀異常多生平未歷之境且距賊氛甚遠行旅晏然幾忘蜀道之難也臘杪抵成都同鄉舊好款留暫憩約遍游諸名勝小集工部草堂尋芳賭酒頗洽裙屐之歡余雖生長於蜀幼

年未至錦城得此亦可補從前之闕耳
宦游過錦里小憩浣花溪蓬戶客初至草堂詩舊題早
梅閑舍北殘雪踏橋西索句先人日怱怱牘爪泥

淩雲話舊

余在錦里少息征塵改由水驛前進丙辰春
正舟過嘉陽爲余懸弧之地憶自甲戌隨宦
之粵離此已四十餘年當日兒童皆成老大
似有令威重來景象人民雖異山水依然時
守斯土者乃皖中李芸舫同年招游郡廨近
歲園亭重葺頓改舊觀而壁間　先君遺墨

歷歷猶存瞻誦再三不勝今昔之感
官閣家聲久來尋未了緣重偕琴鶴伴細話𩋬䮧年棠
舍口碑頌紗籠手澤傳先型談故老山水倍流連

蓮郡班春

丙歲夏初之廣南郡任郭外四面皆山如芙
蓉環繞故名蓮城地居邊隘雖前經烽火近
尚平靖且風氣樸醇士民咸安予拙頗稱易
治是冬旋拜迤西監司之
命因候瓜代適屆立春仍舉行典禮如例鑾
花䓿草耳目一新次夏即辭郡而去

師原

竹馬迎邊塞争看作郡人紅蓮峰繞郭白鹿道行春五袴來廉暮雙旌借寇新綸書促瓜代攬轡又西巡

龍潭探梅

同治甲子冬余承乏滇垣公餘同人約游黑龍潭龍泉觀探唐梅小集玉照堂老梅二株即在堂外古色斑斕花朵極大徧觀壁上石刻皆乾嘉諸名公鉅製過丹房讀前節相阮文達師丁亥看梅手書二律原幀多已損壞向羽士索歸重付裝池步韻附題幀末嗣泐石留壁用垂永久以誌師生前後因緣云 師原

後

作有千歲梅花千尺潭春風先到彩雲南之句
休沐從公暇清游到古潭冰梅千歲種玉照一庭探大
筆龍蛇走春風雨露含後塵慚學步題碣彩雲南

翠海觀蓮

癸酉滇南戎事告蕆全省砥平諸軍凱撤六
月荷花生日偕同僚陪大府游翠海至湖心
亭雅集聊借壽觴以當凱讌亭前為蓮華寺
近歲新頒
御書扁額妙蓮湧現四字更表湖山盛美焉
凱奏榆關後湖心妙湧蓮紅裳搴楚楚翠海采田田壽

瞀

獻三千界香盈十丈船碧筩齊飲至曾醉晚涼天

湘帆歸隱

余自服官滇徼幾二十年齒過懸車鄉思彌切近喜捷書早奏迺敢引疾乞休甲戌春杪瓜瞀閉户養疴秋初小愈假裝啟行取道黔湘歸里從此無官一身輕矣爰繪圖卷徧徵題詠同人皆有贈別佳章以代陽關三疊云

洱海澄清日迴舟願不違三湘帆穩挂六詔客言歸返岫雲招隱投林鳥倦飛舊圖補新什八稔遂初衣

花洲滌暑

光緒乙亥家居長夏炎暑乃於六月觀蓮節
倣唐宋名賢故事約林下諸公游百華洲消
夏雅集余敬倣先稿中用司馬温公耆英會
韻賦詩紀事並倩友人寫後九老會圖像付
詩僧梅庵度藏永福禪林用誌高年一時盍
簪之雅焉

江城如畫裏選勝占花洲東道開嘉讌南皮續俊游耆
英仍九老圖卷又千秋洛下香山外重教韻事留

畫

松舍消寒

連歲冬令江城瑞雪應期同人互舉開鑪之

會余亦於臘日假松雲精舍為東坡先生作
生日邀諸社友醵飲消寒自後每年皆有壽
蘇雅集遂傳為林泉韻事耳
訪舊來精舍前緣結歲寒局中任真率方外報平安詩
鉢敲齊已爐灰撥懶殘年年長此會蓮社笑眉攢

泮水重游

余於道光辛巳科試入泮今逢光緒辛巳甲
紀倏一週矣今冬適屆八秩初度南昌又將
舉行科試同人僉謂泮水重游梓鄉盛事余
因賦里言十首諸君皆有和章並承宗師洪

文卿學士賜題扁額余再詠謝什附寫斯圖
以誌榮寵焉

樂泮今周甲芹香句再賡青衫前博士白髮舊諸生後
進羅羣彥新圖寫二鬢秕揚愧先導指引集蓬瀛

隱廬娛老

先人舊廬顏曰中隱今予别卜新居仍用舊
額見無忘手澤之意小園畧具花木竹石朝
夕婆娑其間課子弄孫饒有樂趣春秋佳日
並約枌社諸老聯尚齒之會雅集壺觴暢談
風月聊以消遣天年而已

期　　春

借築菟裘穩依然此敝廬頹齡養松菊晚景樂禽魚朋
輩每歡飲兒孫勤讀書期頤敢奢望耄耋且軒渠

擬繪游蹟圖稿初成再題一律

勞勞涉世百年身回首前塵記逼真吟徧雪泥詩品舊
圖成風月畫橋新要留離合悲歡迹曾作東西南北人
自笑白頭餘結習臥游展卷倍頤神

硯生山長又示祀竈日書懷近作用余立春元韻
再疊前韻酬之

比鄰祭竈傳佳句如坐光風絳帳春白雪纔留三徑潤
黃羊又薦一番新預邀壽斝消寒局君預訂新正白傅生辰作長慶會

笑作詩臺避債人老去年華同愛惜好追元白唱酬頻

除夕即事三疊前韻

甘澍連宵送殘臘韶光半月占先春月既望已立春游庠再檢藍衫舊守歲高燒絳蠟新耄耋增齡同幾輩酴酥後飲是陳人舉家圍坐紅爐畔添箇雛孫笑弄頻

景山

養福齋續存稿卷四十二

奉新　宋延春　引龢

元日試筆壬午

年開九秩斡逢壬春滿元辰旭日臨是日喜晴豈有勳名在邊徼儘娛晚景向山林奇花座上芬芳繞好鳥枝頭快活吟閒對風光題綵筆華顛猶映舊朝簪

硯生山長見示新什預訂正月廿日白傅生辰招陪同人作長慶會消寒六集次韻奉酬

閒坊履道仰崚嶒吟醉先生每拊膺社會拈題新選例詩禪說法舊傳燈一生公占湖山勝九老吾追圖畫增

節展元宵欣介爵隨方還有月為朋坡公句

新正人日秀峰學博四旬晉一初度賦詩稱祝並
賀選舉孝廉方正之喜疊用前韻

龍門聲價羨崚嶒餘事工詩媲次膺品藻爭誇標薦牘
榜花先喜兆元燈中丞於除夕出制科榜為君秋捷之兆壽萱博笑庭闈
樂仙李蟠根歲月增強仕華年新展步趨朝瑞叶盍簪
朋

族姪孫琳亦與薦舉賦此志喜並以示勗再疊前
韻

尚書門第本崚嶒小阮何期辟召膺立品自須同白璧

策名差不負青燈祖庭舊澤留貽遠姪孫之伯祖澂緣兄道光初元曾與斯選乃祖平湖兄積累尤厚慈蔭春暉報答增好向雲程先發軔梓桑難得遇三朋同邑保送胡甘二君與姪孫共得三人

上元後一日同人春盤雅集鴻度農部誦芬書屋

三疊前韻

簫雲高閣久崚嶒更拓名園喜滿膺舊會句聯新會句今宵燈勝昨宵燈沽春玉琖賓筵醉買夜金錢市價增火樹銀花娛老眼枌榆重聚社中朋

子任農部訂於廿五日展上元節約陪同社過程園消寒七集硯生山長示以新什二章因次原

韻志謝奉簡兩君

松竹冰梅共歲寒燈宵再展續新歡填倉競比鯖烹鼎用本日故事琢句渾如珠走盤身老驚心同社櫟花繁回首憶荁蘭滇垣古名正月山茶最盛春葩賞徧秋香近玉樹高搴蕊榜看令嗣將應秋賦

一編長對懶窺園高唱爭傳壓白元農部適以和章見示纔坐春風叨盛饌山長昨邀赴長慶會更招明月倒芳樽會聯屐履並耆碩室擁琴書宜子孫待向仙源探華信扁舟重訪避秦村時擬約三村看花之局

廿九日紉珊太守移尊松雲精舍陪同人消寒八

宅

集再用園字韻賦謝

佳辰折簡會祇園又扣禪關訪了元佛印禪師名謂梅庵長老選韻仍聯方外侶湔裳預置社前樽後二日春社谷遷喬木鶯求友庭和新聲鶴引孫太守於去秋鄉間移居新宅並為文郎授室桑柘影斜扶客醉春遊彷佛在山村

春分後二日鴻度農部招陪同社再集誦芬書屋看花小飲席間口占志謝次研生山長韻

芳園再到徧揚芬劇喜晴天卷片雲沼綠新添三尺漲桃紅艷愛兩株分歡聯蘿蔦誇庭梓大文郎為余孫壻老惜桑榆共里枌預賞花朝先十日杯邀初月醉醺醺

百花生朝前二日邀同社過結歲寒緣館賞五色
桃花補作消寒九集代簡再次研翁前韻

江村積雨落英芬咫尺前津隔水雲（昨擬三村看花廼為風雨所阻）古剎奇葩開五色春光好景賞三分漫從南浦催吟草（紉珊秀峰兩君時將旋里）且效東門樂賦枌勝會圖消寒九九寶珠花下酒重醺（庵中山茶盛開）

是日賞花席間再疊前韻戲用五色字成什博同人一粲

佛笑拈花散蕊芬滿園新綠一龕雲錢抛白打霞千片衣染紅綃萼十分黃絹擒詞舒錦繡青旗沽酒醉榆枌

賓旋吏　題

蟠桃好獻長生會座客籌添介爵醺花朝後三日為彥甫比部初度

春日奉懷雲甫尚書虔南使廨用香山早春西湖

閒游偶成十八韻寄微之原韻却寄

憶別好鵞賓旋吏歲瑄新選題欣做節行樂倍懷人花下扶鳩杖林間墊角巾隨風牽柳帶步月踏苔茵曾賞陶家菊常吟楚客蘋三三穿徑鶴六六寄書鱗芹沼連番詠梅檐幾度巡交盟肝膽共詩寫性情真臭味深逾淡言談老更親朋簪聯勝會禪衲結芳鄰蓮社閒評畫桃源阻問津時補書去春看桃花舊作畫幀甫就正擬重游三村因值風雨不果詞壇敲缽慣酒局典衣頻湖上尋鷗侶雲邊訊雁臣游踪如轉

重

香句

磨晚景似奔輪八境思前迹雙江望後塵鶯花南浦隔猿鳥北山馴卻念婆娑友同爲散誕身相期消夏集重醉玉壺春

寄尚書詩札將發再綴一律于後亦用香山與微之唱和來去以竹筒藏詩韻

莫辭來去遞詩筒（香山句）唱和都消磊塊胸笑我耽吟衰比鶴羡公走筆健猶龍分陰惜共閒中景尺素歡增別後容遥想緘題官閣夜報章臨發又開封

花朝小園平臺紫牡丹先放一枝翫賞之餘偶成四截句

瑤臺難覓姚黃品魏紫新粧許占先恰好花朝春雨霽
倚欄一笑倍嫣然
此花端合冠羣芳小圃春風愛景光老筆文章誇絢爛
輸他國色與天香
瓊島飛來留異種洛陽畫舊補新詩年年老眼看無限
誰續清平絕妙詞
園開金谷讓繁華有客提壺借賞花試向鄰家問消息
好題錦句待籠紗時同人有借朱園看花之約

清明後三日吳小述司馬趙德畬參軍招過鴻度
農部新園與諸君同賞牡丹即席賦謝

賞

雨絲煙柳過清明梓澤重游蜂蝶迎有酒學仙須共醉借花獻佛倍多情風光九十春如許粉黛三千畫不成賢主同官復同里（司馬參軍與農部皆籍隸皖南）難酬雅調續清平

彥甫比部園中張燈賞花酒肴豐腆賓主盡歡歸憩枕上口占答謝次研翁韻

花光卜夜鬥燈光異卉遲開冠豔陽燭照更添春色麗雨來還帶好風香（席間遇陣雨）胸羅珍錯嘗鯖饌眼界琉璃餉鶴觴（花向琉璃地上生元微之咏牡丹句也）頽倒玉山思美睡餘芬猶繞黑甜鄉

雨後花臺紅牡丹盛開詩以志美

昨向名園賞夜光今看老圃絢朝陽一枝姹紫纔呈豔千朶殷紅又染香（用慈恩寺故實）晚景偏容酣雨露新粧欲待補壺觴殷勤穩把花旛護莫負仙葩長樂鄉

廿有七日樹齋司馬邀集誦芬書屋賞花再疊前韻賦謝並簡令兄鴻度農部

屋接東西合璧光兩家春並勝河陽池聯謝氏二難句座溢荀君三日香（今春已四集于此）藥檻翻階遲插帽蘭亭修禊預流觴酴醿躑躅催花信娛老閒身是醉鄉

上巳節硯秈觀察寶生參軍移樽撫松池館招陪同人禊讌三疊前韻志謝

喬松蔭滿仰靈光寶生尊甫晚樵太翁年登九秩假館華林正向陽禊飲恰宜花下醉綱茶新試雨前香是日穀雨西湖容薦貓頭筍硯私尚寓武林大戶人擎婪尾觴寶生善飲芍藥正開漫笑參軍作蠻語樂游底似水雲鄉

三月八日硯生山長約陪同社再借程園藥欄小集以詩代簡次韻奉酬

遨頭要及浣花前坡翁句愛殿春光近侍妍讓坐渾忘賓是主耽吟漫詡酒稱仙何妨依樣葫蘆畫去春曾於此日設局預詠傳廚櫻筍篇引滿醇醪期後會禊游重展永和年擬於展上巳與同人醵飲

展上巳節偕同人復借藥欄讌客為研生山長俊
卿水部稱祝疊前韻
領取風光拄杖前題襟歗侶趁暄妍重三展節朋為壽
百九看花望若仙（仍用李嵩故事）曲水還流藍尾琖添籌共獻
介眉篇蘇湖健筆延陵量（俊卿善飲）春滿酡顏老少年

喻采臣太史山長移主豫章孝廉堂講席見示新
什次韻奉賀
講學心傳洙泗濱初開廣廈絳帷新主賓競羨東南美（堂為今歲新設當道聘主斯席）唱和欣聯左右鄰（謂硯生山長）重詠桂輪前
光風
度月先探蓉鏡隔年春光風咫尺皋比座談屑常聆玉

麈塵

題采臣太史桑榆傳硯圖小照四首

一門世業硯為田翰墨因緣甲第聯更喜明珠生老蚌
桑榆勝景樂薪傳（太史得子甚遲郎君頗聰俊）
丹青寫照美髯蘇（太史多髯）捧研爭傳家慶圖詩禮趨庭同
過邁翩翩鳳翽羨雙雛
阿翁漫笑倒綳孩正好磨礲柱石才手授玉堂揮翰品
他年接武上蓬萊
師門祖硯記貽將衣鉢相傳寶器光（予舊藏有阮文達師相遺硯為乃孫孝通大令寄贈）白髮自慚仍守黑吉詞移贈綠衣郎

又題采臣晩秀山莊圖二律

春晩綠野秀用句幽棲遠市廛披襟看叱犢倚杖聽吟蟬
自得閒居樂誰營負郭田桃源圖畫裏人境即神仙
陶公娛晩節范老詠田園松菊開三徑桑麻別一村著
書忘歲月結社散雞豚繪取豳風景留傳子若孫

四月十九日約同社諸君小集中隱廬仿杜子美
草堂浣花遨頭讌為秀峰徵君餞別子任農部
預祝代簡疊韻二章

浣花昔日讌遨頭祖帳今朝餞壯遊座上聽歌攀折柳
江干催送孝廉舟乘風快意輕千里弄月寒香趁九秋

醉

秀峰將應京兆秋試樽酒離亭謫仙醉扶搖聯步到瀛洲

崧生雲絢最高頭張彩欣瞻和氣游添竿筵開斠鶴筭

奪標節近鬥龍舟移居東代桃蟠壽觀稼南薰麥熟秋

子任誕辰在端二此聯用兩日故事預借蓮籌同社會草堂笑比百花洲

端一日寄懷雲孫姪湘陰差次即送游滇南

征軺又指日南天小阮豪游向古滇驥足三湘騰令譽

鴻泥萬里證前緣姪於戊辰歲曾至滇垣省侍小住薇廨行裝遠遞新詩

卷歸橐多營舊俸錢僂計昆華旋轡早秋風滿載洞庭

船

端陽前二日秀峰徵君將赴試京兆秋闈見示留

別二律次韻奉答即以贈行

錦標江上奪玉笛唱行行之子忽言別感余無限情分襟憐鶴髮振翮羨鵬程日下巢痕在新岑續舊盟君於丁卯曾試北闈

揚粃慚先導班荆訂後期好携吟社筆去賦禁林詩彩帖娛親早金蓮撤院遲他年車笠遇重話此郊歧

題彭曉雲處士歸釣圖遺照為令孫錫三世講作

君本烟波一釣徒笠檐蓑袂老田湖回頭六十年前事丰采翩翩對此圖圖作於嘉慶丁丑年間

一竿常把釣魚磯流水桃花鱖正肥悟得濠梁真樂趣

風斜雨細不須歸
舊是烏衣王謝家老漁冷淡作生涯嚴陵高節磻溪隱
月落江村臥釣槎
通門老輩久盟鷗泥爪龍潭感釣游難得孫枝留畫卷
珍同祖硯播千秋尊甫年丈釀泉先生與先公同膺鄉薦君精青烏之學曩歲曾為先人卜安龍潭兆域
大端陽後二日雲甫尚書自虔南道廨寄示見懷
同社新什用東坡寄孫莘老絕句韻七則亦依
元韻奉酬
老鶴遥懷鷗鷺羣釣天雅奏九皋聞郇牋十幅來千里

艫

雪月花時最憶君用句

半載分携少曳裾乘風安得駕飛艫寓公近占雙江勝
免向君王乞鏡湖

闡探八境陟巑岏筆染烟雲石硯寒收得溪山歸眼底
風帆沙鳥鏡中看

官閣奇葩四照明此身朗朗玉山行瓊樓無數羅胸次
攲枕推敲到五更公并以咏八境臺及官廨瓊花五七言古作賜示

款客衡門翦野蒿甕頭醉臥笑餔糟有時鉼罄呼童問
貰酒何妨解佩刀

蒲香纔過又荷香領取花光更水光愈我頭風誇好句

健吟依舊學詩狂余適小恙初瘳
俊游悵望阻關山天與先生杖履閒莫惜騷壇慳領袖
詩筒却喜往仍還

雲甫尚書五月廿五日七旬晉三初度因又用見
示步東坡南堂五首元韻奉懷寄祝
長安曾踏舊沙隄又寄游蹤五嶺西坡老東林訪蓮社
虎谿畢竟勝愚谿
生天佛祖離塵界行地神仙閱歲華白髮朱顏成二老
底須句漏乞丹砂
花傍琴臺鶴到牀南窗啜茗沁詩腸課孫添得新詞句

修月先占桂子香文孫將歸里應秋賦
消暑閒抽池上藕留賓慣摘雨中蔬還將鍾乳奇方餌
登遍福衢兼壽車
新圖欲寫倩龍眠日照香鑪生紫煙用句願效巴歈侑康
爵衆仙遥指大羅天

六月望日硯生山長子任農部彥甫比部邀陪同
人江南別墅翫賞新荷歸飲撫松池館消夏雅
集賦此志謝

為設東華介壽筵是日為東華帝君生辰見道書預招勝侶共觀蓮浮
瓜沈李曾三度汎綠依紅又一年去夏陪雲甫尚書三集別墅老眼

重看花似霧明粧競羨藕如船碧筩滿引酬君子好寫新圖會列仙

三伏暑中得秀峰徵君都下來書并郵示渡海祗津門旅舍題壁二律次韻寄答

海客馳書至披襟一快哉炎威難避却奇句忽飛來筆染生花露聲驚破柱雷期君登閬苑笑我老蒿萊

昨溫采蓮舟重臨攬秀樓近集江南别墅預祝荷花生日冰清尋舊約令外舅少谷太守瓜代旋省重敘玉屑遣新愁侍賞三湖月高吟八桂秋天香攜滿袖星聚憶南州

聞雲孫三姪湘南罷官之信詩以寄慰

卌年躑躅困名場宦味甘辛已飽嘗驥老未容馳百里鵾飛差幸轉三湘懸車晚歲同癡叔跨竈家聲待小郎（余告歸年七十有三今姪齒亦相埒幼子頗聰俊）姪昆海游歸重話舊鬱林石載竹林裝（姪仍往滇南一游再作歸計）

八月十二日約少谷太守暨諸同人桂危小集預賞中秋代簡一律

別君三度易蟾圓（謂少翁）好續樽香未了緣秋色平分當此夕（是日秋分）筆光猶記照臨川遙聯玉潤霓裳詠（令壻秀峰時應京兆秋試）重醉冰壺翰墨筵憑仗斲輪修月手廣寒領袖會羣仙

筵

繭

研生山長子任農部各賜和章疊韻奉答

預借良宵説餅圓清尊細話葦閒緣詩腸似繭抽千縷研翁已三疊韻飲量如鯨吸百川少谷酒戶最豪桂折雲階爭弄斧茶煎試院正開筵秋闈適居二場風檐辛苦懷初地同是蓬萊過海仙

中秋家人賞月即景偶成再疊前韻

八年鄉舍共團圓多締兒孫歡喜緣汎月憶曾賦湘浦浮家猶悵隔馮川余家祖居在奉邑馮川橋畔笑看逐隊傞傞舞閒設留賓秩秩筵做節聊堪娛晚景漫教人喚地行仙

少谷太守惠頒謝什並和章次韻奉酬

最難花好月圓時小聚壺觴樂不支闌棘遍經霑雨化樓蘭遥聽貢星馳見周書王會篇簿書暫爾拋塵鞅笠屐飄然唱竹枝新製傳觀驚滿座珠光競炫目光奇席間並以近著見示

八月廿八日子任農部彥甫比部招飲賞桂賦謝

三疊中秋元韻

冰輪昨賞十分圓賓主東南更契緣詩壓羣才推汝士子任亦迭示和作文爭獨步羨伊川彥甫秋賦闈藝極佳秋高已近爵萸會香滿先排折桂筵佛諦參來金粟界又陪豪飲酒中仙少谷太守仍在坐

仲秋下澣　普賢禪寺工竣祀　佛禮成賦詩志

禪

贍

喜呈同事諸君並簡梅庵長老四疊前韻

依然頂上佛光圓又結名山香火緣蔭普慈雲消萬劫禪叅皓月印千川梓桑羣仗扶輪力龍象重新護法筵先志勉承幸如願長隨老衲奉金仙

寺工告成述事紀功再賦排律三十二韻

寺建禪居古洪都舊道場開山溯東晉鑄佛自南唐宅捨金鋪地宮完鐵作梁西來迎尊者北向禮空王衣鉢傳三界規模列八堂千年皈贍部一孔鎮滄浪歷代祈靈久宗風護法長忽遭魔障厄遂肆祝融狂幸免三災石曾修七寶裝禪燈燃燼燄梵宇幻滄桑憶昔趨庭畔

雲漢

親隨叩座傍刊碑垂刹壁撰帖紀楹廊厦庇承邊宦車
懸返故鄉虔心證因果彈指閱星霜甲算纔周數庚年
再降殃化身偕白象救劫靖紅羊宏願期同發先芬誦
敢忘護持恢淨域勸募仰慈航大府清分俸羣公慨解
囊摶沙盈布施積貲遍輸將締搆鳩工始經營鴿度忙
華嚴成旦夕功德邁尋常依舊慈雲覆從新寶相莊轉
輪參法諦滿月現容光龍象威仍伏蛟虬跡永藏鐘留
迦葉振鑪湧妙蓮香瓔珞環初地幢旛繞上方低眉笑
彌勒努目對金剛羅漢緣重結菩提願並償諸天大歡
喜衆士普禎祥賤子慚酬志蕪詞藉表彰祇園登極樂

積善頌餘慶

題章虛谷大令遺墨書册為令嗣曉岡明經作并序

虛谷大令為吾鄉南城名宿嘉慶戊寅以諸生領鄉薦年方弱冠工制藝精書法比赴試春官輦下諸公廣為延譽皆以魁鼎期之迺屢躓禮闈數奇不偶余於道光己丑計偕入都下榻先外舅曾賓谷先生邸舍君適司書記一見如故因得訂交錫館賓筵共數晨夕觀場僦寓復相切磋嗣俱被放余留京過夏又與君同侍外舅往遊西山尋秋訪勝洵為一時樂事洎癸巳余

通

倅通籍傫直京曹君亦筮仕東粤伯勞飛燕蹤跡遂稀迨乙巳余薄游嶺南君方治劇巖邑因公晉省重申款洽錄別怱怱自此竟愴人琴矣光緒庚辰余久退息里廬令嗣曉岡來謁承惠君舊刻師竹山房文稿並以此册見示屬為題詠吉光片羽恍對故人不勝今昔之感自愧年及耄荒尚稽脫草迄今壬午曉岡又來章門應秋賦索及前逋勉賦八絕聊以塞責兼為述其梗概以誌吾兩人沒存交契如斯曉岡昆仲暨諸阮輩其世守之勿替焉

才名綺歲播盱江彩筆生花鼎可扛一自驊騮開道路
羣空冀北譽無雙
長安傾蓋訂忘年攬勝西山轡並聯惆悵劉蕡偏下第
祖生翻愧著先鞭
一行便現宰官身妙手花栽五嶺春從古文章寓經濟
儒林循吏頌如神
汎櫂珠江記昔游班荊重與話綢繆羊城一別人千古
青鬢分襟到白頭
載馳宦轍滯蠻荒迢遞音塵隔梓鄉投老歸來訪親舊
紛紛陳蹟歎滄桑

麻

故交葛帔感西華令器傳薪羨克家捧出椿庭遺手澤
細揩老眼認麻沙

揮翰淋漓久不羣許多寶墨化烟雲師門友誼淵源共
璧返先型勉誦芬君與余先後同出那竹汀恭勤師門下仝小汀相國皆附世交此冊向存相國邸第曉岡前赴京兆試時相國仍以歸還君家故物云

自笑塗鴉老未能摩挲回憶社中朋幸誇子舍孫枝美
繼武同看鳳藻騰今歲文孫亦已入泮

養福齋續存稿卷四十三

奉新　宋延春　引龢

重陽前一日研生山長招陪同社賞菊雅集並示代簡疊韻之作因五六疊中秋元韻賦謝次首用捲簾體

高齋茶沸乳花圓勝踐來攀松菊緣晚節餐英宜老圃踈籬送酒慕斜川題餻門謝催租吏落帽風迎作序筵御羨登高能賦者重簾並坐玉堂仙（謂秋闈兩主司）林下同為散誕僊選題排日亙張筵蘇湖教庇萬間厦潭水情深千尺川（少谷太守仍在坐）白髮盈顛開笑口黃花滿

花繞徑飽嘗

髻續前緣年年健把茱萸琖醉擘團臍蟹壳圓

重九前三日虞階漕帥召集新園補呈一律申謝

七疊前韻

颯館窗明鏡影圓重招舊雨種新緣家風嘯詠欽和仲道氣涵容羨稚川預覩鶴林花繞徑飽嘗鯖饌醴登筵平泉歲歲陪嘉醼菊釀先斟桂苑仙謂座中秋賦諸君

重陽日雨霽購新菊數盆花間小飲遣興口占八疊前韻

秋容初種瓦盆圓冒雨新開令節緣籬下堆遲花壓架擔頭溉足水流川明粧共賞芙蓉檻園中秋蓉盛開瘦影相依

稻蟹筵漫向龍山誇盛會一家眷屬似神仙

重九後二日少谷太守招過湖上草堂作展重陽會九十疊前韻志謝兹呈同社次首仍用捲簾體

印床初解佩環圓退院僧隨粥飯緣歌指紫髯蘇玉局壺攜翠嶂杜樊川寓公再展重陽節社侶同叨小會筵（京師士庶於重九後一日再會謂之小重陽見輦下歲時記又杜審言詩朝加小會筵）管領湖山添韻事風流仙吏本詩僊

拋除塵網擬登仙結習難忘問字筵老眼愁看花似霧枯腸渴飲酒如川文章得售原無價衣鉢相傳各有緣

咫尺鎖闈將造牓兩行紅燦燭光圓次夕闈中塡榜揭曉

少谷太守見示展重陽菊樽雅集代簡長古一章

次韻奉酬並倣其體

身經八十度重九余生於嘉慶壬戌年十月一笑胸中百無有宦游南北復西東投老歸耕事農畝憶昔承乏古滇池戎馬忽忽廿年久式閭曾敬桑梓邦傾襟迺作林泉友矧依蔀屋列編氓歡逐黃童偕白叟公餘休沐偶唱酬散材竟爾容樗朽謁來解綬湖上居無米而炊愁巧婦傳餞歗侶開鯖廚落帽題餻酌鳳卣九老扶短笻千金享敝帚褒什重搴泮藻芹去冬重游泮水承惠賀章頹顏矜寵到蒲柳爭

誇蘇海共韓潮那計盧前與王後萬里懷家山風光君
記否最好龍潭古梅翠海蓮異鄉佳節且醉茱萸酒一
度登高一回首

九月下澣二日再展重九同人小集撫松池館賞
菊偶成七言六韻

賞秋翻比踏春忙日日東籬嗅晚香前赤壁連後赤壁
大重陽展小重陽林泉歲月閒中樂屐風流老輩長
索句頻搔雙鬢白簪花競笑滿頭黃登高健步誇腰脚
選勝新題繼詠觴同社疊邀二三子良辰歡醉萬千場

雲甫尚書令孫穉銘世講秋試喜中副榜詩以寄

賀

佳音遠向祖庭誇又見孫枝擷榜花始信求賢須側席
非關誤擊中旁車新輝半吐氷輪彩舊事曾傳博浪沙
從此天衢聯步上重闈志喜句籠紗

連日園菊盛開適鴻度峙亭兩農部各贈盆菊多
種因命園丁分紮瓶盎以供客賞口占四截句
霜晴天氣菊畦多分貺鄰園次第過擔滿泥香花滿把
移來老圃任婆娑
安排佳卉課園丁巧樣新粧手不停甃斗瓦盆羅列處
轉於冷澹見瓏玲

挈

年年晚節愛餐英幾度摩挱老眼明因賞名花憶賢主伊人秋水隔盈盈時鴻度往揚州峙亭返鄉舍

看花翻向別家忙挈榼提壺到上方客作居停僧作客持螯大嚼在齋堂紉珊有禪林賞菊之約

立冬後一日紉珊太守招集松雲精舍同賞晚菊賦謝

訪舊過禪房移樽屢不妨客誰誇酒聖吾老學詩狂丈室菊英晚行厨蔬筍香莫辭同酩酊疊疊展重陽

少谷太守預訂十月二日湖上草堂消寒第一集見示代簡新什次韻奉訓

圖

高會開爐正煖寒登筵恰喜麪如盤放翁句云麪如盤大喜收成嗅
英籬下追元亮煨芋樽前問嬾殘謂棋蕣蓮社待君遲策
杖枌鄉笑我叅投冠新圖添寫鬧鷗伴同泳江湖雨露
寬太守頌以續九老會長古賜讀

是日消寒初集席間太守又示疊韻之作再和答
之

連宵風雨釀新寒野處徜徉幽谷盤讀畫心情耽吏隱
坐壁懸有陶通明移居圖評詩眼藏老叢殘太守時方選刻歷朝詩集香畱老圃
澹于菊石補峯堆峩似冠近局蟬聯相暖熱暢懷但覺
醉鄉寬

十月初八日八旬晉一初度越二日奉邀諸君子
　小集中隱廬作九老九少會因賦九言排律詩
　二十四韵呈同人即以自壽竝示兒孫輩

幹支紀年八十有一歲吾身閱歷三萬幾平聲千場登朝
作宦幸際唐虞盛養閒退老還留日月長溯從孩提少
壯至耆耄曾經東西南北迄蠻荒一官萬里書生習戎
馬廿年百戰凱奏掃欃槍贏得兩袖清風辭六詔最好
片帆秋月浮三湘歸來重問先人敝廬舍每思情話故
舊多滄桑花洲滌暑九老續社會松館消寒八載聯江
鄉晨星落落朋輩漸凋謝停雲靄靄杖履仍徜徉既逝

鑑湖一曲寓公賀（雲甫尚書）又約桃潭千尺賢守汪（少谷太守）蘇
髯胡杲高年本矍鑠（虞階硯生漕帥京卿）郡侯柱史同歲皆聰彊（紉珊太守采臣山長）况參無極無量如滿佛（楳菴長老）更仰曰期曰頤
雄飛方（晚樵太翁年登九秩雄飛乃方千字也）謫仙解綬言旋自鄂渚（葆叄觀察）
伊川汎櫂與會來大塘（韞岩太翁）九少翮翮此番創花樣
羣賢濟濟佳日臨草堂時屆嵩呼華祝盈
壽㝢共效衢歌巷舞先春陽園亭絢爛尚綴紫蓉紫屏
山璀燦競堆黃菊黃晚景遣懷張燈復開讌嘉賓並坐
吹笙兼鼓簧催詩禪悅花前擊缽響知音雅操席上探
琴囊休讓三老五更互酬酢欲與四皓七賢相頡頏顧

乃方千字

酢

我婆婆馬齒猶健飯舉家歡喜鶴算頻稱觴子舍承顏
蘭陔博色笑孫枝繞膝蒲柳增容光雪泥鴻爪足蹟半
天下笠檐蓑袂栖隱三湖傍憶昨泮沼重游采芹藻于
今紗籠滿壁輝琳瑯新圖合倩畫師摹粉本勝會還仗
詞客摛瑤章人生行樂到此正非易私願飲且食兮壽
而康

少谷太守賜示敝廬雅集新什並以稱祝次韻奉
訓

新題又喜集賓筵黃髮朱顏少長賢羅漢現身心即佛
松喬比壽容皆仙熙春孟夏康衢上返老還童太古前

後六日為盤古生辰莫笑酴酥宜後飲主人已及耄期年

采臣太史惠詩致祝和韻報謝

鸞坡先後共班聯快覩雛飛鳳羽翩謂兩文郎秀野圖曾題晚節新詞譽荷介耆年嶺梅早寄鳩扶叟籬菊遲簪鶴髮仙寂喜芳鄰接元九消寒載酒近書筵

子任農部賜祝佳章依韻奉答

年年覽揆小陽春同作羲皇以上人雲夢平吞胸倍豁神丹屢轉局翻新詩賡天保如如句會展香山疊疊賓以上皆用九字典實幸步歐黃添笇日永叔山谷亦俱行九頻邀麗藻耀弧辰

十月望日五孫頤官試周喜賦一首

階下桐枝繞大椿晬盤又喜試周新香犀數娩燕山日
雛鳳聲飛翰苑春戈印他年期望大之無此際識來真
祖庭傳硯將誰屬勵品當誇第五倫

汪少谷太守尊閫楊恭人月望七旬初度太守見
示感舊四律次韻申祝

黻佩如賓鶴髮稀昔年曾竝舞萊衣蚕襄琴閣徽音久
重話珂鄉往蹟非偕老婆娑鴻案侶退閒栖隱鹿門扉
湖東喜遂菟裘願結伴鴛魚且當去聲歸
委佗象服曳雲襦閫範持家更課兒園植群芳仙列座

營
時

室蔵斗酒客浮卮同安鳩拙營巢計免誦雞鳴戒旦詩
子舍承顏孫繞膝齊眉人頌介眉時
我向瀟湘君向秦回思戎馬各勞辛何期萬里萍踪合
都笑雙江鄗屋貧休暇似居前鏡曲倡隨爭羨小平津
望衡許附通家例日日登堂岸幅巾
舊社新岑互舉觴殷兄邱嫂共翔徉流膏棠舍仍依蔭
捧日葵心總向陽腹坦門楣誇玉潤掌擎宅相燦珠光
令壻秀峰新除別駕賢嫂及諸外孫皆隨侍在廌添籌青鳥雙飛近載祝春韶
壽域長（太守明正亦）居古稀之慶

十月十七日陸放翁生辰菊觴再集撫松池館敬

印　奉祠

為公壽賦五言排律三十二韻呈諸君子
宋室推耆碩山陰毓大賢宣和初御宇少傅正朝天霄
漢星精降江淮雨勢漣小陽生應運中土尚安廛摛藻
殊凡品登庸甫盛年文章華國貴忠愛事君全上第遭
時嫉卑官遇歲邅呈材膺薦牘納諫侍經筵力學宸衷
賞敷言郡外遷詩名冠南渡宦蹟半西川荊楚鴻泥印
夔巫驥足騫人呼小太白市喚海棠顛幕府參謀倚詞
場禮法蠲碧雞看走馬白帝放歸船鄉里倉囷惠嚴陵
山水緣奉祠剡溪曲娛老鏡湖邊團扇家家畫梅花樹
樹仙閒情農圃樂生計子孫聯著作千秋定詩篇萬首

庭

傳此翁原矍鑠我輩與周旋曩憶趨庭畔曾隨介爵前于兹逢月誕又許迓雲軿桑梓懷遺範琴樽効祝延吳中蒓菜美劒外荔支鮮望古成遙集新題續舊編香山嘗寫照玉局慣裁箋眉壽三朋合心香一瓣虔風流慚學步嘯詠敢齊肩局借消寒妙園宜假館便喬松長挺翠晚菊倍爭妍耄耋符今昔耆英會後先莫分賓與主歡醉共陶然

二十日虞階漕帥招陪同社消寒第二集再疊初集韻賦謝

兩番星聚兩分寒暖閣重招月似盤(用本日事)梅索檐前花

到

欲笑詩奔枕上夢初殘飲醇共醉温爐酒謝俗誰彈挂
壁冠自哂老饕貪果腹彭亨屢把帶圍寬

長至後一日得筱蘧總憲京邸書並用前歲吟社
唱和詩韻寄懷長律亦次元韻奉訓

十年歸隱薜蘿身輦下常懷杜正倫鉅什忽投前和什
詞臣原是舊樞臣寓公吟健登壇坫元老名留掌綍綸
飛到天邊雲朶麗卯來江上雪泥新章門近日喜雪鴻篇曾荷
籌添寵蝎壁多慚袖拂塵去冬賤誕蒙賜屏聯遙卜春陰桃李盛
鯉庭衣鉢有傳人喆嗣揆甫太史來春當有禮闈分校之喜

冬日雪後書事三疊消寒初集韻

斗

頭番雪擁被池寒曉起飛霙訝鶴盤沽酒市樓泥屐滑敲詩鄰寺晚鐘殘塞鴻江鯉傳梅信（近得筱蘧雲甫兩公詩札）紙閣蘆簾稱韡冠又選新題介麋壽仙翁量比海天寬（同人將為方晚樵太翁預祝九旬）

秀峰別駕由京授秩旋里賦此志賀四疊前韻

桂斧曾將折廣寒神山風阻露華盤（秀峰秋闈應京兆試房薦堂備額滿見遺）競誇萬丈文光吐猶憶三條燭影殘美玉待沽仍韞匱茂材異等且彈冠朝衫博得慈顏笑祿養先謀升斗

寬

小寒後一日同社移尊隱玉山房預介晚樵太翁

壽為消寒第三集五疊前韻

昨宵纔聽雁銜寒（小寒日雁北向見逸周書）舊局翻新設敦盤韻疊成吟多鬥險籌添舉酒不留殘（衍山谷句）筵前索債忙敲鉢醉後扶歸倩整冠假館傳厨憶賢主澗阿遙詠碩人寬（謂山房主人萬硯私觀察尚庽武林）

嘉平月朔日方晚樵太翁九十壽詩二章和其去冬賜祝元韻

純嘏由來錫自天臘梅香裏敞瓊筵六朝身健推鄉望九老圖新冠衆仙達仰三尊欣尚齒長居八歲忝隨肩況聯枌社通家誼喤引同賡介爵篇

蓀

苔岑契闊歷星霜近接芳鄰婉孔光階下蘭蓀多種玉
門前桃李久成行鶴筭南極期頤永鳩杖東湖日月長
手把靈芝翁大笑掀髯還醉萬千觴

少谷太守見示消寒三集疊韻之作再賦二章奉
答六七疊前韻

新岑莫遣舊盟寒鳥道曾經度七盤七盤坡在黔中戰壘銷餘
邊燧靖輪蹄踏遍夕陽殘心交欲共紓籌策腰折還愁
强著冠一事傲君先得計退閒十載百憂寬
頭巾老尚戀氊寒余去歲重游泮水家食仍餐苜蓿盤北海醅
香浮螘熟南京味美饗魚殘衰妨苔徑應須杖笑出蓬

門不暇冠用句衡宇相望洄溯近東湖較比鏡湖寬

秀峰別駕小恙初愈再贈一首八疊前韻

夙欽骨重與神寒偶示維摩趺坐盤好遣詩魔風疾愈
肯教碁劫爛柯殘殿前翰染朱絲帖陌上花簪紫綺冠
滄海曾游知路熟蓬瀛翔步九衢寬

臘朔即景遣興九疊前韻

臘鼓聲銷黍谷寒年光疾似蟻旋盤盆花向暖梅全吐
罏火深煨芋半殘熱客群趨新閥閱冬烘獨笑古衣冠
老夫旨蓄沾祠祿消散黃虀百甕寬適鄉祠分祭胙至省

臘八日寄詶虔南雲甫尚書見懷各什和其志喜

厥

勝興

二律元韻

開緘老眼怯麻沙退叟豪吟未減些〻千里懷人紛綴錦

一枝詒厥笑簪花陽同庾嶺梅舒萼雪霽徐亭柳綻芽

歲晚閒情詩待祭紗籠細檢護周遮

詠遍雙江景物全層臺覽勝興陶然欲嘗京洛脂花飲

快瀉錢塘藥玉船（蘇句）浴佛會招剛薦臘壽蘇筵啟又迎

年春風杖履追陪近重訪桃源小洞天

臘八後二日喬瀛槎觀察約陪同社雙清別館消

寒第四集賦謝二章

十載芳鄰友三生契宿緣一辭官府貴同作地行仙會

續消寒侶樽開入社筵新岑兼舊雨從此數周旋

往事懷京國鴻泥印轍塵竹林聯譜久蘿蔦締盟新周甲吟松鶴（君於九秋六旬初度）添丁卜鳳麟（令嗣冬初合巹嘉禮）門楣近衛宇長樂兩家春

臘月十九日中隱廬消寒第五集為東坡先生生日設祀代簡一章

畫本傳神記古滇瓣香歲歲爇鑪煙奎光遍睒三千界壽相重瞻十八年（壁懸李委吹笛畫作於同治乙丑嘉平月）赤壁梅圖畱舊蹟（昨歲雲甫尚書游黃州歸携贈坡翁畫梅墨搨）黃州鶴奏續新篇蓬廬又羨耆英會腰笛初歸有謫仙（謂秀峰別駕）

壽蘇會即席再賦一首疊用前韻呈諸同社

南州吏隱本南滇笠屐閒吟湖柳烟謂少谷太守嘉客相期來隊隊主人代作笑年年雪堂待繪添籌景坡老還賡禁體篇日來微霰頗釀雪意真一不妨同酩酊蘧蘧清夢訪詩僊

小除夕硯生山長見示祀竈日喜雪之作次韻奉答

玉戲先春舞曉風吟肩凍聳笑頭童三杯婪尾醅新綠一碟膠牙燭燄紅澤潤土牛泥隴外書傳雪雁驛程中是日邑宰送春牛至又得雲孫三姪滇南寄來家信虛堂繪雪符佳景星聚裁篇步長公

立春前一日雪後喜晴再疊前韻

雪夜寒甚疊和前韻再簡研翁

永夕連飄柳絮風詩牋忙遞應門童光搖苔砌寒梅白
粉碎茅檐爆竹紅呵凍毫枯鑪火畔貪眠句索被池中
鄉園屢兆豐登樂田叟高歌雨我公

立春前一日雪後喜晴再疊前韻

快雪時晴轉惠風讙呼白叟與黃童山排遠闥嵐光翠
日射明窗鏡影紅好鳥報春氷柱後新梅迎歲瓦盆中
論詩喜賦高軒過評隲慚邀月旦公午間少谷太守枉顧以評定拙稿見
還

嘉平廿七日立春即景遣興三四疊硯翁詩韻次

賜題大什次韻報謝

德

首用捲簾體

沿街土鼓趁鄉風羣迓東皇竹馬童爭盼柳旗舒眼碧
咲簪幡勝醉顏紅久容身寄烟波上先覺春生杖履中
贏得諸孫喧繞膝含飴慣聽喚家公
耄年相伴管城公歲月銷磨几硯中醞釀潛蘇三徑綠
吟哦靜對一燈紅偶探桃洞逢漁父閒把絲竿學釣童
漱石枕流餘結習清談綽有晉人風

少谷太守評閱拙稿賜題大什次韻報謝

家傳詩派敢同符心得難期目共娛一字推敲知己少
半生甘苦識來無箇中三昧談何易身後千秋德不孤

敝帚自珍矜品藻騷壇大雅仰輪扶

除夕團歲即事五疊前韻

一枝花信報番風清供瓶甕命侍童楳莽長老折梅見贈酒脯祭詩香篆紫籾盆照戶燎輝紅團圞共醉椒盤夜煖熱如游泰谷中賣却癡獃完卻債婆娑任作信天公

養福齋續存稾卷四十四

奉新　宋延春　引穌

元旦試筆用田字韻癸未

祥書十稔久歸田齒屆梁公及第年洛社常聯真率會香山多結喜歡緣鳩扶健步尋詩料鶴飼餘糧賴俸錢皓首熙春登壽㝢由來樂境在林泉

人日遣興再疊前韻

瓊霙膏澍徧芳田人日先占大有年好向花前發唫思閒從方外謝塵緣過訪梅庵長老草堂細啜調羹菜燈市將營

翦綵錢七九餘寒消未盡玉壺應醉酒如泉同人有近局之約

上元夜觀孫輩舞燈小飲口占三疊前韻

燈宵喧聽鼓田田小隊魚龍戲少年猶記傳柑排盛讌誰為卜繭遇良緣桐孫競效康衢舞梓舍忙分利市錢笑飲屠蘇揩醉眼茶香還酌老人泉

正月十七日增上元節硏生山長招陪同社來學齋消寒第六集以詩代簡疊韻見示亦四五疊前韻志謝次首用捲簾體

廣廈歡顏養士田春風絳帳坐年年開樽預介香山壽後三日為白傅生辰展節如修淨土緣火樹通衢遲玉漏華燈買

夜費金錢當筵遙憶鑑湖叟放櫂來尋六一泉雲甫尚書時將就養吉安郡解
退處同甘止足泉罍賓不惜杖頭錢重邀鄉社者英侶
来了京塵粥飯緣石湖句新局吟篇聯舊局去年樂事續
今年醇醪醉飲郇香飫灑潤枯毫付紙田連日春膏優渥

是月廿四日同人春盤小集鴻度農部誦芬園奉
簡一首六疊前韻

名園春早種花田晨屐重游已隔年去春曾讌集于此舊例良
辰桃李宴新歡令子蔦蘿緣題楹幸附籠紗句索酒權
當潤筆錢園中余為撰題楹帖列坐流觴先禊飲方池玉水漾清

泉

新年即景詠生春詞效元微之體

何處生春早春生里巷中桃符沿户赤竹爆滿街紅禮
數隨鄉俗衣冠見古風儺歌聽擊壤懽笑走村翁

何處生春早春生家室中椒盤陳案紫松炭爇爐紅座
設團圞讌門迎熙皡風重闈多樂事繞膝競呼翁

何處生春早春生小圃中梅舒仙萼綠茶吐寶珠紅獻
曝茅檐旭尋芳花信風連宵甘雨足閒却灌園翁

何處生春早春生杖履中鏡窺皤鬢白杯泛醉顔紅社
局聯佳日唫牋遞好風年年娱老景笑學囁嚅翁

壽汪少谷太守七十排律三十二韻正月二十七日

崑華毓秀慶生申覽揆稀齡介令辰誕比香山遲七日年符絳老展三春少時豪氣凌霄漢當代才名媲鳳麟訓秉鯉庭勤砥礪功深螢案歷艱辛苕岑蘭契偕探勝翠海螺峰屢問津匵玉光磨登一第泥金色艷慰雙親欲謀祿養娛甘旨且逐名場耐窘貧水部梅篇阻何遜斝潭桃楫繼汪倫北征蚤羨群空冀西笑無妨論過秦天上別來朝貴侶闕中去現宰官身花封試手持氷鏡棘院衡材貢席珍暫佐軺車念游子爭傳幕府入嘉賓

山　可

出山霖雨欣符望得路驊騮迴軼塵製錦重描時樣巧
畫眉强鬥曉妝顰枌鄉到處迎朱邑棠蔭連番借寇恂
領袖十年書上考指麾五馬拜　恩綸記曾遊宦臨珂
里久聽蜚聲達　玉宸歸隱蓬門接賢守幸依部屋列
編民丰規每企高懸榻壇坫還推老斲輪園寄東湖休
沐暇樽開北海過從頻近招社局消寒暑常遞詩筒數
夕晨月旦慈君咸頌佛風流仙吏茲稱神寓公不可居
無竹我輩何期德有鄰鳩杖登堂歡曳履鴻閨舉案戲
鋪茵詞章壽世欽垂範治譜傳家克負薪子舍尤誇雛
鳳美孫枝疊繞乳桐新陰聯甥館耽佳句韻選禪寮證

同添

夙因萬里鄉山勞夢想雙江政蹟播良循蒼生猶繫痌瘝抱白首難為高尚人天際雲看翔鶴彩户前松種作龍鱗千秋著述同添筆九老圖形補寫真願效巴歈侑康爵耆英會裏祝靈椿

讀楳蓀長老元旦人日各詩次韻奉荅

松雲深處避囂塵選韻詩禪索解人笑與同龕伴彌勒靜宜丈室養元神紗籠句誦先芬舊（庵壁常懸先公昔年詩幀）蓮社圖瞻壽相新（長老曾繪九老圖册）列老叟年年隨老衲消寒過了又尋春

仲春朔日彥甫比部有抱孫之喜詩以志賀七疊

蓺

前韻

獻生美玉種藍田祖德含飴強仕年節序中和春酒會

詩成樂舞曲江緣以上皆用本日故事容綳繡褓餐湯餅兒洗香

盆撒綵錢預向重闈占瑞兆文昌氣似湧珠泉三朝為文昌

誕辰

筭朝後一日虞階漕帥招陪同社消寒第七集賦

詩申謝八疊前韻

種菊還需種秫田虞翁園中每年蓺菊最盛爭誇酒國有豐年芳樽

北海花稱壽賢主東鄰客締緣節近清明賜槐火場開

白打散榆錢餘寒消卻春過半曲沼初溫祓禊泉

花朝後三日紉珊太守移尊松雲精舍約同人消寒第八集九疊前韻

閭里相望共井田（紉珊與余原籍同隸北鄉）慣從觴詠遣高年禪參米汁佛無量供借齋厨僧有緣五色尚留籠壁句（去春曾于此共賞五色桃花）一龕何用買山錢（用石湖句謂槑葊長老）宦游重話平生樂勝境曾探趵突泉

仲春下澣一日展笭朝偕子任農部彥甫比部邀諸君子汎舟游三村看桃花歸飲撫松書屋消寒第九集代簡二律十疊十一疊前韻次首仍用捲簾體

郭外春光洲外田芳村不到兩經年辛巳之春曾游于此又浮瓜艇尋陳蹟重訪桃源證宿緣白雪歌傳題畫幢前春雲甫尚書有紀遊長古同人皆屬和並繪畵錄詩懸壁紅妝艷贈過門錢迷津莫向漁郎問仙飯胡麻笑引泉

在山泉作出山泉鄉老剛催社會錢前三日春社園愛勝游德星聚花看前度酒人緣流觴預醉三三節拄杖慚逾九九年筍屐籃輿隨處樂漫從塵海感桑田

上巳節彥甫比部約陪同社看新開牡丹禊飲雅集賦詩志謝集蘭亭序字二章

今歲欣臨癸林亭集古春風流咸盛會遊覽盡賢人室

斷　眼

有詠觴樂坐無絃管陳放懷期永日竹契與蘭因
天氣春初暮羣隨禊事修晤言齊朗抱俯仰引清流趣
托和風暢情同曲水幽寄形娛老倦列敘快斯游
園中平臺紫牡丹先放一枝與去春相若口占志
美
一枝穠艷露凝香太白句魏紫年年鬥靚妝自是天工標
寵異許他晚福占群芳
近局連朝徧賞花婁廚郇饌飫家家老夫笑拭曹騰眼
愧續清平籠碧紗
上巳後二日鴻度農部樹齋司馬昆仲招集誦芬

何

三

簡諸同社

園與同人醼賞牡丹即席答謝

燈宵曾共翫銀花又倚雕欄醉晚霞棣蕚新輝聯梓澤
夜游樂事讓君家

五色圖畱豔洛陽平章春霽繪天香何如瓊島飛來種
富貴天然向客誇

三月八日雨後花臺紅牡丹又放兩枝足供翫賞
簡諸同社

天上初開選佛場（是日春闈頭場）人間眼福對紅香（用李嵩事）朱旛
風護倦飛圃絳帳春闈麗澤堂（今晨講院啟館）歗侶將排婁尾
讌醉仙好侑介眉觴（硯生山長誕辰已近）看花未了添詩債自笑

閒身到老忙

展上巳後一日瀛槎觀察招陪同人賞花雅集疊

前韻賦謝

竿木拋除傀儡場佳辰折簡飫郇香寓公新入白蓮社
鄰叟頻登綠野堂展節花留還繞座隔牆酒送競飛觴
蜎從選勝題襟暇何似應官聽鼓忙

少谷太守又示賜題拙稿長律和韻再謝

耄及耽唫遣暮年渾忘歲月已緜緜品題倍長千金價
披揀難稱萬選錢笑我摩抄鑽蠹紙勞君點竄獎鴻篇
樗材何敢誇棃棗野鶴昂藏未是仙坡公句

祝李樸安太翁七十雙壽詩傚柏梁體八十韻為
令嗣蓺垣太守作

熙朝文物推三湘蔥蘢仙李蟠根長衡峰九面環蒼蒼
資水千里流湯湯中有碩人耆耈黃龎眉皓齒雙瞳方
側聞襁褓天性良齠齡績學工詞章懷才未遇意慨慷
名山著述甘退藏村居奉母卅年强諸昆風雨吟連牀
釣游不離鄭公鄉晚歲別築標頤堂洞天小有傲羲皇
枕流漱石林泉傍鏡懸筆卓供徜徉高歌美景十二行
世德勤誦先芬揚重訂家乘增輝煌宗祊式廓輪奐彰
孝思報本陳馨香彬彬子姓滋蕃昌高曾後裔尤難忘

誥

詩書澤衍懼弗遑贍族急務宜籌量承家令器任克當
倡分清俸輸貲糧遠希天平范氏莊奚啻仁粟與義漿
萬間廣厦親顧償箕裘業紹盛事襄持此壽翁喜洋洋
況有舉案賢孟光相夫課子齊頡頏慈幃追念清節孀
紫泥移寵同流芳冢嗣鵷鷺登曹郎把麾出守臨豫樟
板輿就養迎慈航婆心一片和氣祥翩翩子舍遊膠庠
含飴繞膝皆琳琅庭誥姆訓垂偕臧通家結契托保障
歷數往事言端詳吾翁游蹟曾梓桑雙清亭畔題句將
蓮谿桃洞還褰裳過庭蚤耳履道坊伯氏捧檄官巖疆
綰符五馬來騰驤式閭表敬頻瞻望遺愛可許留甘棠

荒　聽

養閒賤子陶徑荒傾蓋幸接琴鶴裝公餘過從逾星霜
快聆二老金玉相芷蘭馥竝蘿蔦颺孫枝坦腹慚東廂
今情昔歎非尋常耆英高隱盤谷陽弧帨正吐雙星芒
古稀共介齊眉觴飲且食兮壽而康神仙眷屬樂未央
由來積善多餘慶鮮生耄矣徒激昂我欲從之一葦杭
矯首天際聽笙簧知翁行樂笑楚狂百城坐擁富縹緗
鴻篇絡繹羅錦囊春秋佳日看花忙興酣呼酒勸客嘗
采芝閒尋四皓商洛中九老圖再張里鄰歌頌如陵岡
聊賡巴曲效柏梁願傳青鳥隨翺翔

雲孫三姪湘中書來因事羈留未即歸里詩以促

之十二疊田字韻

坡翁江水誓無田嶺海歸來樂晚年笠屐飄然多逸興鉢餅到處且隨緣家居正好聯三老日食何須費萬錢遥向衡峰望回雁竹林待爾聽流泉

楳蓀長老昨歲承以舊藏　先公手書詩幀見贈近日重付裝池敬懸齋壁彷彿昔年趨庭侍對洵可感也爰謹補和幀端重九賞菊疊韻二章附書于後示兒孫輩并謝楳蓀用志三世翰墨之緣云爾

大千界裏禪交舊五十年來手澤新原詩為道光癸巳甲午諸什老

衲紗籠留爪印先型墨寶見精神耆英觴詠前番會文字因緣現在身長老刻有文字緣略珍弆肯教完趙璧清芬勉誦

答芳鄰

祖庭當日曾遺硯觴和孫枝别調新此韻乃和次姪紹庭之作姪亦下世多年矣詩寫連篇貽島佛樽開晚節醉花神忝君衣鉢相傳法愧我箕裘重負身菊社竹林今昔感阮家韻事宋家隣

端午書事

依舊榴花照眼明老逢佳節倍關情女婁航海歸京邑小阮浮湘滯客程長女昨由滬上附海舶旋京卿三姪尚羈星沙未即返里八境詩

筒金薤富謂雲甫尚書三湖唫社玉冰清謂少谷太守秀峰別駕奪標

欣報龍頭信蒲酒開龔殘細傾項閱新科狀元錄

大端陽節寄懷雲甫尚書虔南游館竝以申祝四

首

去年選韻步南堂介爵曾賡坡老章榴火又驚新節序

盈盈千里水中央客夏公初度曾和東坡南堂五首韻寄祝

吟社經時唱和疎杜門卻掃守蝸廬比鄰友示維摩相

同盼郇雲問起居研生山長久抱采薪過從較稀

尋春重到第三村畫本留題爪印痕聞道南池花事盛

觀蓮消夏再開樽今春曾偕同社重游三卹看桃花近聞江南別墅新栽池藕荷攣生日擬

喜觥

邀小局

弧南星彩耀雙江二老風流氣未降聊倩詩筒寫心祝

羨公健筆鼎猶扛

徐丹亭觀察招陪同人新園消夏雅集賦謝

家風高士紹南州近接芳鄰話舊游萱壽同堂緜七葉君家近有五世同堂親見七代之喜蒙恩賜匾旌獎梓鄉盛事播千秋園林新闢紫桑徑蘭玉齊輝花萼樓我喜孫枝施蘿蔦今情昔款醉觥籌余第四孫為君姪孫壻

園中聞新蟬

吾方有吟癖愛爾發新吟露吸五更冷烟穿一碧沈垂

信
悵

簾清午夢倚杖孰知音回憶昆池上臨風幾度尋（滇南遍地無蟬）

小暑前三日過訪少谷太守湖東別業探訊荷信知遭水厄悵惜久之口占奉簡

湖上花宜太乙舟無端消息阻陽侯芳園別有盆池種一樣飄零惱鷺鷗

攬秀新移玉井蓮花開十丈藕如船（用句）碧筒相約南皮會彭蠡歸帆望謫仙（擬訂江南館觀蓮之局時秀峰尚在浮梁未歸）

大暑前二日雨晴走訪鴻度農部誦芬園池蓮盛開翫賞半晌而歸賦贈一首

坐　稱

芙蕖香裏杖藜來半畝方塘一鑑開（用句）出水亭亭初日後凭欄楚楚曉風纔點蒼快覩雲峰色滴翠還誇雪浪堆（園中觀新置大理石屏五嶽雲峯畫并有阮文達師題跋又壁間所懸石畫各種皆臻神妙）坐久清涼花世界茶瓜留客重低徊

硯生山長見示詠盆蘭新什次韻走答

丁字湘簾亞字欄此中雅稱氣如蘭小園雖有同心種底似光風座上看

幽谷人來笑欵扉國香晨夕好相依清芬滿紙傳佳句彷彿新涼高樹歸

六月荷花生日原擬作觀蓮之局因伏暑中輟夜

涼兀坐追憶昔游偶成二律奉簡同社藉以解
嘲疊用舊作元韻

觀蓮介壽日南天歲歲芳辰韻事傳餅列鴛鴦卅六隊扇留鴻雪十三年風摇水面鋪雲錦花笑樓頭湧翠田寄語昆池舊游侶熱官久已息勞肩此首記庚午辛未間滇垣觀蓮往事也

歸來滌暑傍湖天九老曾將粉本傳花島同稱君子壽壺樽初集建元年客嫌褦襶停觴政詩寫清涼潤硯田勝會莫辜期後約散襟瀟灑聳吟肩此首指乙亥江城花洲消夏雅集并訂後游也

皆

箋

昨以近什呈少谷太守承賜詩褒答次韻奉詶

纔詡燕石投旋捧趙璧至堂堂大將壇偏師歸節制吾
老耽詩癖耕田愧識字在在選新題時時發奇思見獵
猶童心賈勇期再試時方舉行歲考羨君北窗下嘯傲羲皇世

梅筱巖河帥由豫東解組旋里重晤章門賦贈二
首

兩世蘭交聯桂譜卅年芸館接藤廳宦場歸老皆頭白
勳業長留在汗青算劫心驚棊局罷觀河面皺客帆停
草堂猿鶴欣相逐息影從看岫幌扃

握手班荊話舊游琳琅鉅製篋中收岱宗曾矙雞鳴日

禹穴還尋雁蕩秋君前寄示大著吟州有登岱謁禹陵游雁宕諸什池草遥吟
懷北海令兄肖岩太守時方典郡青州社蓮正好結南州者英會裏添
君座定有新詩狎鷺鷗

筱岩河帥賜示和章疊用前韻奉答

入林且踐歸鴻約居第僅容旋馬廳
北闕難忘心捧赤西山重對眼垂青身彊藜杖何須借
老學蒲編未肯停拋却熱官就閒伴傳牋蚤喜扣柴扃
十載衡茅久倦游新涼漸覺暑氛收銀河鵲渡三更月
金井梧飛一葉秋七夕前一日立秋一家世夙傳兆仙尉鄉人爭
願識荊州本來臺閣鵷鸞侶羅網還應到海鷗用東坡詩句意

荔

雲甫尚書五月朔日有添丁之喜賦賀二章奉寄

虔南游館疊韻

丹荔紅榴結子時靈椿喜聽産仙芝新雛英物爭誇異老蚌明珠未覺遲蘭砌花開重穗蕋（大令孫亦喜獲掌珠）桐陰鶴和側生枝祖孫湯餅齊開讌得句掀髯笑解頤

孤懸曼倩叶良時（東方朔於是日誕生）眉宇天然煥紫芝放鴿詩裁添笋早（昨以小詩祝公初度）弄麞書寄好音遲臚雲定卜名三唱畫日先傳筆一枝（用隨園詩句意）更祝充閭符瑞兆同堂五葉介期頤

聞雲甫尚書將於仲秋上游由虔南就養吉安郡

廨再賦二律寄懷仍疊韻

言别虔州向吉州寓公杖履任優游三年遍覽青螺嶂在贛縣二水中分白鷺洲在廬陵用句天末涼風懷舊雨湖東新月近中秋何當官閣循陔暇訪戴思杭一葦舟令嗣幼甫太守時權郡篆

歸帆前度泊黃州曾奏壎篪赤壁游辛巳冬公旋楚北訪令棣儀臣郡博齊安學舍夢草遥傳千里句寫真補詠百花洲桃源荷沼春連夏菊盞梅殘冬續秋以上皆敘連年近事韻事許多鴻雪在何時李郭又同舟

賞

酒

養福齋續存稿卷四十五

奉新　宋延春　引穌

虞階漕帥招陪同社賞晚蓮補作荷花生日賦謝

二首

觀蓮竟虛度晚節占羣芳花放遲逾好風來遠益香吾儕嫌熱惱此地受清涼入座瞻君子亭亭水一方

避暑愁無計佳招興若何清尊開北海賢主有東坡池面花爭笑牆頭酒屢過催詩應喜雨將壽補蹉跎用句時方

禱雨

硯生山長見示和采臣山長近什並原唱次韻奉

酬並呈采翁

小別髯翁倏隔年每懷晚秀思悠然能拋世網都成佛得住名山不羨仙逭暑難離窗北面養痾卻在屋西偏連日秋燥予抱恙未出新詩讀罷頭風愈同醉天香月窟邊中秋節近擬作小局

秋暑排悶疊和前韻簡兩山長

秋暘鎮日尚如年安得甘霖一沛然拄杖怯尋湖上侶謂少谷太守乘船遙憶飲中仙謂雲甫尚書時方自虔州至吉郡詩篇律細還爭巧筆陣師雄善用偏二老風流主壇坫收羅珠玉總無邊

中秋前一夕喜雨早涼即事

新涼昨夜換桃笙曉起西來爽氣清盆供國香饒雅契
槃堆佛手助吟情莫教紈扇抛懷易但覺紗衣稱體輕
膏澍應期農畝遍木樨含潤吐金英

中秋夜賞月小飲疊用前韻

風送良宵緱嶺笙秋光雨洗碧天清一輪皎潔園林景
十稔團欒兒女情詩簡遥傳交誼重酒杯對酌俗緣輕
笑余尚有南樓興老去還誇鄉曲英

八月二十五日展中秋節約同社小集中隱廬代
簡一律

老

初涼歔侶展中秋赤壁坡翁第一游東坡遊赤壁者三是日為第一游見七修類稿金粟遲開香撲鼻瓊樓重聽調歌頭快逢好雨聯觴詠連朝喜雨筱岩河帥初來入社又選新題續唱酬報道嘉禾欣合穗亦用本日故事林泉樂事劇風流

筱岩河帥見示和章稱謝疊用前韻奉荅

燕市分襟倏卅秋又從枌社共優游重洋見虜驚雙眼席間談及昔年海上觀兵舊事九老輸君出一頭瀟灑入林圖後樂時請添繪君小像於後九老會畫冊中澄清攬轡志先酬登高舉步誇誰健

同賦長江檻外流擬於重九滕閣登高

雨中聞鄰園桂花香喜賦

芳信今年遲去聲木樨何來馥郁過鄰西名園易主花仍
賞偶巷諸園皆非舊日主人矣雅約娛賓酒共攜日來兒輩與同人有醵飲賞花之局
雨氣林間疑露浥天香雲外不沾泥老夫靜坐叅禪味
笑撚吟髭又借題

鴻度農部惠贈新開盆桂移種小園答謝一首疊
用前韻

滿載淮南千里樨移根似傍遂園西花自維揚運來者余家舊宅遂園西
偏亦有老桂一株開時最盛多君妙手加培植愛我深情任取攜花
蕚輝聯誇玉樹門楣瑞兆盼金泥長令郎為余孫壻君時將攜回皖省應童
試小山徙倚芳叢畔老筆吟香細品題

昨赴瀛槎觀察
劇同人擬為展

九月四日虞階漕帥名集同社預作重陽賦此志

謝

勝踐連朝為底忙補消夏暑趁秋涼觀蓮酌桂雖虛座
采菊簪萸預泛觴會近題餻先五日風能落帽即重陽
羣仙逐隊添新侶（謂筱岩河帥）共醉黃花晚節香

重陽前二日園桂盛開籬菊未放即景成吟疊前

韻

花下頻催羯鼓忙纔聽長笛奏伊涼榍禪尚佐登高賦
菊部徐稱介壽觴（昨赴瀛槎觀察壽筵觀劇同人擬為展期補祝）丹杵藥曾敲
落月白衣酒緩送斜陽秋葩一例開先後次第如聞百

炎

和香

九日筱岩河帥招陪同人菊尊雅集賦謝再疊前韻

贏得閒身款客忙恰逢氣候換炎涼結鄰好築平泉墅假館初傳洛社觴（君時卜定隣街新宅尚借寓友人別業）佳節高風追栗里秋容老圃媲安陽當筵競暢餐英興歸帶餘醺齒頰香

秀峰別駕以僕迭呈近作賜詩褒獎因疊次元韻答謝二章

一昨趨　金殿曾簪五色毫摩空欣得路作賦又登高

技

暫輟東山屐時擬邀同人登高適有他約中止新裁別駕袍揄詞矜敝
帚結習愧勞勞
躭唫笑成癖已秃兔千毫座挹三湖爽樓凭百尺高好
擎桑落琖爭唱鬱輪袍老矣逢迎拙杜句賡詶敢告勞

再疊前韻奉簡少谷太守

仙吏推詩老眉間岀壽毫惠行章水遠仰止泰山高久
宦難辭綬深交每贈袍吟筒互來往底似簿書勞

重陽後二日偕同人過瀛槎觀察雙清別館會飲
觀劇並以補祝席間奉呈三疊前韻

竿木登場獻技忙笑開老眼鬢絲涼歌臺細細聽鶯囀

酒陣紛紛侑鶴觴大好管絃娛五夜了無風雨展重陽
賓酬主勸紅燈畔醉插花枝滿帽香

重九後四日諸君子招陪筱岩河帥菊危同集來
學齋即席賦謝四疊前韻

做節渾如轉磨忙高齋又展食單涼庭前待倚芙蓉檻院中木芙蓉尚未放席上還傾苜蓿觴謂研生采臣兩山長堆髻花應看裊
裊持螯讌更樂陽陽八仙雅稱飲中會賓主八人酣戰狂歌
抱甕香

九月既望種桂中隱廬前偶成一律五疊前韻

蓺花還比戩花忙移植靈根曉露涼此日栽培金粟種

來年準備木樨觴養同菊性欣頤壽開並葵心愛向陽

中隱舊廬更招隱前番香接後番香余家舊宅遂園老桂宸茂

十九日展重陽前一夕枕上聞雨聲園菊將開喜而有作

幾番消息問東籬今歲黄華節較遲夜雨催開三徑菊

秋風又老一年詩用句細商盆盎安排好徐對屏山位置

宜報道蟹肥新釀熟重陽再展莫愆期擬約同人作再展重陽局

秋雨復晴課園丁分種新菊疊前韻

為菊重編麂眼籬用句花娛暮景不妨遲喚來彭澤閒評

畫壁間懸淵明喚菊圖嘲任昌黎久詠詩韓退之有嘲菊遲開絕句瘦影寒香

朋輩

皆入妙淡粧濃抹總相宜句又用老夫慣把頹齡制三樂
傲他榮啟期

二十九日再展重陽節約諸同人中隱廬小集賞
菊代簡再疊前韻

乞取秋英向隔籬花多為鄰園移贈者借花獻佛笑遲遲龍山又
補羣仙會颸館重題九日詩清賞最難朋輩共晚成長
與子孫宜但將酩酊酬佳節句用遑健渾忘及耄期

十月八日八旬晉二初度兒孫輩擬為余演劇開
筵稱壽迺前四日余適有艮趾之占而排當已
具阻之弗獲爰亦力疾觀場即事抒懷遂成長

歌籍博諸同人一粲并以自壽示勗

小陽風景爭暄妍草堂蕎見張瓊筵兒輩胡為作豪舉
為我暖壽招羣仙我年八十又加二昔日梁公初及第
樗材碌碌慚前賢獵取科名方壯歲槃從看罷長安花
宦游萬里天一涯袍笏辭榮倏十稔匆匆過眼嗟繁華
排日奇觀大合樂演來菊部開東閣賓朋列坐百戲陳
婦孺騰懽舉家樂登場餤段喧笙歌貼地躧褕爍綺羅
富貴長生頌無量怕聽人呼春夢婆況值黃花香晚節
郢曲陽春高白雪忝陪洛社諸耆英漫詡籛齡躋耄耋
前年泮水賡重游介眉佳話矜風流秀才餘習依然在

膚

一編仍守燈窗幽去歲弧辰創別調九老會還聯九少
揮毫强賦九言詩廿四柏梁恣吟嘯者回樂事更翻新
絲竹東山祝大椿溯從盤古徵先誕愧媿放翁稱後身
人生快意要知足虛則能容滿則覆無端錯履幾剝膚
焉知失馬非庸福豈是新豐折臂翁邊疆攬轡曾臨戎
千岩從未遭一蹶胡為平地摧龍鍾不蹎於山蹎於垤
自此敢拋七尺笻歡場鼓舞難休罷行樂及時題慣借
何妨黃蘗下彈琴卜晝弗遑兼卜夜花光聚處圍燈光
五色迷離娛子舍老人危坐學跏趺諸孫繞膝舁籃輿
逐隊疑趨輭脚局稱觴合醉折足壺連朝惹客閧堂笑

和知音海上

孟

詠

補繪雞窠戲綵圖

少谷太守賜詩稱祝次韻奉酬

與君聯尚齒忝長十三年濟世心同佛論詩句亦仙鴻
詞褒疊疊鶴筭紀綿綿郢曲高難和知音海上絃

秀峰別駕亦惠賀章依韻答謝

花影燈光四照堆教兒且覆掌中杯杜句登場優孟歌喉
轉列座賓朋笑口開虛度頹齡慚耄耋頻勞吉語頌臺
萊乘籃自哂蹣跚叟輭脚筵前一再來

硯生山長子任農部各頒新什致祝皆疊前詠菊
詩韻仍用元韻報謝

晚花杜老愛疎籬少陵句疎籬帶晚花爛熳屏山分外遲歲月駸駸增馬齒琳琅疊疊介麋詩稱觥將壽蹉跎補顧曲尋歡左右宜拄杖倘容還健步消寒會展暖爐期

生辰後閒居養疾每日作詩排悶得十二首

小部棃園集畫堂承歡疊侑介眉觴吳歌楚舞都聽遍留得餘音尚繞梁

熱鬧收場好養痾靜中壽相示維摩鬢絲禪榻閒消遣此亦身宮小蝎磨

耄年已過杖朝期安步忘攜竹一枝從此難誇腰脚健顚危畢竟賴扶持

殘本

折肱鎮日覓醫良料理茶鐺藥竈忙試向養生尋妙訣
安心是葯更無方蘇句

晚菊繽紛列錦屏移來深院制頹齡別從韓圃陶籬外
頤性花間醉綠醽

生平捷徑讓人登打坐今同退院僧足蹟雖然半天下
老來仍伴舊書燈

雁信遥傳錦字牋詩情書意兩纏綿披吟頓覺頭風愈
洗足關門聽雨眠蘇句適接雲甫尚書吉州詩札

半生心血惜叢殘舊帙新編次第完檢與鈔胥珍敝帚
附庸風雅仗騷壇時方自訂歷年續存詩稿彙鈔成帙

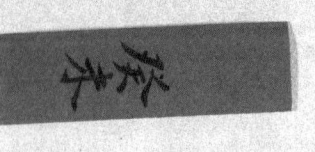

摭

斗室阿誰破寂寥雛孫索果語聲嬌老夫抱膝含飴笑
猶有童心學稱髫
不出兼旬社侶稀詩筒偶遞叩柴扉顧期杖履占康復
暖熱開樽爐火圍
蹇步循牆傴僂行朋來問疾倍多情諸君痛癢相關甚
禮數寬容免送迎
望秋蒲柳歎衰孱松柏彫遲葆歲寒最愛吾廬脩竹茂
亭前日日報平安
月來養痾小愈摭拾近事又戲詠竹枝詞十二首
遣興

甲申編修歷

巷南巷北卜居新千萬從來富買鄰衡宇相望多舊侶
流連月夕與花晨 梅小岩河帥譚厚之司馬近日皆移寓鄰街
花甲女嫂還冀北竹林老阮滯湘南雁書互寄平安字
何日團欒樂且耽 時方寄長女都門三姪星沙兩處家問
諸孫比屋夜聯牀友愛渾如大被姜繩武他年傳祖硯
試教春草詠池塘
江上何來遠客槎溯源重訪舊通家師門回首傳衣日
六十年前老探花 昨周仲樂叅軍自金陵來訪乃余禮闈房師石生夫子令嗣師為道光癸未探花今已周甲由編修歷官方伯解組家居久歸道山矣
流行災祲遍燕齊四野鴻嗷困子黎自愧侏儒飽粗糲

免兒空向飯籮啼

腐儒頭腦誚冬烘曝背茅檐暖意融向日葵心能衛足

厭聞時局學癡聾

盛事南州說異常一門五世喜同堂壽萱遙拜旌閭寵

七葉天題慶衍祥南昌徐丹亭觀察昆仲尊嫜年登大耋喜見曾元蒙 恩賜匾額褒獎

良辰宜室又宜家婚嫁紛紛笑語譁老我向平緣久了

孫枝待種合歡花里鄰中比來嫁娶禮節較繁

扶掖終朝東復西竟將衰叟當孩提登場傀儡休相訐

俯仰隨人眼不迷

臥游兩月懶窺園偶趁霜晴鳥雀喧步屧蹣跚踏花徑

慣推襟圍爐久曠寒宵局隱几常懷空谷

欣看老鶴引雛孫（頃攜幼孫至園中一游）履綦咫尺阻精藍莫向詩僧接麈談七寶粥香齋供近笑呼彌勒好同龕（謂棋蒼長老）

纔吹葭琯報陽回又聽街頭臘鼓催梅信江南迎歲早壽蘇還逐衆仙來（時命園丁購棋數種擬仍作坡翁生日）

聞硯生山長抱恙不出余亦以足疾未瘳賦此奉詢

老年易惹病魔侵同病相憐證素心咲我扶衰因錯履感君惠顧慣推襟圍爐久曠寒宵局隱几常懷空谷音小雨晚來天欲雪尖义好續北臺吟（時有雪意）

檀場　翳

研生山長見和前什疊用元韻酬答並簡子任農部

白髮長嫌歲月侵坡公句樗材亦抱後凋心社聯玉潤氷清侶謂少谷太守秀峰別駕座挹光風霽月襟快誦新篇袪未疾還期大雅振元音君來年仍主豫章講席擅場汝士多踈闊鶴奏應先短笛吟將再舉壽蘇會

子任農部見示臘八日遊菩提寺疊韻和章再疊奉訓

淨土全無障翳侵場開灌佛悟禪心經繙貝葉傳西竺衲繞蓮臺袒右襟七寶粥香餅鉢供三乘燈徹磬鐘音

古

清游共證菩提果百福修齋助客吟

嘉平月十九日重舉壽蘇會奉約同社口占代簡

疊和少谷太守賜祝元韻

開尊循舊例生日作年年東去江流古南飛鶴載仙畫
圖重展拜歲月度聯綿遺墨千秋妙靈風一撫絃座間並懸有坡翁自繪淵明撫琴畫

東坡先生生日設祀中隱廬同人消寒雅集席間
用小坡斜川集中大人生日元韻五首呈諸君
子
家學眉山昔冠羣使君原是舊朱陳公因覽揆招嘉客

我代稱觴作主人三九消寒休悵晚十千沽酒莫辭貧用句良辰海內齊申祝現百東坡認化身

此邦宜著玉堂仙蘇句笠屐飄然嶺外傳說法漫叅禪祖諦行吟偏遇夢婆緣宦游願載凌雲酒歸老思營陽羨田笑我命宮亦磨蝎也逢小病壓災年放翁句留病壓災年余適患足疾初愈

詩案搜求遍巨纖平生忠孝豈憂讒奇才應運難逃厄大筆藏鋒肯露鋩學士風流殊落落吉人天相自謙謙愛君畢竟邀宸鑒壽世文章吏隱兼

小謫黃州旅思寬髯翁壽骨仰高巔笛聲鶴奏三千界

祠

粉本鴻泥十九年座供赤壁李委吹笛畫像乃乙丑冬作於滇廨迄今已十九載矣赤壁偕游詩入畫紫裘引滿酒如泉江山萬古留名蹟珠玉隨風落九天

耄齒投簪久退藏釣游回憶附同鄉余生長嘉陽隨宦蜀中家久人間鐵板銅琶唱天上瓊樓玉宇望有子業能弓冶繼如公才詎斗升量竭從下土瞻奎宿仙府應儕義與皇

除夕團歲喜賦

閤中日月去堂堂今夜團欒樂未央纔壽坡仙斟綠螘又祠子郭竈神字供黃羊祭詩韻事年年慣饋歲鄉風户户忙笑向兒孫誇老健酴酥後飲醉椒觴

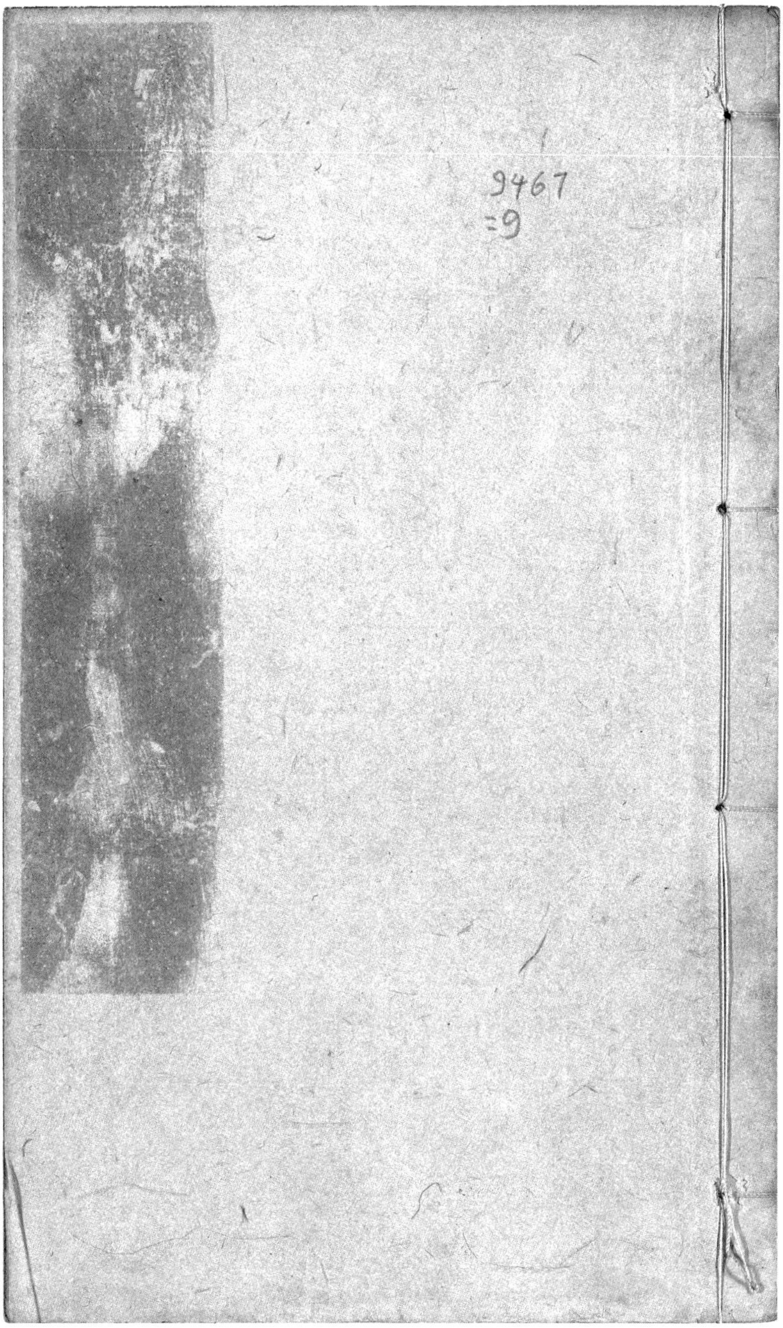
9467
=9

朵

養福齋續存稿卷四十六

奉新 宋延春 引龢

元日試筆 甲申

桃符疊見里閭新八十三翁拜
紫宸用趙甌北先生己巳元日句鶴竿增齡欣換甲
鸞綸沛澤慶重申上年屢奉帑恤民之詔頒願聽海澨安瀾頌常
樂田園退老身天上慈雲開
壽寓彩毫先祝萬年春今歲恭逢祝釐聖節

硯生山長賜示元日試筆新什次韻奉訓

首祚餞披五朵霞東來好雨趂風斜早晴午雨迎年鼓奏太

平樂隔歲燈畱如意花座對癯仙香有韻鏡窺壽相鬢添華羨君絳帳春先到載酒都從弟子家

開歲四日喜雪疊和前韻簡硯翁

霰集先春粉碎霞虛空整整復斜斜三冬喜補頭番雪六出仍開項刻花去冬少雪今正八日立春此猶冬雪也又改園林新景象預占隴畝好年華斜川雖阻清游興且效寒吟處士家

研生山長又示喜雪近作和韻再答

謝庭詠絮舊家風賀監明當餞寓公次日故事有懷雲甫尚書索笑新舒梅萼綠哦詩暖傍茗爐紅歡騰彩仗青旂外後二日迎

春歌向瓊樓玉宇中古驛坡翁曾試筆唫鞭踏雪記元豐
宋元豐七年正月四日東坡於騾馱驛試筆見長公外記

人日晨起大雪用東坡開歲濰州道中遇雪詩韻

成五古一首書懷

新歲春將來舊年臘早送報雪喧童孫驚覺詩老夢窗雞冷罷談檐鵲僵止弄廣厦念孤寒敝裘誰與共士窮陋巷中簞瓢嗟屢空曠野多蟄鴻衡門罕題鳳泥滑愁折屐風烈怯摇棟瑞兆卜初正民生關瘼痛老農願差慰東皐及時種客浮白墮樽吾飽黄虀甕

人日對雪即事再賦疊除夕韻

人日題詩寄草堂用句懷人洄溯水中央時擬寄雲甫尚書詩札花
前對雪吟新雁帖上宜春寫吉羊次日立春膏潤土牛農事
喜帆催畫鷁客程忙秀峰別駕方歸里省親稱慶菜羹好作伊蒲供
米汁禪參介壽觴後三日為棋蕣長老臘壽

穀日立春疊元日韻

老來簪勝逐年新回首觚稜夢禁宸詩比蠶絲抽乙
乙節更鳳紀疊申申今歲立春為申年申日申時五辛美薦堆盤品
三卯祥占食粟身正月逢三卯亦稱佳兆拄杖風光娛晚景時晴
快買玉壺春是日喜晴

研生山長再示七日喜雪八日立春疊韻二律依

韻詶答一章

東皇欣迓歲朝新唱和詩筒遞及辰銀樹預排燈市月璚筵纔讌雨堂春人日故實慣尋勝會酬佳節同向康衢作散人記否天街聯轡日輭紅猶戀屬車塵用句

立春後二日雪晴約同人春盤小集子任農部惠詩稱謝疊和元韻二章奉答次首用捲簾體

做節當新歲吾慚作主翁清詞霏雪白妙曲譜鹽紅席間聽諸客度曲 燈價千金貴是日故事絃歌五夜工寒消春滿座玉戲罷天公

社吟推汝士高唱壓羣公落筆珠璣燦裁牋組織工婆

婆衰鬢白酩酊醉顏紅一笑鳩扶穩渾如不倒翁

是日席間許子貞廣文見贈二律依韻詶之

預賞元宵節燈圓月亦圓嬉春宜上日歗侶集羣仙絲竹東山會樽罍北海年褒詞愧逾分雅意倍纏綿

枌社聯帬屐論交比酒濃縹緗誇坐擁苜蓿笑盤供月旦家風在雲璈衆妙宗子貞精于音律歲寒盟久契同蓀後彫松

祝楳莽長老臘壽再疊子任農部韻

君為清淨佛我是囁嚅翁說法雙眉紫傳燈一穗紅推敲詩律細點染畫圖工壽相真無量新篇祝遠公長老曾繪

列後九老會畫册

上元節對景漫興四章三四五六疊前韻

新年家慶集自笑信天翁綵舞火龍赤燈騎竹馬紅眼前兒戲樂耳際孺歌工鏞白何須問忙聽呼太公連夕觀孫男女輩舞燈唱曲

放夜金吾令層霄仰碧翁千門輝月白九陌踏塵紅簫鼓聲齊沸鞦韆技孰工歡游應買醉壚酒問黃公

昔逐朝班隊今稱田舍翁字披蟬簡綠香爇鴨爐紅曾羨傳柑美誰偷擪笛工村歌兼社舞付與管城公

吾廬韶景麗閒學灌園翁牆竹頻抽翠山茶正綻紅紙

鳶飛處鬧粉繭卜來工敢詡通明隱山中作相公

去冬十月得雲甫尚書吉郡寄來詩札久未奉報

春正多暇仍疊前韻詶答

開緘猶記小陽時珠玉紛披五色芝興到拈題頻鬥險

書來作畣不嫌遲歲寒同葆松筠節喩侶新聯蘿蔦枝

公近與余姻家李蓺垣太守多唱和之作人日早過詩補寄草堂梅下笑搘

頤

新春後三日藝垣太守由吉州差次重至章門枉

過小聚因和其客冬寄示詩元韻六首奉贈并

以送別

天

渡江梅柳片帆吹恰好行春白鹿隨報道新韶來舊雨
蓬門倒屣曳筇枝
聞説曾迎新嫁孃金閨嘉耦豈尋常承歡着案尊嫜喜
伉儷雙星詠服箱君去秋為二令郎完娶
章貢盈盈各一天苔岑契闊動經年春鶯出谷遷喬近
肯讓樓臺得月先
小園曲折徑幽通偶駐高軒一畝宮半日談詩忘老倦
清尊合與素心同
竹報遙傳梓里回芝蘭玉樹竝佳哉孫枝幸托門楣蔭
博得重闈笑口開

濟時霖雨望蒼生蚤聽循聲達　禁廷纔賦題襟重惜別烟波南浦草青青時仍返吉郡鹺局

少谷太守賜示新正七旬晉一誕辰用香山韻自壽述懷近什因次原韻介祝

珂里曾為守土臣歸田愧說詠來旬閒居幸托甘棠舍晚節爭推壽柏身琴鶴新篇黃髮老湖山舊社素心人蒼生造福徵無量著手陽回有脚春去冬余患足恙得太守診服良方就愈

秀峰別駕由里門稱慶旋省志賀疊前韻

殿頭射策得賢臣衣錦稱觴慶浹旬海客重聯吟社句

（君上年入都往來皆從海道）謫仙偶現宰官身此堂護壽娛慈母（尊嫜今正八秩慶辰）南極峯高倚丈人（謂令外舅少谷太守）僂指三村花事近

桃源待訪洞天春

花朝前二日出門口占志喜再疊前韻

我躬蹇蹇愧王臣面壁工夫百廿旬（余自去冬足疾不出者迄今已四閱月矣）健步仍為乘轝客出門竟放卧游身鶯花似此娛韶

景杖屨依然著散人九十風光舒老眼筭朝恰到二分

春

次日過永福禪林訪楳莽長老適亦有足疾不遇

戲詠二截句慰之

扶藜來訪老頭陀報道身宮坐蝎磨同病相憐堪一笑
髩絲禪榻雨維摩
吾方行脚爾趺跏出定僧尊入定誇指顧精藍將洗象
蒲團拋卻理袈裟二月廿一日為普賢寺佛會

秀峰別駕見示花朝後二日游三村看桃花題壁
新什次韻答之

芳邨慣訪水雲鄉選勝今遲一葦航佳節最宜好風日
春遊難得共兒郎時携諸郎君同游折來香挹荀君座是日子任農部看花歸折贈數枝窺去誰登宋玉牆閒對畫圖認前度高歌互
答老知章辛巳禊日約同人三邨看拳小集繪啚紀勝雲甫尚書曾賦長古硯翁秀峰與余皆有和

短

章書之畫幀尚懸齋壁

笑我迷津阻洞天昨贈秀峰詩有桃源待訪洞天春之句竟未踐約輸君擘楫興陶然人家星聚知何世名士風流望若仙白雪重留新爪印紅塵悵隔舊因緣無端夜雨花遭妬韻事從來要占先連宵風雨花事將闌矣

正月下浣得雲孫三姪凶耗去臘除夕卒於星沙旅次痛定之餘因賦三律哭之用前歲寄慰罷官舊作原韻

彷彿邯鄲夢一場人生修短歎何嘗未容林竹追嵇阮空憶汀蘭弔楚湘癡叔尚留黃耇叟賢孫惟盼綠衣郎

壁

謂姪孫登荃招魂欲賦揮枯淚歸計虛拋陸賈裝

岩疊記踏舊沙場萬里萍踪險阻嘗難得衰年游汗漫

猶聽遺愛遍瀟湘蠻烟渺渺懷邊徼鴻雪怱怱度夜郎

回首天涯成永訣慚無清俸助行裝姪於戊辰歲偕鳳樓四姪曾至滇廨省侍小住半年仍旋湘浦自此不復見矣

雁信頻催勸東裝罷官久滯老曹郎壬午年姪解職後再游滇南返楚屢致書促其歸里迄未成行壁間賸墨懸針蹟姪素工書篆隸各體寄來楹帖屏幅猶挂齋頭

江上餘音鼓瑟湘故里枌觴慳再酌畢生蔗境幾曾嘗

古稀已邁應無憾成佛先登選佛場此首用捲簾體

仲春廿有五日展花朝節同人春園雅集敝廬樂

部稱觴賦詩紀勝三疊香山韻

冠蓋欣聯內外臣花朝社飲展彌旬前三日春社椒盤讌補團圝會菊部場登傀儡身此海樽罍傳座客東山絲竹醉歌人自憐鶴髮龍鍾叟歲歲同熙梓里春

次答研生山長展花朝讌集元韻

高軒不速集崇朝仙侶無煩折簡招佳作仲懷猶遲健蒼顏得酒尚能韶坡翁句壺觴局娩羣星聚絃管音如五鼎調好繼芳園宴桃李優游秉燭樂良宵

又次答陳石逸司馬春團同集元韻

解綬閒身訪具茨孤標松柏歲寒姿逢場愛聽紅牙曲

驚坐傳觀黃絹辭梓蔭遠承橋蔭久逸廬高比隱廬遲尊先公昔年曾宰敝邑君近自署曰逸廬寓公老去論交舊歲月銷磨一局棊

季春朔日同人再集敝廬預修禊事清歌醼飲即席賦呈疊用朝字韻

梨園底事演連朝上巳先期局再招會借蘭亭支稧飲戲陳談段趁芳韶預尋曲水詠觴樂差勝山陰絲管調老眼肯教嫌數見千金一刻值春宵

清明節園中平臺紫牡丹初放詩以寵之

瓊島留仙種瑤臺步月時春寒惜花晚花好愛春遲穠

美

豔逢三月新妝倚一枝主人乏金屋翠幕且扶持
潑火清明候花風過廿番韶華迷倦眼香夢引詩魂算
朶符金帶花開四朶寧芳泛玉鐏簪冠期瑞兆貴客賁蓬門適王丹臣太守由鄂來江過訪小坐玩賞
展上巳後一日彥甫比部約陪同社讌賞牡丹用
香山洛中春游韻代簡依韻答謝
禊游纔展昨詩簡又招新園涉伊川美花尋洛社春紅
粧酣宿雨紫陌碾香塵艷倚雕欄笑嬌傳粉本神樂天
歌爛熳太白調逡巡簪履羣賢集壺觴老輩親自慚樗
櫟品猶健薜蘿身罰例嚴金谷裁箋報主人

彥甫比部近有添孫之喜即席再賦一章志賀

令節名花賞及時祖庭又喜茁孫枝渥洼譽蚤騰駒種芹藻香先奪鳳池（文郎時應科試）戕拂金花爭染翰筵開湯餅疊含飴老夫側耳誇英物鼓腹掀髯笑朶頤

筱巖河帥過訪看花見贈新什次韻奉訓

看花鎮日不嫌多頭上花枝柰老何（蘇句）滿紙談兵卻西旅新聞說鬼笑東坡廟廊遠繫同憂樂槃澗餘閒獨寤歌梓澤筵前雷雨過燈紅酒綠漾簾波（是日偕河帥先往虞階漕帥東園觀紅綠牡丹隨赴彥甫比部賞花之局）

筱巖河帥招陪同人新齋雅集疊和前韵志謝

買得芳鄰千萬多牆頭過酒興如何蒼苔細踏芸三徑齋為黃氏古芸書屋新筍初抽竹一坡旛護花神欣却老後三日故事瀾安貑子久聞歌銜杯正憶鑑湖叟挂席來停南浦波時江水新漲聞雲甫尚書將由吉郡至省

三月二十四日約諸君子同集小園補賞牡丹用香山七老會詩韻代簡并引

香山集云會昌五年三月二十四日胡吉劉鄭盧張等六賢皆多年壽余次焉於東都履道坊合尚齒之會七老相顧既醉且歡因各賦七言六韻詩一章或傳諸好事者今值光緒十年是

日余亦仿而行之爰述其故實如此同集者為
高安蘇虞階漕帥鳳文年七十八南昌梅筱巖
河帥啟照年六十南昌胡研生侍御壽椿年七
十四南昌喻采臣太史秉綬年七十六奉新帥
紉珊太守嵩齡年七十六暨余作主人年八十
三共六人焉

六人四百四十七尚齒重聯笑捋鬚年娩盧真循典實
原詩范陽盧真年八十三余適符其歲坊慚履道效游娛名花繞座精神
健醉筆題詩點畫麤譏近遨頭趁櫻熟次日穀雨筵排輭脚
倩藤扶主賓舊雨歡新雨形貌前圖補後圖回憶花洲

群

消暑會江鄉盛事邇來無指乙亥年百花洲九老消夏會

采臣山長見示賞花雅集和章並惠謝什次韻奉

答

徵逐歡場喜欲顛翻將暮景當韶年鄉親久接春風坐開晚今逢首夏天韓魏公詠牡丹句寵羨新題聯六老競傳高唱壓群仙芹香預兆蘭陔瑞晚秀山莊名安排合巹筵大文郎時應科試夏初有授室之喜

虞階漕帥名陪同人讌賞牡丹即席賦謝疊和前韻三月二十七日

擁途爭笑插花顛放翁句枌社叨陪已十年蠶市晴過挑

甕

菜節（用本日故事）鼠姑豔赽布秧天勸醻四座瑤臺客管領羣芳玉局仙為愛餘春加護惜勝他金粉洛陽筵

研生山長紉珊太守約偕社友同集講院來學齋再疊前韻志謝四月初三日

謾學詩顛與酒顛紫藤花下醉年年（齋前藤花㝡盛）葡萄甕啟清和候（亦用本日事）芍藥欄凭澹沲天隣比羊求欣得友主偕李郭望如仙餞春迎夏先占潤絳帳初開櫻筍筵

雲甫尚書就養重來豫章奉贈一首

三載不相見班荊一快然遠乘桃汎水（頃由吉郡汎舟而至）重話麥秋天舊夢鴻泥爪新歡鶴髮顛結鄰游醼近詩酒再

流連

端一日雲甫尚書新郎君周歲之期詩以志賀

仙泉正湧試周時（用本日事）繡褓盤擎獻壽芝三鳳聯輝騰薛譽（郎君行三）八齡燦錦媲邱遲蘭湯初浴提戈印桐閏新添跗萼枝（五月值閏）介爵補開湯餅宴老饕應笑朶雙頤（是月廿五日為尚書誕辰）

端午日偶成

蒲艾香清繞綺櫳歸閒十度届天中扇裁竹箑毫飛白餅插榴花照眼紅解糉老嘗慚益智浴蘭細酌笑開聾（五日飲酒謂之開聾予近有耳疾）朱旗畫鼓盈江岸標錦何人奪取功

麥　屨

時郡試將竣事

大端午節偕同人奉邀雲甫尚書少谷太守補賞

天中節移樽晚香圃代簡一章

賓筵又設大端陽勝地追尋晚圃香判袂三年重話舊
題襟五月預招涼艾蒲展節時連閏松柏居鄰巷一方
桃漲江深寒草閣麥迎秋熟繞陂塘鳳雛綠繫長生縷
鶴健籌添益壽觴端一日為尚書三令郎周歲後十日又為尚書誕辰綠醉良辰
環竹塢紅酣卓午艷榴房行廚好借平泉墅醻飲歡聯
履道坊社侶簪裾情繾綣寓公杖屨樂徜徉鑑湖游興
雪鴻蹟潭水唫懷鷗鷺鄉老我拋甎還折簡引來鉅製

五

燦琳瑯

五月既望第四孫女生詩以志喜

讌展天中節新雛報好音掌珠擎四美聲價愧千金此
日施巾悅他年鼓瑟琴重闈添色笑詠絮待教吟

閏端午采臣山長筱岩河帥招陪同社古芸書屋
消夏雅集賦此志謝疊用大端午公讌元韻

嘉招恰趁閏端陽華屋書芸挹古香蒲節天增重五景
桐階雨透幾分涼連日喜雨皤翁滿部掀髯健壽相雙瞳翦
水方長謂山長新侶耆英聯洛社舊游風月憶錢塘謂河帥欣
調洗手鯖廚品補酌齊眉鴻案觴山長文郎昨喜合巹將應科試麗澤

閏月 端 院

經頻傳侍座安瀾歌叠聽宣房佳辰賚賜高年爵（用閏五月）故事令子標占奪錦坊星聚騰輝添燕樂竹林繼美共翔徉（席間賓主七人）閒從滌暑尋詩境老學求仙入醉鄉聊寫燕詞訓盛會敢隨法曲奏琅琅

子任農部見示閏端午雅集近什次韻奉荅並簡采臣筱岩兩君

催詩好雨暑天涼佳蕙新蓮各吐香（盆蘭盛開鉼荷初供）妙手逢時誇錦奪（文郎將應院試）枯腸索句笑闔藏南皮瓜李先酬酢北海樽罍茲老蒼宸喜芳鄰重做節飲中仙却憶知章（雲甫尚書未與此會）

賞

閏五月中澣虞階漕帥招陪同社讌賞新蓮即席

賦謝疊和前韻

荷花世界本清涼東閣筵開自在香擎蓋雙蓮欣夜放坡翁句故遣雙蓮一夜開引篘斗酒羨家藏仙池品異傳凝碧唐宮池名翠海妝穠記點蒼滇南山名底似奇葩來玉井新圖醉寫米元章漕帥精於繪事

研生山長見示賞蓮雅集晚歸喜雨和章再疊前

韻奉酬

一雨桃笙換晚涼纔從颷館飫郇香談天珠玉風前落席間筱巖河帥縱談往事戲水鴛魚葉底藏菡萏凌波吟采采蒹葭

荷花生

芬馥

隔岍湖蒼蒼少谷太守別業門前湖蓮亦開宗工快染淋漓筆志喜高歌雲漢章

餅蓮

新妝出水自亭亭位置天然供膽餅粉本曾稱君子壽花洲計日祝延齡齋壁懸有蔓畦老人瓶蓮畫幀時已近荷花生日

盆蘭

幽谷叢移老瓦盆素心紉佩伴晨昏風莖露朵香盈室培植長宜遍子孫花開廿餘箭芬馥異常

伏暑過譚厚之司馬寓齋聞有抱孫之喜賦此志賀

杖藜來訪比鄰邊徑曲籬疎得地偏老圃蒔花盆盎列
方塘引水鷺鷗眠桂攀子舍三秋兆桐茁孫枝五葉聯
笑我清談非熱客重闈湯餅索開筵文郎來秋將應鄉試新令孫為尊大父鐵簫丈五世元孫

子任農部見示季夏立秋日偕同人游江南別館
翫賞池蓮移尊似園餞夏雅集新什次韻奉答
二首 六月十七日

錦句新裁六月冰纔聞香界祝南能前三日為雪巖開士臘誕氤氳
將介花神壽穠纖誰如君子朋飆館涼招星聚斗同集者七
人泉亭泂酌酒盈升用坡翁本日題詩故事皤翁笑逐少年隊選

歆

勝渾忘白髮增
炎歊難語夏蟲氷遑暑消閒幾箇能桐閏早看飛一葉
蓮辰遲待慶三朋傳廚壺榼提携便攬秀名樓階梯次第
升秋信又占豐歲樂枌榆韻事逐年增

七夕對景偶成三疊子任閏端午舊作韻

惟有新秋一味涼用句湖東菡萏尚探香薇開三徑供娛
賞稻熟千村樂蓋藏橋駕星明宵月白車隨雨洗暮天
蒼是日小雨老來巧思憑誰乞拙筆難成織錦章昨過少谷太守寓齋湖蓮猶盛又訪彥甫比部池館紫薇正開

初秋寄懷藝垣太守吉州差次即賀權臨江郡篆

之喜

芳春賦別又涼秋江上懷人正倚樓十載紆籌遲展驥
一麾借箸快鳴騶佳音定博庭闈笑畫舫還携琴鶴游
遥指昌山迎竹馬杖藜蔀屋聽新猷

月夜筱巖河帥惠貽佳釀酥餅口占答謝

小坐月明中敲門拜賜豐飲醇交最厚説餅句難工樣
愛團圞白顔添酩酊紅含飴孫繞乞扶醉笑皤翁

養福齋續存稿卷四十七

奉新　宋延春　引穌

題前安徽廉訪張玉田師詩文遺稿後并引

師籍隸蜀省峩眉昔年先公守嘉郡時受知最深嘉慶丁卯余從師啓蒙受業次年戊辰師即領鄉薦迨道光癸巳始與余同捷南宮師弟同榜一時傳為佳話嗣後師歷官粵皖晉秩臺司臨戎殉節平日著作久已散佚近歲令姪孫篤庵來任廬陵貳尹甫將遺稿寄閱屬為校訂并索序言余自維耄荒勉狥其請既詳序淵源所

自爰再賦二律綴於卷末歸之俾篤庵以全集
早付手民用毋忘先澤云爾

巖巖道範仰峩岷紫陌青雲步後塵巨擘文章終壽世
先芬衣鉢有傳人摶鵬浪擊三千界附驥名嘶廿七春
豈獨才猷垂不朽完忠大節報
恩身

回首髫齡就傅年那堪白髮捧遺編家聲競羨兒孫繼（詰嗣文孫輩皆先後掇科第登仕版）教澤俄驚歲月遷老眼麻㯃重拂拭
良工梨棗細雕鐫自珍敝帚羞凡響顧傍師門雅頌傳（時拙稿亦編存待梓）

讀玉田師詩集中有己丑歲來游章門賜和贈行
二律余舊稿早經佚去因用原韻補作以志今
昔之感並寄篤庵

絳帳傳經日難忘昔釣游凌雲曾載酒章水又停舟錦
製篇中認紗籠壁上留唱酬重感舊五十六春秋
領袖詞壇久平生著作心才誇傾百斛骨競市千金渺
渺鴻餘蹟遙遙鶴在陰扶衰倚滕閣弔古再憑臨

附原作　張熙宇　玉田

再得升堂樂湖山快此游半生同泛梗小住且維
舟蘭澤何時到梅花有夢留高歌吾望子期許在

千秋

不復作讒語故人知我心 立身原白璧何術點黃金落葉隨風聚浮雲帶雨陰關河連楚豫應念獨登臨

手訂續存詩稿彙鈔成帙自題一律示兒孫輩自同治甲子年起至光緒癸未年止共計四十五卷

廿年重檢舊詩囊枯管難描時樣妝鑽紙任人嘲朽蠹補牢猶自惜亡羊余舊存全稿皆因在滇遭變佚去依然敝帚千金享贏得遺珠片羽光聊倩鈔胥代梨棗許多心血箇中藏

中元日雲甫尚書偕硯生侍御枉過敝廬適筱岩

河帥亦至因同茗話半晌別後奉簡一章

天許養閒元老福人惟求舊寓公情蓬門又賦高軒過
花徑相隨野鶴迎老境婆娑藤杖穩新涼瀟灑筍鞵輕
况逢二仲來鄰友四座高譚玉屑清

研生山長賜亦見訪大什用劍南江亭同集韻亦

次原韻酬答

吾盧船屋似孤蓬諸老偕臨盤谷中烟颺簾前呼茗銚
客携袖底出詩筒汎舟雅興眉山賦（指次日坡公赤壁前游事）揮麈
豪
豪情晉士風（筱巖河帥健談）話到滄桑感時局衰殘自哂囁嚅
翁

七月下澣同人小集撫松池館讌賞紫薇並爲采

臣太史紉珊太守預祝即席賦呈

紫薇花艷迓高軒好趁秋光一畝園松下社聯華髮侶

飲中仙醉介眉樽賓主八人荔枝晚熟中元盛蓉鏡新占瑞

兆繁皆用連日故事時諸郎君將應科試同向林泉娛暮景風流彷彿住

山村用句

王丹臣太守春暮由楚北重來江右暢敘班荆秋

初又將于役新淦榷稅瀕行惠貺昔年權南康

郡篆時游廬山勒石詩搨各種爰招與同人小

集繖齋餞別賦此奉酬即用其舊贈吳望雲學

使二律元韻

管領匡廬吏亦仙名山香火證前緣雲瞻出岫來千里石記摩厓已六年（諸作鐫於己卯歲）大筆留題蓮社蹟清尊重話稻鄉天是真面目誰能識恍似披吟五老前（曩日余曾至潯陽以未及遊廬為憾）

徵文攷獻一編新皐座還推舊史臣（太守昔官編修近年讀禮家居纂輯邑志送主講席）棠舍仍依桑梓蔭藜扶愧老薜蘿身綢繆計密心如水縞紵情深氣自春咫尺三湖波淼淼詩筒常寄歲寒人

昨聞藝淵太守權篆臨郡甫寄賀詩適太守已至

章門重晤因款留偕丹臣大守同聚話別疊用
前韻再賦二章贈行即簡兩君

蘭舟共濟望如仙舊契新岑各有緣園徑開迎三益友
宦游迹竝兩同年（二君鄉薦同譜今又同官及于役皆在臨江）秋澄瀟水（江名）
漁歌晚風送衡陽雁陣天惜別臨歧杯重把莫辭翦燭
雨牕前

閤皂（山名）峰邊綰綬新部民爭迓濟時臣須知報
國經綸手即是娛親祿養身雙捧板輿花下樂羣隨綵
舞仗前春（時擬迎養尊嚴慈至署）從今郡閣凝香暇露白葭蒼湖
遠人

中秋對月即景偶成

鄉園十度月輪秋，雨洗清光豁倦眸。夜雨午晴海上鯨鯢氛盡掃，天邊蟾兔彩交流。壺觴令節庭闈樂，簫鼓豐年社會稠。桂蕊含香蓉吐豔，良宵徙倚小山幽。園桂將開芙蓉已放

研生山長見示中秋喜晴一律次韻奉答

珠玉隨風落九天，絳帷月旦仰年年。客譚牕下烹茶熟，筱巖河帥昨又過訪茶話而去孫戲筵前說餅圓。妙指楫禪僧即佛，楳庵長老近以佛手柑見餉高吟菊隱吏真仙。晚菘待踐尋秋約，選韻須裁十樣牋。少谷太守前有待向紫門擷晚菘之句預訂湖園賞菊雅集

筱巖河帥饋遺肴烝口占答謝

八十拜常珍登槃寵貺新雞豚飫同社鵝鴨惱比鄰用句
海錯鮮無匹山殽味漫陳老饕欣一飽果腹更沾唇

園中芙蓉盛開詩以美之

芙蓉一樹倚東牆開趁晴曦未拒霜自是秋娘顏色好
不須臨水也紅妝
移根來自小西園長養栽培已十年底用涉江歌采采
讓他秋色鬥春妍
三醉文官豔九秋倦飛亭畔遲風流閒時扶杖花間坐
一笑朱顏伴白頭
小山遲放木樨香清供瓶甆竝散芳更向東籬問消息

簪萸節又近重陽（新桂近亦大放）

八月廿九日采臣太史紉珊太守移樽儆齋陪同社賞花雅集賦此志謝

小園簪桂吐葩新高會翻教主作賓折簡欣陪揚觶侶代庖笑比捉刀人（時命余代治饌）祥開鏡下登科兆（二君令郎皆將應科）試香滿天邊皓月輪（用本日故事）且喜借花還獻佛手持尊酒酹花神

新種園桂大放九月朔日奉邀諸大雅小集補賞秋節預作重陽仍疊用去秋種桂舊作原韻代簡

赴　鬧　繞

花信連朝採取忙玉犀馥郁竹風涼誦芬館裏曾移植
中隱廬前合舉觴（花為鴻度農部移贈自維揚運來者余舊作有來年準備木犀觴之句）
階繞孫枝愧燕石（余有孫五人）座招仙客憶淮陽朱霞滿院
交輝處（芙蓉正開）預醉題餻晚節香

秋晚閒居雜詠

鄉隣婚嫁鬧連朝鼓吹聲喧雜管簫咲我向平緣久了
待看孫輩賦桃夭
名客紅箋浥酒漿兒曹競赴坐筵忙老夫飯罷渾閒事
信口哦成急就章
山氣悠然日夕佳依依湖柳繞隄排少年走馬誰家子

蹀躞長楸逐隊偕湖上訪友晚歸所見如此
催租節又近登高盼賞黃花剎紫螯畢竟蘇湖吟興健
瓊篇先已讓題餻研生山長先示郡齋玩菊之作

九月重陽前三日奉訪雲甫尚書郡齋園菊盛開
適研生山長亦至同坐翫賞歸後賦呈一律
西風信息問東籬三徑猶開笑口遲今晨命園丁種菊數盆含苞未吐
郡閣預探重九景屏山爭放百千枝香娛晚節先逢節
花愛新詩要索詩羨煞餐英陶甕早鄰翁可許醉餘卮

研生山長見和前什用元韻奉詶
四面晶窗一面籬看花老眼惜衰遲分來野圃金精種

美竝庭階玉樹枝做節長留子安序登高慣和少陵詩
輸君下筆驚風雨連日秋晴待補延齡桑落卮

九日遣興疊韻二首

自嗟老境逐年增佳節愁將傑閣登足蹇才難誇七步
階高級敢望三升攜壺肯負重陽會落帽誰居最上層
笑插茱萸斟竹葉醉扶還借一枝藤余以足疾初愈未往登高
漫詡兒孫樂事增畫樓攬秀孰先登是日兒孫輩赴江南別館遊眺誦
芬壁上詩連幅采菊罇前酒滿升齋壁懸有先公昔年重九法雲古剎賞菊詩幀
蹟印飛鴻尋歷歷余於乙亥九日滕閣登高曾題楹帖句云重認長洲鴻印蹟思
抽重繭吐層層閒吟且當龍山興玉版裁牋拂剡藤

重陽後二日雨後市菊數十本分種盆盎置之齋／頭籍供客賞偶成二律補和硏生山長看菊元／韻

小雨過重九秋花次第開新歡黃鶴侶舊夢碧雞臺（曩在滇廨園菊最盛）鄰圃移根便泥香壓擔來白衣如送酒籬下漉／巾陪

壽客聯三老詩壇合讓先重吟晚香節更結歲寒緣局／展耆英會圖題老少年（昨以家藏雁來紅扇面畫卷乞雲甫尚書題詠）種花方／索句快捧五雲牋（頃承雲翁賜示和章）

展重陽節硏生山長子任農部彥甫比部招陪同

社撫松池館菊卮雅集次研翁代簡三章韻

忽枉吟牋名重排展節筵三朋欣作主五老望如仙杖履花間聚壺樽松下傳添籌襃歲歲雅誼倍纏綿詩簡云及為賤辰預祝

蘇湖仰東道研翁秋晚坐春風饌設伊川美彥甫饑題汝士工任子更饒吹帽興當筞治庖功耄耋慚吾長扶歸笑醉翁

枌榆歡社飲多稼慶登場高隱追元亮清游慕長房紛紛堆菊盎疊疊佩萸囊酩酊酬佳節開爐再舉觴

瀛槎觀察鴻度峙亭兩農部移贈盆菊多種羅列

園亭洵一大觀也再疊籬字韻

屢盼黃花補短籬秋容分貺捲簾遲移來隔院雙清品瀛翁館名添得荒園三徑枝灌圃寒香留晚節峙亭誦芬佳色入新詩鴻度老年眼福增如許還醉家家無算卮連日同人多賞菊之約

立冬前三日走訪楳荃長老禪室供菊羅羅清疎別有雅趣贈以小詩三疊前韻

秋老桐陰護槿籬來探禪榻供花遲齋厨誰索尋常債瓶鉢自裁三兩枝人澹好求仙讀畫壁懸費長房萸菊畫僧閒笑與佛談詩歲寒舊約盟重訂共酌松爐米汁卮

屧 縱

立冬後二日虞階漕帥召陪同社菊觴高會四疊前韻

天氣新霜菊滿籬芳鄰花信蝶過遲又開東閣招嘉醼曾向南山采瑞枝(漕帥曾命題采藥圖)座上各添簪髻影樽前同獻介眉詩(後四日為漕帥誕辰)鹿車載酒誇豪量入社先當進一卮(叔倫廷尉初來與會因用劉伶故實)

後四日鴻度農部約偕同人誦芬園清尊賞菊五六疊前韻二章

扶筇覽勝錦編籬漫哂婆娑步屧遲(前數日先往遊覽)縱目真迷五色霧賞心何啻萬花枝本來島瘦郊寒格寫出姚

黃魏紫詩晚景繁華歎觀止飲醇莫恊醉千卮園中花事極盛
雲籋高樓水繞籬評花選客愛遲遲凌霜艷對芙蓉檻
養性懽聯蘺蔦枝帬屐餐英饒韻事壎篪奏雅嬈風詩
湖東聞說新巢定燕賀重擎玳瑁卮鴻度近於湖上新築別業將次落成

九月再展重陽節奉迓雲甫尚書少谷太守暨諸
社友同集中隱廬補賞晚菊代簡七疊前韻

殿秋賞遍衆芳籬老圃何妨欵客遲花澹自全人晚節
身閒同葆歲寒枝紗籠珍弄三朋壽錦製賡酬九日詩尚書近以郡齋看菊諸什裝懸巨幅并賜和余九日遣興之作林叟寓公添燕樂千齡
齊獻

座中雲翁硯翁巖翁三公與余皆先後同官臺諫 衡

萬年卮江城同人擬於十月祝期内舉諸老千齡會謝 韍

十月三日少谷太守招陪諸君子湖園雅集疊和

來詩元韻二首

銷夏曾吟秋末菘嘉招果踐煖鑪中官閒愛結鷺鷗伴

花隱常親琴鶴風千里老懷甘伏櫪三朋舊蹟憶乘驄

座中雲翁硯翁巖翁三公與余皆先後同官臺諫 衡盃却羡柴桑客采菊南山

訪遠公謂秀峰司馬時在里門近以游南山新什寄示

平章春韭與秋菘用放翁詩意美味登盤積雨中籬仿陶公

開菊甕亭傳坡老識松風東坡集中紹聖元年十月三日始至惠州寓於嘉祐寺松

風亭三湖眺雪將浮鷁五馬班春待策驄許我延齡醉君

酒報瓊聊藉管城公見賜和章有奬及賤辰之句

少谷太守于役湖口榷理鹺務再疊前韻贈別

飽嘗官味四時菘去泛烟波一櫂中箸借調梅誇老手籃攜采菊近高風餞筒遠寄頻傳鯉款段徐乘賽躍驄閒倚江樓撚髭立灘頭笑對信天公

次答少谷太守留別元韻再以送行

襟分南浦幾回還居在廉泉讓水閒塵俗多為軒冕累風懷久共鷺鷗閒肯教官興妨詩興各笑朱顏換皓顏我亦思鄉過來客知君夢繞五華山

十月八日八旬晉三初度用香山九老會盧侍御

史原韻并引

香山集九老會中前侍御史内供奉范陽盧真年八十三同賦七言六韻詩今僕適當其歲因和原韻亦傚其體呈同人竝示兒孫輩即以自壽焉

慈雲糺縵仰
璿宮萬國嵩呼壽域中是月恭逢聖節祝釐松柏自慚留晚節
櫟樗何幸被祥風漢廷方朔星精應洛社盧真歲算同
宦境游踪渾似夢詩壇酒陣樂無窮
五朝賜杖八旬叟四代稱觴千歲翁時將舉千齡宴賦續陽春

娱耄齒嶺梅芳信已先通

千齡公讌詩有序

光緒甲申十月恭逢祝
釐聖節江城同人仿前賢故事會飲於蘇虞階
漕帥里第羣賢畢至少長咸集凡四十四人合
年一千九百有餘歲謂之千齡讌樂部侑觴聯
歡累日洵為一時嘉會余幸與斯列自維耄荒
勉賦里言以誌其盛聊比擊壤歌謠云爾

壽寓天開月紀良曈曨愛日麗春陽耆英共舉千齡讌
杖屨齊登五福堂盤古降生宜做節慶成賜飲竝稱觴

用十三十六兩日典實名區好借平泉墅盛會喧傳履道坊四座朋簪偕耄耋羣仙法曲演霓裳龜茲作樂鑼鍮地鳳吹來儀豔段場上界洞天僊府紫中宵捧月彩雲黃此二聯亦用連日故實籛顏商皓追周漢洛社香山邁宋唐星聚西園美絲竹風流北海醉壺漿願將杞菊臻人壽況值枌榆叶歲穰河奏安瀾欣軌順鏡清寰海息波揚退閒鶴笇鳩扶伴得路鴻逵鷺序翔老輩鬚眉同矍鑠少年氣概競騰驤舊題重把新題選韻事還憑繪事張時擬寫尚齒紀勝藹居然推領袖掀髯莞爾聽笙簧座中序齒余忝居長後四年將重讌鹿鳴當筵愧效巴歈獻巷舞衢歌樂未央

養福齋續存稿卷四十八

奉新　宋延春　引龢

十月十九日張子衡廉訪招陪同人梅園九老會

賦五言排律三十韻紀事志謝

使者開東閣園梅報小陽千齡纔聚讌九老又飛觴背郭橋西路浣花（園牓此二字）潭北莊方池環水綠晚圃落英黃勝集投牋早高軒逐隊忙和羹燕國詠風度曲江望（子衡廉訪）賢主殷勤接嘉賓次第詳鑑湖推碩彥（雲甫尚書）玉局擅名場（虞階漕帥）仙尉南州仰（筱巖河帥）經師北面當（研生侍御）友來三徑益（篆雲部郎）詩寫十聯光（子任農部）著作驂鸞錄招邀附驥

行鶴生觀察趨塵徐卻步連鑾快登堂自忝瓊林裔私慚鐵
石腸宦游馳萬里古豔訪三唐滇垣唐梅有巘景催棲隱歸
程憶汎湘樓觀衡麓翠帆轉洞庭航傾葢詞鋪藻褰帷
蔭憩棠勛名留隴坂威望播閩疆借寇勞區畫攀嵇許
頡頏紆籌綜山海揮筆掃欃槍鯉對遺經笥鴻篇富錦
囊閒尋鷗鷺侶好趁鶴鸞翔用本日故實座繞雲屏列歌陳
天保章鯖廚同饜飫鳩杖竝徜徉滌暑曾花島消寒復
梓鄉華筵多且旨盤谷壽而康藹邁清河叟香山九老會中清河
張渾年七十七眉舒履道坊風流容我輩春信占羣芳大雅扶
輪倡新圖繪事彰江城續佳話此會傲羲皇

長至後五日偕同人移尊豫章講院奉邀雲甫尚書子衡廉訪鶴生觀察消寒雅集次研生山長代簡韻賦呈諸公

座擁臯比席上珍行厨假館局從新枌榆喜迓兩湖友三公皆楚南北同鄉松鶴重圖九老人入蔡音傳閩外雪近聞越南捷報壽蘇會近臘前春嘉平十九日立春為坡翁生辰歲寒頻結耆英社禮數寬容本率真

仲冬月望研生山長約陪同社來學齋消寒二集先和簡訂原韻奉酬

賓筵又聚德星光令節先招飲福觴用次日故事儘許寒吟

消歲歲漫嗟晚景去堂堂占城長至葭吹展嶺海重陽
菊釀香占城國風俗十一月十五日為冬至又東坡在海南藉菊花九晥以十一月望日與客汎酒作
重陽飽德含醇誇味永老饕底願飫膏粱云

望前二日喜雪疊和前韻再簡研翁

瑞玉頭番透曙光飛霙恰好助飛觴詩教謝女噞風絮時方課小孫女讀詩畫仿坡公寫雪堂暖熱同圍爐火活沈酣競
醉酒泉香要知枌社歙谿樂四野占豐足稻粱

小寒節彥甫比部招陪雲甫尚書暨同人撫松書
屋消寒三集再疊前韻

記曾花圃賞秋光松館題襟再引觴芳信官梅報東閣

新篇池草夢西堂謂令棣杏甫門前雪立瓊瑤跡架上風流翰墨香尚書近為彦甫手書簡册多頁精妙絶倫自笑甕虀消未盡且容高枕緩炊粱

讀少谷太守抵湖口差所近作次韻寄懷

南州吏隱又江州隨在雲行與水流倦息閒尋松下鶴時借榻僧寺忘機笑狎渚邊鷗詩壇執耳先登座竝讀贈丁燕山軍門招飲可園長古一篇官海浮踪不繫舟更向石鐘認泥爪擬從五老伴君游

寄懷族孫雲浦川中二律時權鹽亭縣令

一官蜀道上青天林竹分携近十年駿譽遍傳弓冶後

鴻泥常憶釣游邊（先公昔年守嘉陽家久余生長郡廨今雲浦亦官蜀曾權夾江邑篆現又除授峩眉皆先公舊轄也）頻煩借箸新猷展遠貺添籌吉語聯（辛巳冬余八旬初度雲浦以長聯寄祝）笑我頹齡仍健飯鄉鄰都喚地行仙

阮家池館漸淒涼暮景催人閱海桑久感猿啼過巫峽還愁鶴唳弔沅湘（謂鳳樓雲孫兩姪先後殂謝）遣懷幸結枌榆社繞膝歡稱杞菊觴欲寄嶺梅憑驛使試拈斑管寫春光

祝梅筱巖河帥六十壽四章十一月二十六日

陽回葭琯大羅天疊醉千齡九老筵東岱英靈誕申甫南州物望本神仙論交瞬息經三世話舊追思近卅年昔款今情增繾綣鏡中相對笑華顛

擒詞愧秖揚洛下耆英新領袖

憶從賦別輭紅塵宦海茫茫各問津萬里久歸栖隱日
一尊重賞故園春花晨月夕欣聯社蘇圃徐亭好結鄰
戎馬堆邊烽燧裏與君同是過來人
暫卸簪纓攬轡行依然素志在澄清座間有客驚談虎
海上何人怒掣鯨弓冶承歡多令子塤篪奏雅竝難兄
謝公再為蒼生起戀
闕當紓報　國誠
嶺梅先綻菊留香晚節擒詞愧秖揚洛下耆英新領袖
天涯歲月幾滄桑嘉辰初試鳩扶健後甲還添鶴筭長
隊逐閒鷗游海屋婆娑齊侑介眉觴

凰

小寒後七日復喜大雪即景書事偶成一律

玉梅花下交三九笑見童孫蠟鳳團老去詩人多喜雪
冬來社局半消寒孤山選勝追逋叟野寺探春問嬾殘
擬訪楳庵法雲梅信問賢守躭吟勞遠寄瑤篇展向綺窗看適蓺垣太
守郵示新詩多首

研生山長見示雪後移回舊梅將放志美近作次
韻答之

快雪頻將花信催檀心亦吐小園梅盆中蠟梅正放巡檐索笑
徐徐認掃徑聞香得得來待臘疊符三白兆迎春先報
一枝開蝎從仙尉稱眉壽高占羣芳綵戲萊昨赴筱巖河帥壽筵

觀劇

大寒後六日又得大雪夜坐寒甚口占疊用詠雪前韻

滕六連番誇白戰今冬已得雪三次 園林頃刻萬花團屋瓴集霰簷牙凍巷徑衝泥屐齒寒煮酒屢妨爐燼滅攤書頻翦燭煤殘宵深擁被尋詩夢曉起吟持寸鐵看

越日喜晴遣興再疊前韻

積雪天公呈玉戲新晴衢叟釋氷團庭前鵲語晶窗朗海上犀軍鐵甲寒庇厦及時甦凍餒時正開粥廠 休兵計日拯凋殘早期黍谷陽春轉熙皞登臺老眼看

鴻度農部惠貺新梅數盆走筆答謝疊和研翁前韻

新詩不待鉢聲催，春信江南贈早梅。君慣誦芬修得到，我慚作賦換將來。玉氷品潔因緣合（文郎為余孫壻），鐵石心清嫵媚開。準備歲寒消臘琖，高標共賞詠臺萊。

臘八日即事再疊前韻

又聽臘鼓耳邊催，消息遲探桂石梅（適聞棣庵抱恙，未能約往探梅）。盆盎寒禁花蕊勒，饘酏清供鉢香來。詩敲韻脚牋頻疊（時方和蓺垣太守諸什），酒過墻頭甕早開（筱巖河帥見餉越釀）。壽介眉山循舊例，留賓擁篲翦蒿萊。

今再　強

藝淵太守自臨江郡解郵示九日讌集幕僚於大觀樓二律索和次韻詶答并以寄懷

魚緘喜對雪中開珠玉隨風滿眼來（連日大雪）君讌層樓插萸菊我吟陋室坐莓苔（余以足恙初愈未出登高）有詩九秋落帽題餻會四座登高作賦才滁守風流今再見鴻篇競讓醉翁裁

昆海樓曾倚大觀當年凱宴靖烏桓（昔官滇垣時郭外亦有大觀樓軍務平定重葺落成與同僚讌集于此賦詩紀勝）歸憑江閣尋泥爪禊飲湖亭仿激湍（余解組後連歲重九滕閣登高上巳湖心亭脩禊皆有題詠）塵事滄桑留舊蹟宦游蘿蔦締新歡閒居强索淵明句短髮頻搔笑整冠

鶴算眉壽證犀禪祿

欣

守

陶元亮有九日閒居詩

藝垣太守又賜示十月既望為堂上二老稱慶和胡遇唐太守賀章韻亦依元韻賦寄補祝

嵩呼盈　壽㝢郡閣正娛親遥捧雙輿日先班五馬春黃堂圖具慶（太守擬繪此圖）紫綬詔迎新棠舍聯葭誼稱觥忝部民

皦佩欣偕老詩歌永錫難靈椿瞻庇蔭慈竹報平安玉筍（山名）窗前列紗籠壁上觀孫枝芹樂泮綵舞羨彈冠（時諸文郎將應科試）

鞠部雲璈奏華筵會衆仙頤齡綿鶴算眉壽證犀禪祿

養貧官俸扶輪大雅權獻桃遲度朔康爵侑廉泉

家玉田姪孫書來知於新正由里門赴鄂垣需次

寄此贈別

鶯啼燕語報新年(朋句)小阮鑣揚祖逖鞭出谷重尋黃鶴
蹟望雲常詠白華篇(慈母尚在堂)一帆風利鵬程展百里才
優驥足騫好為吾宗綿世澤循聲遙聽竹林賢

嘉平月十九日立春節再舉壽蘇會約同人中隱

廬消寒第四集代簡二十韻

生日年年作詩曾寄潁濱繪圖經廿稔覽揆又三春(自乙
丑滇廨寫畐稱祝亦於是日立春迄今已二十年矣)公壽逢佳節吾慚替主人代

庖仍習慣折簡漫逡巡東去鯨波靜南飛鶴奏新銀幡
簪座客綵仗簇郊闉餞臘筵排早迎年鼓擊頻先生娱
杖履弟子奉肴珍臺北留奇句園西集衆賓尖叉矜鬥
韻笠屐妙傳神畫寫梅枝老醪斟藥玉醇雪堂琴調叶
赤壁笛聲勻磨蝎難逃命泥鴻夙證因山頭音縹緲湖
口石嶙峋月旦千秋品風流百化身游踪誇嶺海歸思
戀我岷峩宿臨仙界騷壇拜下塵夢婆呼灌耳髯叟笑
掀脣清供羅丹荔芳尊薦綠蘋高軒期不速勝會播鄉
鄰

立春日消寒會席間書事

霙

閏歲歡迎兩度春瓊霙普潤六街塵壽觴共介眉山老
詩簡爭傳洛社人簪勝笑看童丱樂牽絲喜締女蘿新後二日為長孫女受聘
寓公韻事聯耆舊做節何妨迭主賓雲甫尚書預訂消寒之局

是日楳莽長老惠貺新梅香櫞為壽蘇清供走筆
答謝疊前韻

槑盦先贈一枝春丈室維摩絕俗塵緣結瓣香同饋歲
相瞻眉壽有傳人招來坐上癯仙侶添得尊中臘味新
鼻觀氤氳參島佛比鄰待請祭詩賓

立春後三日雲甫尚書召陪同社消寒第五集再

滿 當

疊前韻

纔從子舍見班春（尚書仍就養詰嗣郡廨）回憶花看紫陌塵消暑消寒三益友杖朝杖國兩閒人能籌交錯頤占美甘旨分嘗鼎養新傳座良辰叨款洽疊拈吟管試龍賓

嘉平吉日為長孫女許字汪泉孫太守令郎受聘志喜三疊前韻

師門彈指五旬春幸附青雲滿後塵（太守乃前大宗伯巽泉師文孫余癸巳通籍師派廷試閱卷得及門下迄今已五十二年矣）當日淵源欽月旦于今作合仗冰人百年闈範金閨喜四葉孫枝玉潤新欣向重闈誇坦腹預期鴻案敬如賓

琴

秀峯司馬令嫒出閣嘉禮志賀四疊前韻

于歸之子洞房春百兩香車碾路塵仙李根蟠誇快壻夭桃華灼豔家人初調琴瑟齊眉樂試作羹湯洗手新（聞新人善撫琴）笑對東牀瞻泰岳本來甥館是嘉賓（謂尊外舅少谷太守）

家梓儕太守由滇南重來江右需次枉過班荊並貺土産食品賦謝五疊前韻

舊交攜到五華春笑拂征衫萬里塵慣載鶴琴游宦客又隨竿木上場人錦囊添得佳篇富（閩途次紀游詩甚多）蔀屋行看治譜新倘許公餘來茗話掃門常引白申賓

歲除前二日團年家讌示兒孫輩六疊前韻

東風吹滿一家春歲酒團圞裊麯塵紀甲添籌八四叟
親丁圍坐十三人年光似磨輪旋速世事如棋局換新
詩債早完臺免避打門應少索逋賓

除日喜晴書齋祭詩感事七疊前韻

初旭晴烘斗室春紗籠護壁研無塵敢摩詞壘誇強敵
久脫名繮是幸人老筆東塗更西抹清樽送舊復迎新
癡獃賣却呼如願願聽四夷咸用賓

元旦試筆八疊立春元韻乙酉

養福齋續存稿卷四十九

奉新　宋延春　引龢

元旦試筆八疊立春元韻 乙酉

太乙光書綵帖春祥霙甘澍遍紅塵酴酥後飲五朝老
耄耋齊開九秩人細數榦枝逢酉熟遥瞻斗柄指寅新
今年文運鄉邦盛芹泮英才華野賓春正首郡文宗科考秋間省闈舉行鄉試

人日大雪後遣興九疊前韻

連朝玉戲尚欺春詠絮閒庭遠市塵遊屐難追彭澤令
題詩且寄草堂人百花魁占梅芬早盆梅正放七種羹調菜

味新便擬銜寒斝壽佛介眉米汁好留賓後三日為梅庵長老臘壽

新正十日過訪鴻度農部誦芬園翫賞各種新梅

賦贈十疊前韻

名花點綴滿園春重踏香泥雪印塵自是前身明月伴相招我輩素心人躭吟鐵石詩腸老笑倚蒹葭玉樹新又借璚筵同薦歲清芬四座集賢賓時擬借尊園作春壽之局

上元夜觀諸孫輩舞燈戲詠十一疊前韻

銀花火樹共嬉春月夕風光霽後塵是日喜晴笑看兒童騎竹隊嬾隨燈市踏歌人歡聲買夜家家遍老眼觀場歲歲新況喜朋簪來做節門多軒蓋不傳賓連日汪少谷李執垣王丹

櫟

臣諸太守皆至省枉過

百花生朝前二日江城同人春園雅集晚香圃樂部侑觴賦詩紀勝簡主人劉峙亭農曹名民比曹昆仲竝呈諸大雅七言八韻

春色花朝正二分芳園重會鶴鸞羣門迎冠蓋沓頻掃水滿池塘草細熏晚節香留韓相圃泮宮初釆魯侯芹坡翁句令弟東白新有游泮之喜仙津路指桃源近法曲場開菊部聞四座壺觴傳疊疊五音絲管奏紛紛扶衰笑我材同櫟行樂隨時社集枌風月良宵添韻事耆英歡飲帶餘醺又從德里占星聚燕喜圖成眾所欣

子任農部次文郎入泮詩以奉賀

庭誥眉山嬈老泉一門濟濟父兄賢春池載詠芹香疊大令嗣歲游庠前秋月先聲棣萼連蚤羨才名繼闕右爭傳品譽播盧前玉堂指顧欣揮翰錦句屏風寫十聯

傅謫臣西賓游泮賦此志喜

說巖宿學舊傳家小試童軍梓里誇芹泮搴香得春氣桂宮兆瑞折秋花快邀宗匠評黃絹幸許孫枝侍絳紗諸孫皆受業於門從此雲程看發軔頻揩老眼望彌奢

寄長女京邸家書系以一律

家園五載聚還離回憶重闈襁褓時荏苒六旬憐爾健

平安一紙慰吾衰自誇耄齒猶强飯閒撚吟髭慣詠詩
日下章門分兩地好憑寸管寫懷思女幼時寵蒙兩老人鍾愛前於己卯歲遣迎歸里小住數年癸未夏仍送回京今冬已屆周甲矣

花朝園中對景口占三截句

涉園滿目翫韶華恰好新晴祝百花含潤夭桃爭獻壽
嫣紅竹外一枝斜

東風料峭勒春寒花信三村報已闌悵阻盈盈半江水
仙源指點畫中看齋壁尚懸舊游三卯看桃花畫幀

風風雨雨鬧連宵湖上烟波隔畫橋詩老登樓應獨立
俊游約待展花朝

會

仲春下澣筱岩河帥名陪同社古芸書屋小飲補

消寒六集賦贈

陰晴相半釀花天槐火初淘石井泉寒食節過蠶市後清明春買鼠姑前（小園牡丹將放）流鶯喚客芳鄰接新螘浮杯暖信傳難得同年三老聚叨陪高會飲中仙（此會賓主八人座間采臣子登兩太史皆與河帥同春榜）

梅庵長老以庵中絳桃山茶折枝見贈口占答之

緋袍艷奪寶珠光移供餅甒伴海棠老衲拈花同一笑笑他白髮對紅粧

上巳日奉邀同人過中隱廬讌賞牡丹補消寒七

集代簡二章

花聚平臺上春風拂檻南餘寒消九九令節賞三三折簡招唫侶流觴娩禊潭藏嬌乏金屋五色畫圖酣余家藏有陳伯陽五色牡丹畫卷今園花亦具各色因并及之

仙種來瓊島羣芳讓此花新妝矜富貴老眼惜繁華會又蘭亭集香仍錦幕遮清平繼高詠掃壁待籠紗

穀雨節彥甫比部招陪同社共賞牡丹補消寒八集賦謝

排日尋芳近局聯又來池館飫璚筵香凝穀雨櫻桃熟品占花風芍藥先酒綠燈紅行樂地蜂迷蝶醉艷陽天

春

多君送煖袪寒意領取風光拄杖前

暮春九日子任農部移尊程園再賞牡丹補成消寒九集席間奉詶並呈同社諸君

傳廚依樣舊翻新未許飛花減却春石湖句補做高昌寒食節本日故實爭推洛社殿軍人丹成寶鼎都含笑屏疊瑤臺漫效顰貴客齊酣金谷酒香山歌續後來頻

借園歌為朱鴻度主人作并引

園乃鴻度農部新構湖上別業乙酉春甫經落成為暇時游讌之所兼課諸子弟藏息于其中門庭幽邃花木迴環洵足樂也茲於展上巳後

二日招集同社補修禊事流連竟日賓主盡歡
爰賦長歌奉贈以紀其勝聊仿香山池上篇之
意云爾

江城如畫湖東偏中有勝境開壺天主人覓得地二頃
山莊小築摹輞川借問主人紫陽子齊雲巖是舊鄉里
移家先德來章門寓公宛在水中沚世承閥閱詒清芬
池塘雅詠春草熏慣從熟路尋花萼更拓新巢避俗氛
大好論園先買夏園為已有胡云借管領湖山居不疑
收羅風月原無價名園折簡欣招邀展期上巳朋連鑣
行穿後巷過前巷步入長橋復短橋到門扶杖我心喜

亞 曩時余隨宦粵廨亦有借園曾繪八景畫冊至今猶存

仙館玲瓏畫圖裏一花一木自平章某水某邱非掠美此間吾亦愛吾廬亭許稱徐圃號蘇坡翁何必求陽羨賀老居然乞鑑湖回憶少年隨傳舍借園八景嵓留架杉湖烟雨榕寺鐘眼底風光儼相亞曩歲余隨宦粵廨亦有借園曾繪八景圖冊至今猶存宦游萬里久歸來故園三徑荒蒿萊健羨君家肯堂構私慚無地起樓臺座擁三湖窊佳處簾捲晴嵐窗倚樹竹裡行廚迭獻酬花下流觴同醉酤漁歌聲和讀書聲還搴絳帳拜先生笑指孫枝誇坦腹待傳衣鉢登蓬瀛園中聘徐紫雯太史設帳于此課令郎舉業即余孫壻也耆英暢敘拋簪笏催詩只愁金谷罰南皮消暑訂後遊千頃芙蕖滿船

月

研生山長見示借園補稧新什次韻奉詶再簡鴻
度農部

羽觴冠蓋會神仙（吳梅邨稧集舊句）高唱陽春筆似椽山水引
人皆入勝禽魚得主亦隨緣洛濱稧飲追裴令池上唫
篇效樂天諸老題襟添韻事風流肯負米家船

藝淵太守二令郎入泮詩以寄賀

家傳仙李重蟠根玉樹芝蘭聚德門芹馥孫枝沾祖蔭
棠甘子舍答親恩春風瑞兆犀香斧秋月輝聯鹿讌樽
老我秖揚愧先導花甎猶記舊泥痕

暮春下澣立夏節偕同人過瀛槎觀察雙清別館
作迎夏嘉會清歌雅集賦詩紀事三月二十一日
綠暗初迎夏坡翁句重聯嘉會圖枌榆頻結社櫻笋正傳
厨假館芳鄰近移樽勝友俱庚寅逢誕節壬癸服靈符
前四日為研生山長壽辰次句用立夏典實北海觴稱孔南飛笛奏蘇扇歌
諧管籥衫舞貼鑼鍮曲聽梨園演花遲藥檻敷嘗新茶
競送駐色酒宜沽此聯亦用立夏故事卜夜燈光聚當筵月色鋪
遨頭先把琖婪尾迭傾壺醵飲斯為盛觀場美且都醉
歸笻杖倚老筆寫巴歈
立夏後三日虞階灃帥名陪同社池亭小集用香

山尚齒會韻有引

香山集中會昌五年三月二十四日偶於東都敝居履道坊合成尚齒之會各賦七言六韻詩一章今漕帥適於是日亦舉此會因次元韻并仿其體用誌勝事云

節届清和初報夏筵招履道走長鬚重追尚齒耆英會猶記聆音絲竹娛前三日曾有迎夏聽歌之局老去敲詩難律細醉來書字每嫌麄翻階紅藥圍仍豔出水青荷柄乍扶試效七言聯舊句又看九老補新圖郇香慣飲醇醪後消盡胸中壘塊無

秀峰別駕將赴京兆秋試贈別

櫻笋厨開餞別筵(同人先期設餞)遨頭要及浣花前(坡翁句)滄浪亭詠追詩老瀛海槎浮羨謫仙好趁槐忙京兆市預占桂讌大羅天江干正啟龍標會蚤報佳音奪錦還

芒種後四日奉約同人小集預薦蒲觴代簡一首

四月二十七日

餞春迎夏太怱怱又見榴花照眼紅麥餅含香經雨後蒲觴倣節近天中河橋新漲三篙水海客都乘萬里風(連日江漲鴻度秀峰羨臣諸君先後航海北上)我輩惟耽林下樂還期滌暑醉荷筒

鏡鑄　畫

端午即事疊用前韻

歡場簫鼓樂怱怱鄰寺分來一丈紅（花名）愛我親朋來座上伴他兒女醉花中懸蒲簪艾沿鄉俗投糉纏絲競楚風書罷靈符難益智烟波老把釣竿筒（前三日虞翁招飲觀劇頃又以瓊花折贈梅庵亦分貺蜀葵）

大端午偶成再疊前韻

傳牋詶唱各怱怱待賞荷花映日紅遠聽烽銷來海上重看鏡鑄向江中刻期已應分龍雨競渡仍颺畫鷁風節辰端陽誇勝踐行沽又許挈郫筒（同人訂於後五日湖上觀蓮雅集）

仲夏二十日硏生山長子任農部彥甫比部招陪

庚
有
直

同社江南別墅觀蓮雅集研翁先示代簡長古
因賦截句十二章奉訓紀勝

花洲消夏十年前蓮社重開九老筵留取畫圖傳韻事
風流過眼幻雲煙此指乙亥後九老會消夏舊事圖中人半已凋謝矣

元老欣來作寓公騷壇領袖鑑湖翁題襟幾度聯裙屐
菡萏香中醉碧筒庚辰辛巳間雲甫尚書就養江城疊陪看花之局

桃潭愛竹卜幽居吏隱湖東有寄漁占得門前半灣綠
花時面面繞芙蕖少谷太守湖上別業每歲荷花亦茂

一水盈盈羨紫陽借園新築小滄浪如何攬轡春明去
花看金鼇玉蝀傍今春鴻度農部新構湖畔借園近因赴都儤直不及游賞

玉局芳鄰愛種蓮花開十丈藕如船奇葩更比雙頭艷
品字高擎冠眾仙（虞階漕帥園沼蓮開甚盛且多異種）
南州花事讓江南半畝方塘一鏡涵荷芰水亭觴詠盛
年年攬秀慣停驂（今年別墅新種池荷尤妙）
清涼九品坐湖心老衲鷗盟結契深龕畔拈花曾一笑
餘波南海盍重尋（往歲梅庵長老每約至湖心亭觀蓮小集比以司花乏人無可留覽）
宦游回憶古滇池翠海田田千萬枝卅六鴛鴦滿缾供
都將團扇寫新詩（曩官滇垣夏日翠海蓮花稱最并於薇廨插瓶共賞同人寫畫詠詩舊扇猶存）
神僊風度宛陵傳海上經時汗漫游折簡高歌仰宗匠

褰裳采采獻觥籌筱巖河帥春間作瀘瀆之游尚未旋里斫翁新箸極佳
五更三老主兼賓好趁松涼夏健人又喜南皮續嘉會
浮瓜沈李飲醪醇此局初訂撫松池館今改移樽別墅
尚書祿養就黃堂生長荷花一月强令節預稱君子壽
借花同侑介眉觴是月廿五日為雲甫司空弧誕
新岑舊雨莫教稀泛綠依紅約不違策杖任人嘲䄵襶
花枝折取醉扶歸

是日席間再呈同社并謝主人三疊前韻

樽移庖代興悤悤池畔花曾百日紅紫薇名程園此花極盛局展
補聯佳節後客來添列主人中紉珊太守易賓為主披襟暑却香

羅雪揮箑涼招翠蓋風恰好種蓮傳妙法本日故事酡顏染翰卷蕉筒

雲甫尚書荷觴座上賜讀紀遊長歌率成一律用志欽挹竝以預祝四疊前韻

衣香扇影聚悤悤賞遍芙蓉萬柄紅花氣全收詩筆底春暉正靄畫樓中郡廨樓名耆英盛會唐賢侶杖履清談晉士風星睒長庚重介爵笑賡巴曲遞吟筒越五日為尚書弧辰

少谷太守同席亦以賞荷新什見示次韻奉詶

萬里分游宦海人評花十載數昏晨香含雨露誰同味品出淤泥不染塵笑我蚤稱都散漢羨君猶現宰官身

花能解語依棠蔭共酌清尊子細論

次答研生山長懷梅庵長老元韻

一片圓光得未曾（用句）維摩偈示健彌增禪心夙印三潭月壽相誰如九老僧（昔年曾游西湖近繪像後九老會圖中）蓮社尋盟圖共列松寮選韻箋先乘己公結習難忘處慣點秋窗補讀燈（舊有秋燈補讀圖）

雲甫司空賜書摺扇賦謝五疊前韻

能事翻勞受迫怱妍詞細寫雁來紅（公以題余老少年扇面近什書箋）聚頭煩妙添毫上便面神傳阿堵中揮灑自然祛酷暑奉揚何啻被薰風近時元白多詶唱整集還須付軸筒

虞階漕帥惠貺品字新蓮供餅走筆答謝六疊前韻

名花連歲貺倥偬彷彿衣披一品紅快挹清香星聚處驚看老眼霧迷中吟誇康樂宜朝日開遣坡仙趁夜風（東坡句故遣雙蓮一夜開）留待觀蓮同介壽笑彎象鼻飲荷筒（亦用坡翁詩意）

藝垣太守于役南安旋省冒暑過訪茶話而去賦贈一章七疊前韻

征驂初卸覺炰炰熱客渾忘火繖紅暑暍爭依林樾下冰清合睽玉壺中（余三孫為君門壻方侍側）尋梅勝覽千盤嶺（君在郡城）

兩

與僚友同遊梅嶺啜茗涼生兩腋風聞說高堂松竝健平安日
日報郵筒兩尊人里門常通竹訊
研生山長近有新納篴室之喜詩以調之八疊前
韻
褰裳莫便笑悤悤采得新妝異樣紅移種攜來金谷裏
抱花眠向水雲中芙蓉艷滴清宵露絲竹情娛絳帳風
瑞兆蘭徵先寫韻添香侍史檢唫筒
研生山長惠答疊韻和章並以雲甫尚書賀什見
示口占二首戲贈又呈兩君
紫雲纔侍綺筵前快捧分司御史箋見慣司空渾選事

新詞傳誦藕花天

多情賀老劇風流曾笑紅妝伴白頭雲翁前數年曾同有納姬之喜是朱顏兩年少一時妬煞宋黃州用漁洋山人詩意

研翁又賜和前什二章疊韻再畣

預渡銀河一月前催妝詶唱疊吟牋莫嫌老入花叢裏星小光臨碧落天

揮毫詩叟壓名流潤筆錢須費杖頭好借新題介蓮壽又勞從事向青州君以雲翁札中有索酬之語因再訂觀荷雅局

雲甫尚書以余前呈兩截句加倍賜和四章因再疊韻二首奉報並簡研生山長

縱橫老筆勢無前四美紛披五色牋笑我心腸真鐵石
早春獨步自全天獨步早春自全其天廣平梅花賦句也
纏綿綺語羨葩流公又見示疊和硏翁長律歌比坡仙水調頭度曲
漫誇樊素口新教小玉唱伊州句香山

筱岩河帥清和月杪往游滬上近聞亦有納姬之
喜寄詩調之三疊前韻

花贈將離曲檻前忽傳滄海弄珠牋知君欲解相如渴
梅子含酸五月天
金屋多嬌鬢彩流又拚買笑錦纏頭何時載得新鴛侶
一舸鴟夷返越州

采臣太史六月望日喜抱長孫詩以寄賀次研生山長韻

梧桐老去長孫枝（香山句）先誕荷花十日時喜叶蘭陔詞是讖（研翁前有預賀君弄孫索飲之句）甘回蔗境味如飴試啼遙聽春風座繩武重賡晚秀（君家齋名）詩好待秋分壽星見洗兒筵共介眉卮（太史八月初誕辰）

荷花生日題壁間絣蓮畫幀仍用庚午舊作元韻

翠海前游十六年花辰回憶日南天（圖為彭子嘉觀察繪於滇解）擕華筆妙圖中認集錦詞多扇底傳（此指觀蓮節畫扇同人皆有題詠）壽節暫遲陪杖履（研翁本訂是日雅集因伏暑展期）歡場寂好是園田何

清夢覺

期空谷幽人至又索新吟笑聳肩來適園丁送盆蘭

齋中詠物二首

愛爾同心侶媚人詩興添香幽憐共臭品貴肯趨炎皐
露宜紉佩颸颸暗拂簾夜來清夢覺涼月伴纖纖蘭素心

禪門稱雅供妙手娩傳柑長爪倩搔癢柔荑教理鬟拈
花參偈諦合掌咲和南指點生公法彌陀共一龕佛手柑

立秋日雨中研生子任兩君各賜和章再疊前韻

奉答

急雨聲催日似年詩情又入早秋天用句蕭疎落葉新涼
報次第看花好句傳一榻夢回辭熱客三農慰滿潤芳

到

田連朝望澤雨喜應時待聯社飲開颰館把袖還當醉拍肩

七夕即事次答子任農部韻

牧之高詠讓薇之千古良宵樂在茲笙奏緱山曾跨鶴珠藏瀛海竝探驪兩郎君將應秋賦畫樓月朗鵲穿線銀漢風清鴻漸儀笑作主人翻避客自陳瓜果一樽持是日與同人公餞星使余因天暑未赴局夜間觀諸孫女作乞巧會

孟秋中澣十日陳石逸刺史招陪同人逸廬雅集品鑒家藏書畫手卷流連竟日席散冒雨而歸

枕上偶成四律奉詶並呈諸社友

為踐寓公約湖東秋爽佳到門荷尚擁繞岸柳仍排星

老　式

聚多鷗侶山居比鹿柴借韻一尊還借祝此境即無懷前六日為君古稀誕辰

發篋光芒吐驚人縱大觀琳琅三十軸氣象萬千端出所藏卅卷皆隋唐宋元明歷代及本朝諸名公真蹟已覺美不勝收聞尚不止此特窺見其一斑耳老眼饒清福麗眉契古歡摩抄皆手澤留與子孫看

披襟敞颰館話舊重銜杯暑席沾涼雨雲陰送晚雷用句午間大雨渭陽餘感慨馮水憶沿洄席間談及令舅氏嚴麗笙司馬家況式微又尊先公昔年曾宰敝邑君時隨宦遺愛猶存桑海今非昔同岑託碧苔

座有宦游客輕塵方戒途少谷太守在坐將于役新淦片帆馳百里雨地占三湖太守僑寓省垣三湖之上今榷局地亦名三湖可謂巧合觴詠誰同調

豪

烟波只故吾叨陪興不淺笠屐寫新圖

石逸刺史賜觀自著逸廬古墨緣及書畫估又貺

詩刻各種賦此答之用研翁韻

搜羅金石幾何年法物都登翰墨筵三古英靈留寶藏

一堂品藻醉觥船富豪豈效波斯賈供養常娛散誕仙

頻拭衰眸挑短檠蟲吟強附鳳簫傳

養福齋續存稿卷五十

奉新　宋延春　引穌

敬題　先公凌雲山紀游碑記並詩石刻恭和元韻并跋

凌雲手澤詠僊風八十餘年認爪鴻遺墨流傳倍珍弆誦芬歲歲壽髯公

此　先公嘉慶甲子年守嘉郡時舊作碑刻也余方在髫齡洎少長隨侍從游曾瞻石墨迄今已八旬有二紀矣光緒乙酉秋族弟萃珊茂才蜀游歸里話及訪勝名山因以碑搨持贈撫今追昔摩挲

感歎者久之謹付裝池爰補和拙句于後留示子
孫并乞諸大雅題詠俾竝傳不朽云

研生山長惠詩簡訂八月九日名陪同社來學齋
桂觴雅集預賞中秋次韻志謝

霓裳初詠大羅天是日鄉試頭場勝集招邀過海仙試院煎茶
詩味美賓筵說餅酒痕圓清輝香霧聯新耦山長近有納姬之喜
玉宇瓊樓遍大千預借良宵聽絲竹雲鬟羅列後堂前

仲秋上澣四日招集同族諸子姓預薦鹿鳴賦此
志賀用研生山長韻

爽挹西山造牓天吾宗苹鹿讌羣仙歲逢酉孰科名盛

月屆辰良魄彩圓玉斧同修樓十二（秋試人數）氷壺朗照界三千家駒一一騰新譽早盼雲程綺席前

族弟莘珊茂才遊蜀兩年歸應鄉試賦贈一章

廣平後裔紹先芬蜀道青天思不羣茶採峩峰懷勝境碑尋玉局話凌雲（時以峩眉山茶凌雲碑搨見貽）游踪落落誰同調才品翩翩合冠軍願繼吾宗花萼燦秋香桂子吐氤氳

中秋家人賞月用樂天八月十五日夜湓亭望月韻

月色爭如今夕好珠宮貝闕浩無邊香山游眺蠡亭畔玉局詩催鳳咮前（鳳咮堂前野橘香坡翁催試官考較句也）賓友飛觴期酩

酊後二日約同人小集兒孫説餅笑團圓皤翁贏得林泉樂水調頻歌大有年

中秋後二日約同社諸君樨罇補集代簡二章用

香山八月十五夜翫月對月各詩原韻

秋色平分榆社後香輪蚕滿竹亭間人逢佳節休虛度天與高年共養閒折簡展期斟桂斝撦節習慣候柴關清光萬里曾看遍行樂何如在故山

月上重簾玉漏沈風檐戰罷士如林秋闈三試已畢荒厨難仿葫蘆樣日前研翁雅局酒肴精腆晚歲猶存鐵石心坡公句縱少管絃留客久何妨觴詠到宵深願期此夜年年會抱甕長教

息漢陰

是日筱巖河帥適由滬上返棹章門過訪留飲同集口占奉贈用少陵對月韻

補賞團欒月同娛散誕身座來不速客杯勸倦游人觀海胸襟濶談天笑語頻佳人似佳茗詩味更清新時以茅茶見贈

喬梓京兆圖為江甯梁檀浦方伯作并序

檀浦方伯暨尊甫矩亭先生皆由名翰林先後官大京兆道光末先生擢任西臺咸豐初余亦備員諫院時方伯已蜚聲詞館因得與賢喬梓

同官春明連茵接軫嗣余遠官邊徼南北相暌
廹同治中方伯視學來滇適余承乏昆垣忝權
總制班荊話舊款洽重申比值戎務悑定偃武
修文而方伯旋晉領畿疆匆匆北上分襟萬里
契闊廿年洎余解組歸田方伯正開藩白下衡
茅退老簡牘久踈光緒乙酉長夏迺奉方伯賜
札念舊情殷並命題此圖册自維寡學且及耄
荒曷敢妄弄班斧顧念淵源世契誼弗容辭不
揣譾陋勉賦里言愧無以揄揚盛美聊志欽挹
之私藉述今昔之雅云爾

臚雲甲第冠羊城雛鳳清於老鳳聲兩世猷宣纖輔壯
四朝寵被節旄榮韋平竝衍承家澤瓌瑱齊紆報國誠
首善勛勞名父子丹青合寫播寰瀛
文枋交持記後先求賢衣鉢亦家傳湘南隴右星軺接
鄂渚滇池月旦聯門下門生緜累葉公才公望領羣仙
詞林佳話輝堂構柱史還將掌故編
東華尊宿仰風標芸館蘭臺附友僚曳履互稱前後輩
尊甫官臺諫在余前四年余厠詞館又比尊甫早三科簪毫共翊
聖明朝途分宦轍鴻泥舊夢想僊班鶴影遥欣向鯉庭
披畫本敢鳴瓦缶雜鈞韶

權

令器迴翔禁籞勤紫薇屏翰誦先芬籌紆岳牧維時局
餉轉江淮靖海氛
褒績頭銜膺極品
酬庸心簡策奇勳衰遲耳食茅檐下猶戀前塵話夕曛
昔辭香案出蓬萊六詔輶軒幸共陪分得餘光桃李蔭
方伯持節滇南時與余會考拔萃諸生皆執弟子禮自慚暮齒櫟樗材榆關夙仗
平戎略蓮剎曾傾餞別杯翹首江天望開府杖藜重拜
戟門來

許仙屏觀察由河北道新擢中州廉訪即晉權方伯賦詩寄賀仍用丙子稱祝舊作原韻

香逗簾

梓里分襟十度秋羡君重向禁林游遥聽峻望超鵷序
疊拜
恩綸出鳳樓按部勛高齊嶽翠宣房澤溥順河流文章
自古兼經濟攬轡澄清費運籌
鸞誥新頒易節榮屏藩借寇樂由庚棠陰遍憩瞻郇伯
徽省聯輝頌洛京天上卿雲開府近山中舊雨笑顏生
餘光分得門楣喜老筆吟牋代舉觥

園桂初放即景偶成

小園又報木樨開拄杖尋芳緩緩來香透簾櫳遲挹取
種經雨露久滋培竝推大雅扶輪手誰是羣仙領袖才

（謂兩主司暨秋賦諸君）老愛吾廬證禪隱鏡蓉簪菊待銜杯（新蓉早菊）（含苞未吐）

瀛槎觀察折贈桂花走筆答謝疊前韻

金粟纔吟倦眼開芳鄰還送滿枝來友因蘿施三生契花比棠甘一例培紫蟹黃虀多酒伴白雲紅樹盡詩才（用句）秋光如許呼歡伯撲鼻氤氳桑落杯

九秋上瀞奉懷藝淵太守再疊前韻（時充文闈監試）

都堂深處畫簾開中有詞人數往來桃李公門歸藻鑑梓桑多士受栽培（太守襄理場務士論翕然）高吟玉局煎茶句先覩氷輪折桂才計日傳鐘新牓出相邀補醉菊花杯

重陽前一日少谷太守文孫授室詩以志賀三疊前韻

桃潭花向九秋開門擁香車百兩來子舍調琴欣和韻孫枝舉案笑耘培擇鄰蚤羨賢媛教（新人為孟紫卿司馬令嬡）伴讀新詩小友才慶衍重闈添四葉齊眉先進合歡杯

重九書懷二律四五疊前韻

盼到重陽菊未開登高誰上翠微來萸新又把今年健花好曾誇舊日培（今歲菊信較遲去秋則九日已爛熳矣）漫繞東籬元亮興難追傑閣子安才秋容晚節何妨展獨酌題餻覆掌杯

疑

花乃園移

憶對屏山笑口開看花二仲不期來昨秋重九前數日與研生山長同訪雲甫尚書適郡園菊花大放疊有唱和之作裝幅懸壁繁如菜甲繽紛吐豔自園丁灌溉培蓉蕊含苞疑待伴樨香留馥似矜才園蓉未開桂花猶盛倡詶重讀紗籠句續詠傳杯不放杯用少陵九日詩句

重陽後三日園中芙蓉盛開詩以志美六疊前韻

文官花為拒霜開節近霜降不比褰裳秋水來東里登墻三醉變西園移種十年培花乃小西園移來者亭前笑倚扶筇叟鏡下先占及第才秋闈將次揭曉白髮紅顏慣相對流霞更把晚香杯

九月望日文闈揭曉先期簡賀秋賦諸君七疊前

韻

丹成九轉鼎將開看榜千門走馬來聒耳喧傳名輩出賞心劇喜藝林培風檐辛苦憐初地雲路騰驤識雋才莫笑老夫傲新貴三年再舉鹿筵杯次科戊子余將重讌鹿鳴矣

展重陽前一日筱巖河帥名陪同社古芸書屋雅集八疊前韻賦謝

桂榜飄香菊徑開嘉招又過比鄰來笑簪萸把鬢絲改芬誦芸編手澤培頃承賜尊甫新刻制藝稿蠡測爭推觀海術管窺愧乏掞天才又以推步引蒙書見贈花遲漫效嘲詩句韓魏公有是日嘲菊詩未開展節同傾竹葉杯

寄長女京邸家書系以一律即賀其六秩之喜仍用春閭寄懷原韻

耄齡自笑骨支離又喜阿嬃周甲時道遠每教魚雁闊年高想見鬢毛衰陽生葭琯方吹律竿紀萱籌載詠詩願汝孫枝添似續佳音早慰倚閭思女誕辰在仲冬十日時盼其立繼孫之信

和答藝淵太守監試秋闈五律四章原韻

宗匠持衡重襄陪使節尊枌榆逢里社桃李仰公門高座蟾初暎清談蝨欲捫通家託交契蘿蔦施荃蓀

考較催詩例豪吟娩子瞻推敲多蘊藉題品自精嚴桂

溼露垂筆茶香月透簾隔屏蓬島客官燭兩行添
鎖院深沈地蘭襟匝月離妝新眉畫早丹熟鼎開遲見
獵猶殘我登壇肯讓誰重陽宜小雨好向菊籬滋
元和標體格短李共迓辛家有無雙士音傳第一人次令
郎時歸里蟠根雛種異濟美鯉庭新郢唱留闈棘同叅
應御試
香火因
九秋再展重陽節市菊數十本羅植盆盎藉以自
娛得詩四首
從來有菊即重陽坡老隨時便舉觴我再今朝展重九
黃花晚節十分香

木樨吟罷又芙蓉花好偏於澹處濃底似餐英依老圃
霜枝歲歲傲秋容
芳隣循例送花來朱劉夏諸君各以園菊分贈壓擔泥香次第栽瓦
盎甆盆添位置頹齡自覆掌中盃
極目晴光正餞秋西風簾捲曲籬幽漉巾饒有紫桑輿
醉把金英插滿頭

立冬後五日同社諸君招集撫松書屋賞菊先此
賦謝

借得新題又設筵小陽補賞菊花天虛慚馬齒徒加長
敢詡龍頭獨占先主人因余生辰在邇藉以預祝社中序齒余年忝居長高會暖

疊前韻

爐陪近局清尊倚杖聚羣仙晚香慣醉喬松下準備寒
消九九年

夏芝舲上舍惠貺園菊多盆佐以佳釀口占畣謝

疊前韻

官閣留髡餞別筵金樽檀板樂壺天余甲戌秋自滇歸里道出湘垣尊甫款留糧廨祖餞音尊賞菊瀕行復送花至舟中以供途次玩賞交論四世聯新舊花贈
三湘互後先晚節自娛籬畔叟醇醪還醉飲中仙清芬
棣萼承歡永入洛才華盡少年謂鶴孫毓峰諸昆玉

十月八日八旬晉四生辰研生山長惠詩稱祝次
韻奉詶即以自壽

耄及重逢覽揆辰支離鶴骨與松身林泉自惜桑榆景
耕鑿仍為草莽臣隔歲讌排千紀歲陽春曲奏一家春（客冬曾舉千齡讌今是日擬邀同人清尊度曲）琳琅矜寵增蒲柳稠疊紗籠滿
壁新
宦蹟鴻泥憶舊唐（滇南永昌縣名）獞花犵草尚留香稻粱璀璨
堆晴雪橘柚玲瓏透夕陽（用句）宗匠扶輪羨安定（研生山長）寓
公聯社醉知章（雲甫尚書）頹齡屢附耆英列
壽宇同登衎笋長

十月幾望同人展期設讌撫松池館張燈補賞晚
菊即席再疊前韻志謝

昨款吾廬奏曲筵觥籌又聚早梅天局移陶令東籬晚
游占坡翁赤壁先滿院紅燈花不夜高歌白雪句如仙
雲甫尚書昨以長古賜祝玉山頹倒渾忘倦博得懽場在暮年

小雪後三日樹齋司馬招陪同社菊尊晚集賦謝

三疊前韻

排日趨陪晚節筵婆娑酒地共花天輝聯棣萼湖西遠
令兄鴻度觀察時方之官武林信報梅芬嶺上先笑口仍開前度客餐
英合讓後來仙借花還獻蕤堂壽醞釀甘泉介大年

曾陶山内姪秋闈報捷志賀二章

梓鄉家學敬南豐甥館曾依泰岱峯累葉科名綿五世

瓣香文史足三冬驪珠儘許良工採珊網真教哲匠逢
從此看花遊
上苑更占人鏡兆芙蓉
記與爾翁洽比鄰東華竝踏軟紅塵髫齡蚤羨堪繩武
壯志能酬果負薪水部借才翔履久雲衢得路著鞭新
玉堂甎影留痕在老眼欣指屬望頻

族曾姪孫美士茂才鄉試獲雋賦此志喜并以示
曷用前贈萃珊族弟詩韻

梅花門第誦餘芬千里駒空冀北羣慶衍曾孫由祖德
名標小阮張去聲吾軍修書待列雙行燭獻賦應裁五色

雲盼爾家風繼紅杏馬蹄香處散氛氳美士令曾祖澹緣從兄於道光初元薦舉孝廉方正乃祖乃父皆賡序蜚聲賁志以沒

補題借園八景圖卷四首并引

嘉慶丙子　先公官粵西鹺使時廨後新葺借園列為八景乞當日鉅公名士寫圖分詠以紀其勝裝潢成冊厥後携歸家藏已久余兄弟宦游中外未經自隨嗣因眷屬避兵移居書畫半皆遺佚此冊幸獲瓦全洎余解組還鄉檢閱原帙畫尚完好字多霉損擬加修補逡巡久之直至今夏重付裝池易冊為卷俾成完璧爰補賦

四載句並述其顛末如此倘諸大雅錫以題詠

又結一重翰墨因緣爾

隨官回思七十年借園八景渺雲煙披圖重識湖山面

依舊風光在眼前

標題歷歷記游踪雨眺湖樓霜寺鐘坐罷松亭尋竹渚

月痕波影繞重重

丹青點染四時多春市漁謳夏芰荷爽挹晴嵐誇獨秀

堯峯羣玉擁差峨

詞壇韻事盡名流桂海奇觀滿卷收留護紗籠擅三絶

畫書詩並壽千秋

少谷太守惠寄三湖新橘口占答謝

山中奴婢橘千頭舸載得金丸香滿舟佳果分甘當好景情逾消暑碧瓜浮往歲君宰臨川屢拜甘瓜之賜

洞庭蜀郡漫稱奇納稅應同南越時笑我枯腸難作頌飽嘗隱叟對彈棊

藝淵太守屬題慕萊堂額四首額為雲甫司空手書并有題跋

千古高風仰老萊章山栖隱楚邦材要知太守娛親意笑比兒童竹馬來相傳老萊子本楚人隱於吾省臨江郡界

纔從祿養慶黃堂綵舞遥稱介壽觴移孝作忠原一例承歡無異捧壺漿太守去秋權臨江郡篆曾為兩尊人彩觴稱慶

牓題晝錦畫堂深報此春暉寸草心藻采紛披來鎖院
競誇桃李滿新陰今秋太守監試文闈并將堂額乞兩主司及分校諸君題詠
庭闈眷戀奉安輿介弟循陔慰倚閭好仗鴻詞傳孺慕
表彰先後兩尚書令棣稺樸留家侍養高堂雲甫尚書題跋語中敘及許時庵尚書詩句

連日體中小極客有勸余少作詩者賦此解嘲

良朋勸我少吟詩信手拈來偶得之枕上搜題哦夢囈
樽前索句撚枯髭閒情自遣聊乘興結習難忘肯告疲
此老嗜痂久成癖憑人笑喚作書癡

長至後一日內姪陶山孝廉移尊中隱廬陪同社

消寒初集

屬

陽生葭琯曉霜天苹鹿歌餘補設筵冬至雅宜真率會春來新上孝廉船（陶山擬於開正計偕北上）代庖味覓廚鯖美（時屬余代為治饌）送暖醅浮臘蠟先鬥韻圍爐從此始辦香消息嶺梅邊

小寒節前二日瀛槎觀察招陪同人雙清館消寒第二集疊前韻

鬧坊星聚小寒天競赴比鄰暖熱筵社友連番擊詩缽酒仙幾輩棹舭船（座中豪飲者居多）易牙同嗜憐吾老婪尾徐斟讓客先恰喜題襟歸勝侶細談風月六橋邊（鴻度觀察適由武林于役旋江）

館

瀛槎觀察令嗣小鶴世講見和前什再疊原韻答
之並簡瀛翁

座擁嫏嬛小有天蘭陔新什詠書筵出塵才媲追風驥
縱筆文如下水船手澤摩挲傳硯古詞華抽騁著鞭先
祖庭述德期繩武蚤步花甎向日邊令祖濬泉同年與余先後同官詞館
諫垣

同邑鄧筠心教授由懷玉廣文移官虔陽郡博重
晤章門出示勸士留別諸作賦此奉詶即送其
之任三疊前韻

卅載分襟尺五天自庚戌歲與君都門一別直至于今一官苜蓿飫齋筵

蘇

耆英舊雨鶴松伴，滿路清風書畫船。課士詩留池藻遍，飲醇香醉嶺梅先。承貺越釀蘇湖師範推鄉望，常縈吟懷八境邊。

臘八日即事簡梅庵長老四疊前韻

土鼓催年香積天，齋厨饘粥又登筵。轉輪新現菩提樹，城外菩提寺重葺落成灌頂同乘般若船。壽介東坡旬日近，春探南郭一枝先。歲寒慣結緣歡喜，重奔紗籠文室邊。同人訂於十九日過永福禪林作壽蘇會

嘉平上澣十日雲甫尚書名陪同社詣郡齋消寒第三集奉呈一首五疊前韻

榻

晴久冬冬烘薦臘天郡樓高敞寓公筵屐懸懶插塵中脚榻臥疑牽岸上船余近因小恙久未出門社會清尊開甕便京華歸客解裝先秀峰司馬甫自都門假旋擬邀同人作坡公生日壽蘇腰笛來仙李恍聽新聲赤壁邊

臘月十九日同人訂於永福禪林作壽蘇會消寒寒第四集代簡二律和雲甫尚書

眉山介壽記初筵圖認鴻泥倏廿年此會始於乙丑滇廨寫畵稱祝移局稱觥向方外逢場簪勝占春前慣邀林下漁樵侶重拜風流笠屐仙領取簇盤蒿韭味同參米汁四禪天坡公有青蒿黄韭簇春盤

元老傳牋與灑然如椽筆法嬈公權尋梅信已逾三九
沽酒錢須費十千令仿歐公吟臘雪（時方祈雪）籌添島佛待
新年（梅庵長老開正八旬臘誕）瓣香好借伊蒲供歲歲南飛鶴奏姸

嘉平中浣次孫女于歸朱氏賦詩志喜成五言三
十二韻竝簡賀鴻度觀察

京兆求嘉耦通家契紫陽孫枝培子舍祖訓卜辰良喜
氣乘龍近儀文奠雁詳同心羨西美坦腹選東牀玉潤
門楣耀氷言媒妁將吹簫占引鳳納采效牽羊乃字十
（平）聲年禮于歸百兩裝山河詠偕老黻佩頌（公）相莊盤列五
花誥牋催七寶妝流蘇垂甲帳環帶結丁香壓綫煩嬌

姊添奩賴阿娘叮嚀規敬戒熨貼嫁衣裳窈窕蓬門女
翩躚粉署郎親迎奏絃管往送盛巾箱卻扇依甥館加
笄赴壻鄉齊眉鴻案彩擎掌蚌珠光琴瑟調儔侶絲蘿
締洞房窗前鸞鏡舞座上雀屏張並蔕聯穠萼雙棲繞
畫梁錦幃巢翡翠繡幕護鴛鴦樣試簪花格歡承合巹
觴如賓諧伉儷宜室奉尊嫜戒旦賡詩切臨宵伴讀忙
比肩隨盥櫛洗手作羹湯閨閣投珍幣親朋餽篚筐佳
期會秦晉戚誼媲潘楊欵客勞箕帚開筵浥酒漿桃夭
春信早梅顉歲朝芳玉樹枝連理金蓮炬兩行皃詞敦
靜好燕翼共翺翔嫁娶圖新寫婚姻樂允臧重闈摛麗

牙

藻笑獻誦芬堂

冬夜雨坐遣懷

自覺年來老境多雨牕夜坐感蹉跎擁書燈下眼頻拭
搦管鑪邊手儘呵吻渴支頤呼麴友衾寒煖足倩湯婆
却愁兒輩忙婚嫁偷得閒身任嘯歌

祀竈日偶成用前韻

餞臘迎年景象多廚星致祀漫蹉跎黃羊馨薦非邀媚
絳蠟光搖遍護呵碟供膠牙勞爨婢杯分棊尾祭床婆
皤翁也效醉司命靜聽康衢擊壤歌

題舊拓懷仁聖教序為李明齋別駕作

別贗

俱許字未嫁

軒

右軍墨寶集懷仁古本憑誰別贗真品鑑尚書留手澤
補完元老見精神瀛珠幸返家傳璧祖硯同為世守珍
笑我頹齡增眼福雲烟滿紙氣如春

星子令朱紹霞明府屬題雙貞事略四首并引

雙貞女者皆籍隸粵西一為紹霞胞姊名麗貞
一為紹霞叔母姓陳氏名貞卿幼俱許字未嫁
夫亡二女矢志守貞過門成禮立嗣承祧貞節
可風如出一轍具詳事略紹霞因徧徵當代名
流題詠僕忝屬世交爰賦此以備輶軒之采焉

桂嶺嵯峨灕水清山川鍾毓產雙貞當年隨宦瞻靈淑

何止奇標獨秀名先公昔任桂林鹾使余幼年隨侍官廨

通家兩姓舊朱陳巾幗貞心萃一門名父難兄各成就

千秋正氣竝乾坤

阿翁同譜憶多年小阮分符桑梓邊公暇遍徵雙節傳

表章從母女嬃賢尊甫曉霞太守為余癸巳同年

理學淵源溯紫陽

天家扶植重綱常采風定荷旌閭寵彤管流芳後嗣昌

楳萼長老惠贈新開梅枝走筆報謝次硯翁韻

南枝芳信古祇園猶記當時雪印痕怪底寒香盈鼻觀

癯仙今又到柴門

三友禪鄰結遠公年年氷蓴貺新叢清芬鐵石慚家學
春氣先吟絳帳風

小除日家焱卿姪孫餽寄團年食品口占答之

臘鼓聲中饋歲忙珍貽小阮滿筠筐椒盤預薦嘗雞黍
花果紛陳飫稻粱粉餌更兼蔬筍美豚烝還遜豆齏香
老夫開甕斟新釀醇飲屠蘇笑舉觴

除夕即事再疊遣懷元韻

嘉禮初完歲事多閒中將壽補蹉跎忙催社友償詩債
戲聽童孫學殿呵春至競呼街道士老來誰見舞耆婆見石湖詩句
祥霙已兆豐年玉白雪慚追郢市歌連日喜雪

養福齋續存稿卷五十一

奉新　宋延春　引龢

元日立春試筆用香山九老會鄭長史詩韻並效其體（鄭年八十五丙戌歲與僕相同）

耆事天公首祚春（坡翁句云耆事天公厭兩回亦於是日立春）彩毫染翰試龍賓麥邱曾對祝詞善滕士還題畫藝匀白髮光陰賡退傅碧山吟社會詩人牧樵百藥篇皆諷鶯燕東坡句有神（此三聯俱用八十五典實）數典古多同壽輩疑年今或是前身履端聱勝兒童笑雨露猶叨耆舊臣（臘雪優沾春膏正沛）

硯生山長見示立春新什次韻奉訓

韶光翦綵學芳辰(李嶠立春日句)宗匠先頒句子新九老共吟長慶集百年難遇歲朝春紅妝椒薦清娛雅絳帳新傳麗澤勻會展銷寒應續詠登壇健筆總如神

人日遣興寄答筱邁總憲京邸疊用前韻

京華南望隔星辰舊雨殘披歲琯新梅驛香傳花思日草堂詩寄故鄉春(時以近年諸什郵示)辛盤酌酒椒馨緩甲坼調羹菜味勻昨向晴牕題古帖晉唐合璧妙傳神(近為友人題懷仁集右軍書聖教序拓本)

穀日書事再疊前韻

辛祈禮重叶良辰昨逢上辛祀典望杏瞻榆穡事新做節壺觴
諸老社隔鄰簫鼓兩家春連日隣居演劇黄童買夜金錢鬧白
叟占年土脈勻鬪課園丁勤勸植一尊先為禱花神

新正十日楳盦長老八旬僧臘以家藏無量壽經
圖册為祝并系小詩用辛未滇廨和答巖栖開
士舊作元韻册為岩栖所贈者

滇徼古稀年獲此摩尼寶接引登慈航携藏歸華表到
岸早回頭彩雲隨縹緲久醒夢中夢重訪皎然皎馬齒
長五齡鶴籌添九老如滿欣再逢香山緣結好經圖轉
法華蓮社媲蓬島熏彼篤耨香供以菩薩草春朝大歡

喜無量同壽考

上元前三日陶山內姪計偕北上賦此贈行三疊

硯翁前韻

雲程初爾試燈辰李郭同舟上計新時與王仲山孝廉偕行航海入都萬里蓬瀛欣近日雨行蓮炬早吟春花間馬踏紅塵輭柳下衣沾綠汁勻漫詡秖揚前路導　殿頭射策筆通神

贈楳峯長老壽經圖冊再綴一律於後四疊前韻

篋衍重開周甲辰經圖作於道光丙戌今届光緒丙戌已逾六十年矣舊圖留蹟又繙新蓮華座現空王相貝葉香凝丈室春頂上金光

蹇

增絢爛毫端鐵畫羨停勻弄藏合仿東林例呵護全憑
智慧神
試燈日對景偶成五疊前韻
靜對蟫編數夕辰更逢燈市一番新長看共介無量平聲
壽蹇步難行有腳春余復嬰足疾小愈雪鬢霜髯明鏡燦銀箏
火樹暗塵勻細將煙景從頭寫歲月消磨十二神
上元夜大雪賞燈得詩二首六七疊前韻次首用
捲簾體
觀燈賦雪燭調辰韻事吾宗獻瑞新宋雍熙二年上元夜雪上命宰相宋
琪等各賦觀燈夜瑞雪滿
皇州詩唱和以為娛樂列炬儘寬金禁夜衢泥爭買

璀

玉壺春氷嬉騄篠遨頭樂彩舞龍門燒尾勻謂同鄉計偕諸子
回憶傳柑當令節光分藜杖拜經神次日送孫輩入塾
老眼良宵養谷神忽驚雪月一般勻消寒尚阻摩仙會
傲節俄迎半月春璀璨園林銀海異玲瓏山石玉妝新
桃潭待漲三篙水莫負華芳九十辰

元宵後二日雪窗遣興用坡翁聚星堂詩韻仍禁
體

夜擁寒衾薄如葉朝來起見滿庭雪盼虛殘臘難破慳
留待初正詫奇絕飢烏悞踏檐牙傾跛驥愁防屐齒折
余是恙尚未釋然滕六作勢魚龍潛巽二揚威燈火滅連宵燈事因雪

潵

阻止泥深冷巷沒介痕徑滑空亭迷眼纈星橋鉄鏁黯不

開宵析金鈴響休掣凌兢小阮渡江來細話鄉山助談

屑適聞族姪孫焱卿由新吳至有圍爐煮酒且歡飲垂老年光惜飄瞥

苦吟郊島興尚豪禁體歐蘇令重說臨池索笑向寒葩

勉誦清芬賦心鐵

春寒排悶疊韻二首

雨雪霏旬社會稀杜門終日避寒威鑪偎頻撥深宵火

衾散尚披殘臘衣筆脫手僵唫興減聲吞齒戰酒痕微

何人驢背傳新句來叩春泥白板扉硯翁子任各以近作見示

跫然空谷足音稀十載歸留老令威餞別爭攀新使節

時公餞王鶴樵方伯之蜀任行沽慣典舊朝衣書聲夜課耽黃卷諸孫方夜讀花韻朝晴盼翠微待得湖橋春水滿閒尋鷗鷺款柴扉擬作游春之局

燕九日喜晴八疊前韻

快雪初消燕九辰時晴帖展午窗新天教娛老陽和氣人樂登臺浩蕩春盆供珠茶紅綻嫩階抽帶草綠鋪勻來朝正届香山壽應祝詩仙嶽降神

中和節鴻度觀察招陪同社誦芬園展消寒第五集九疊前韻

中和序啟豔陽辰歡侶門闌喜氣新菊部歡聯三雅會

是日有樂部侑觴粵朝信報二分春袪寒送暖觥籌續品竹彈絲節奏勻勝集不殊桃李宴良宵風月快頤神

筱岩河帥移居詩以志賀

新宅依然是舊巢巷南巷北半吾曹春風語燕棲初定佳日遷鶯境倍高朋儔比鄰還咫尺居移近水繞周遭新宅濱東湖淵明子美曾留詠陶杜皆有移居詩賀廈攜壺醉濁醪

仲春上澣筱岩河帥召集新居補消寒第六集疊前韻

養閒安樂自稱巢用司馬溫公詩意履迹曾同太史曹款客重煩花徑掃望衡纔聽曲聲高鴻度與君隣比昨偕赴音尊之局詩催急

就尋常債局展餘寒第六遭笑我無詞輒引玉醇香果醉掌中醪

賀贈雲甫尚書新添掌珠之喜 正月廿七日

新燕雕梁正哺雛欣傳老蚌又生珠執柯此日諧阿嫂令嫂三朝適為三文郎締姻行聘諳食他年作小姑有客投戕索湯餅秀峰先有賀章何人依樣畫葫蘆春暉樓畔掀髯笑彌月填倉饗老夫用本日典實

題南豐劉彝生太守遺詩稿四律為令姪伯屏太守作 另有序

抗手論交六十年仙郎手度正翩翩蚤從甥館誇騰譽

曾侍親闈讀贈箋話別西江隔章浦趨庭東郡渺齊煙
天涯歲月怱怱過重對遺編倍黯然
班荆燕市續緣因同踏天街十丈塵日下鶯花前度夢
風流橐屐幾番春伯勞飛燕蹤難合雪爪鴻泥蹟已陳
往事回頭感今昔苦吟身換宰官身
投筆中年效請纓馳驅戎馬一書生運籌著借新蓮幕
草檄謀參細柳營幾見寇氛銷楚惡何人談笑卻秦兵
古來材大難為用攬轡空辜倒屣迎
暮景滄桑感百端吉光片羽卷中看收帆我出滇池險
息轍君辭蜀道難白首故人悲宿草黃壚舊雨惜叢殘

誦芬有子承弓冶手澤留貽信不刊

花朝前二日約同社補消寒第七集並餞別鴻度
觀察于役仍返武林十疊辰字前韻

暢好羣芳介壽辰菲筵又把酒杯新雨絲風片開晴社（次日值社）水綠山青憶富春檣燕留人巢尚戀林鶯送客囀初勻褰帷雅度偕儷眷合寫荆關畫本神（時與瀛眷偕行）

寒食日感懷

楊柳絲絲逼禁煙（楳邨句）剛逢冷節賣餳天村深桃李韋三月壟隔松楸倏十年（今春雨阻未游三邨自丙子歸新吳後久未還鄉祭掃）暮景枌榆彌愛惜春光鷗鷺慣流連煎羹挑菜渾閑事遊

灃

戲誰分白打錢

清明節書事

斜風細雨過清明料峭餘寒怯出城舟阻桃源迷遠水連日江漲節分榾火盼新晴盆甕競吐紅粧豔絳桃山茶正放衣縕難更白袷輕禊飲蘭亭須補集待尋觴詠敘幽情次日上巳

寄和家灃蘭姪孫粵西游七星巖疊綵山諸名勝近什二章元韻并引

粵西七星巖暨疊綵山之風洞上建有景風閣皆在桂林省垣嘉慶乙亥丙子 先公適宦鹺使每與僚寀諸公休沐觴詠其間一時傳為盛

事距今已七十餘稔矣光緒乙酉澧蘭就幕榕城曾偕友人游眺於此寄呈二律抒寫景狀如在目前詩中並述及　先公紀遊舊作勒石壁間閱之不禁神往因用原韻賦答藉志今昔之感云爾

驂鸞桂海嶺南天隨宦回思七十年當日趨庭集冠蓋名山觴侶羨神仙先芬尚賸烟霞句小阮重添翰墨緣快展新詩追往事恍尋泥爪借園邊（園在鹺廨後臨杉湖曾繪有八景圖册）

芒鞵遍踏翠微隈風洞星岩面面開陳蹟興懷今視昔

游踪遻勝去還來留題難得吾宗繼感舊渾忘老景催
聞道撈奇近滇徼吟筒更盼好音回澧蘭近又安硯百色司馬幕中其地與滇省廣南郡接壤乃余舊治也

展上巳前三日虞階漕帥召陪同人讌賞牡丹補
消寒八集歸成長律奉訓

名園佳卉盛年年展節重開上巳筵品冠羣芳推領袖
觴流曲水會神仙春寒富貴遲逾好老愛繁華晚更妍
齒屆杖朝圖耄耋龐眉預介蔣觴天漕帥今歲九秩八秩弧辰

展上巳節彥甫比部以詩代簡招偕社友賞花勝
會補消寒九集疊用前韻

蘭亭禊續永和年好借看花醉別筵彥甫時將入都儤直三月韶光春似海八人歡飲句如仙大什八章合主賓之數華燈照醒紅妝豔美酒醺添白髮妍話到將離酌婪尾藥欄應憶故鄉天

穀雨日奉約諸君子中隱廬小集補賞牡丹席間賦呈再疊前韻

歸隱林泉不計年又逢穀雨款賓筵廚傳櫻笋花為殿社聚枌榆境即仙金粉漫爭姚魏寵丹青欲避尹邢妍齋壁懸有董文恭相國牡丹畫幀瑤臺侑爵還稱壽座近春風絳帳天次日為研生山長初度

子任農部見贈賞芍新什次韻答之

寒意深移淺花香舊讓新畱將三島種補賞十分春高唱誰同調清平此後身從今洛陽會添箇杖鄉人居於仲夏周甲初度

彥甫比部戒行有日賦此贈別疊和前韻

昨取芍闌醉令攀柳色新忽聞游宦客催詠渡江春攬轡澄清志乘槎砥柱身君由滬瀆航海北上輭紅重踏處詩寄白頭人

穀雨後一日過訪朱園聽讀山房翫賞牡丹留贈少鴻孫壻即以示勗竝呈令師徐紫雯太史二

三疊前韻

筝信採曾熟更番老眼新去春曾看花於此重來金谷地笑對玉樓春蝶夢酣三徑衣香染滿身江南烟景好卻憶遠遊人謂尊甫鴻度觀察看花如聽讀不厭百回新世誦清芬業風依絳帳春門楣誇異品泉石勝閒身佳話傳衣鉢期為跨竈人

西賓熊覺吾明經見和賞牡丹佳作十章仍疊前韻二首奉報

家傳幼學老於年見宋史熊克傳撰杖迎來翰墨筵何幸孫枝得師表久欽耆宿本詩仙花酣恍覺醒如醉詞獎翻教

醜易妍梁簡文詩非關醜易妍　顧近皐比參沆瀣春風座繞小壺
天
絳帳欣逢軒冕年江總句云六十軒冕年今君適當其歲　執經貽厥侍書
筵三藴望重眉山業二陸期登閬苑仙謂兩文郎茂才　老手爭
推詩律細英才競吐筆花妍十聯合向屏風寫珠玉驚
看落九天

再和覺吾西賓截句疊韻二首

燈市良宵傾蓋初君於上元節到館　蝸廬三味列琴書羨君著
作名山富天半朱霞任卷舒
庭誥淵源遡厥初私慚周甲厠賢書硯田自古多豐歲

留謂

晚福優游日月舒

覺吾明經又以立夏前二日小集和章見示再疊韻奉詶

長日初臨似小年壺樽偶集餞春筵近開榆社聯摩季遙憶蓬山覈列仙（時春闈將放榜）刻鵠深愁書手拙塗鴉難騁扇頭妍（君適以楹聯摺箑索書）清和入序添新課高詠桑濃麥熟天

立夏日戲作十二韻（并引）

鄉俗每於立夏節人家多市酒脯盛設恣意飽餐客至亦必款留同食諺語謂之襯夏遍攷古

書羌無典實昔人亦少詠之者惟北京歲華記
載有正月二十五日填倉故事彷彿似之殆即
其遺意耶爰拈題戲成此什以補前賢之闕云

送春猶眷戀迎夏正清和俗例餐宜授鄉風詢匪訛番
賓雞黍具做節酒漿羅肉食休嗤鄙鮮烹不厭多啜餔
貪自我饕餮量憑他攤飯誇胸富填倉咲腹皤櫻廚饈
味薦麥朧餅香磨市肆狂吞慣屠門大嚼過朶頤紛膾
炙嘗鼎遍黿鼉饞嚥撐腸否涎流染指麼徵文稀故實
杜撰戲吟哦一飽消三伏含飴醉頰酡

奉題蔣丹林太年丈童子釣游第三圖為令曾孫

鶴莊觀察樹南鹺尹閏生司馬昆季作

京國回思舊釣游雩沂童冠播千秋一門魁鼎傳衣鉢
五葉科名紹冶裘（令元孫今春新捷南宮）疊窩新圖懷雪印摩推
老輩擅風流曾元況喜多繩武手澤珍同祖硯畱
苔岑兩世託通家譜誼淵源賦日華（太年丈與先君同領乾隆癸卯鄉薦）
（迨道光癸巳余又與文孫謦侯觀察同入詞林）子舍聯班培玉筍孫枝逐隊採
宮花難忘綺歲賡黃耇曾坐春風侍絳紗愧我耄齡增
眼福琳瑯滿卷向人誇（圖中皆嘉道年間諸大老題詠）

孟夏上澣佛生日子任農部紉珊太守招陪同社
程園雅集席間賦謝二章四五疊子任前韻

社集移樽便芳園歡侶新當筵賓是主對景夏勝春池潤清和氣松涼老健身鯖廚庖代美爭羨捉刀人信甫鹺副

代為治饌

龍華逢作會烏飯又炊新陸魯望詠本日詩烏飯新炊芼臛香預醉遨頭讌補娛婁尾春婆娑仍老輩瀟灑自吟身獻佛花還借銜盃餞俊人秀峰刺史將赴皖垣

秀峯刺史之官皖省賦此贈別

蟠根材大濟時艱又聽驪歌尊酒間昨於程園小聚話別十載寒消徐孺宅一帆風送皖公山停驂雅範孚民望封鮓清操慰母顏遙盼香凝當燕寢多將好句寄衰孱

四月八日第六孫生志喜五疊前舉諸孫舊作元韻

十五年來見六孫自壬申長孫生迄今已六次矣欣逢佛誕荷慈恩添丁又笑呼雛引算甲剛隨放鴿鶱梓舍管音皆協律桐陰弧矢疊懸門充閭屢助重闈喜款客香浮餅宴樽放鴿祈壽麥餅賜宴皆用本日典實

祝楊子任農部山長六十雙壽五月初二日

天中節近會耆英星彩弧南耀灌城又對榴房開後甲曾從爻歲頌長庚丙子夏子任五旬初度有詩稱祝十年唱和躭高隱九老圖形讓後生桃熟蒲香逢覽揆齊着同進介眉觥

家聲鼎鼎振關西蚤仰屏風錦句題粉署雍容辭簿領
金臺蹀躞遍輪蹄玉盧品重行誰並元白才高壓盡低
此日杖鄉欽養望巢痕回憶舊鴻泥
皋比近喜擁洪都（今歲主洪都講席）漫擬耕田識字夫士立門
墻滿桃李君傳衣缽到枌榆雄談絳帳風盈座奇問元
亭酒載壺更羨後堂絲竹盛宣文還許拜紗幮
遐齡敬佩共優游玉案相莊尚黑頭林下素心同社契
閑中清福幾生修桂蘭競舞庭階綵鸞鶴齊添海屋籌
愧效巴歈賡耄耋名山著述壽千秋

端午即事

里憶苴

五月江深草閣寒(杜句連朝江漲頗寒)檑紅艾綠節逢端鳫催芒種初耘稻雛試啼聲正浴蘭(是日芒種節新孫將届彌月)壽縷牽牽添綵綫常珍日日享杯盤衰翁囊智何須益笑逐兒童射粉團

研生山長見和前什疊韻奉訓

通家舊誼不盟寒歷遍滄桑感百端身邁八旬慚社櫟宦游萬里憶苴蘭(滇南地名)紅塵已領櫻桃讌(謂春闈新貴)絳帳頻叨首蓿盤消夏重尋湖上樂新荷出水葉團團

新孫彌月戲詠示兒孫輩再疊前韻

洗兒香水避盆寒彌月先誇耳目端窗外龍吟添引竹

履

階前鳳尾蘭名疊徵蘭含飴繞膝繩其武湯餅登筵巨若
盤卻咲老夫猶好弄倒繃繡褓簇花團

仲夏廿五日雲甫尚書七秩晉七生辰因用文潞
國洛陽耆英會年七十七詩韻申祝並效其體

潞公勝會耆英日元老添籌洛社春尚齒圖曾傳壽相
介眉觥又飫常珍清河韻事賡酬續摩詰詩篇諷誦頻
黃耇坐宜觀卦象朱明律正應蕤賓以上皆用七十七歲故實趨庭
綵舞新祠祿曳履班聯舊薦紳星祝長庚今七度碧筒
還侑杖朝人自庚辰迄今屢有祝詞頌擬祈花生日補介壽觴

六月朔日雲甫尚書新舉曾孫之喜賦此奉賀仍

霑

用前抱諸孫舊作元韻

祖庭芝瑞慶曾孫（前五日為尚書誕辰同用本日典實）四葉欣霑雨露恩
貽厥蚤誇承燕翼繩其更羨繼鴻騫幔亭會燕武夷洞
玉樹枝添桃李門笑我慣為湯餅客杖攜錢果索金樽

六月六日子任山長招陪同社程園消夏雅集賦
謝

周甲稱觴一月前樽移消夏又傳箋初開瓜李南皮讌
好試羅紈小暑天（是日小暑節）園繞三三仍舊徑農祈六六
徧新田（本日故事）當筵卻憶賢東道醉賞荷潭積水邊（都中積水潭荷花最盛彥甫觀察時寓京邸）

送

子任雅召適以腹疾未赴承惠和章疊韻奉答並以解嘲

勝踐非關馬不前翻勞珠唾答吟牋采新偶作向隅客削藕空過貺節天（是日天貺節）儉腹捫來呼負負饞涎流想葉田田（聞座間盃蓮正開）清齋癯叟甘蔬筍細嚼黃虀瓦甕邊

暑窗兀坐子任又貽疊韻新什再疊前韻奉訓

詩名久已占盧前曾寫屏風十幅牋炎景漸張雲似火捷才何待雨催天連塍稻熟新炊爨滿擔瓜香遠摘田（鄉人送新米來臨宰餽甘瓜至）攤飯晝長醒倦眼雛孫嬉弄竹床邊

月夜納涼三疊前韻再簡硯生子任兩山長

晚涼皎月到簾前照徹紗籠壁上牋鄰隔東西懷永夕
緘題南北度遥天時方寄仙屏鴻度雨居書札熱官襬襶新行馬老
子摩挲舊硯田浴罷披襟落紈扇又尋詩夢枕函邊

養福齋續存稿卷五十二

奉新 宋延春 引龢

六月既望過永福禪林觀千葉蓮花題贈梅庵長老補和壁間先伯兄嵰山孝廉原韻并引

乾隆戊申夏日永福庵千葉蓮花盛開楳葊尊祖徹峯禪師索謝蘊山中丞賦詩二律當時老輩名作居多先兄亦有題句嗣經楳葊彙弆詩箋裝褾成軸常懸丈室並刻入文字緣略迄今已及百年矣光緒丙戌長夏余過訪庵中亦值盆蓮正放並讀壁間諸公舊什對花感歎久之

不可無詩以紀其勝爰用嗛山兄韻賦此畱贈
楳莽與予皆年逾八秩又添一重翰墨因緣豈
非厚幸第續貂之誚恐不免爾

蘇潭推絕唱韻事播烟霞詩幅百齡蹟江城第一花集中句
韋盧遺嶺表李松甫丈著有韋盧詩集終老桂林博士溯天涯吳蘭雪翁自號蓮花博士卒於黔西州任幸續池塘夢聯吟慕謝家
文字傳衣鉢紗籠壁上懸新葩香瓣接古色墨華鮮雪
印令猶昔風流佛亦仙奇緣娛老眼花散四禪天
蓮洲消暑會同是畫中人節介無量平聲壽龕藏不壞身
重題千葉品已結十年鄰米汁恭來慣拈拳笑飲醇擬約

同社移樽共賞

前詩意有未盡再簡楳葊二律次蘊山中丞韻

初地當年選佛場東山遺詠總難忘點頭契悟三生石行脚歸拋萬里裝（余自滇南解組旋里已十三年矣）刼火尚留舊蘭若邊塵曾湧妙蓮香（滇垣翠海蓮華寺有御賜妙蓮湧現扁額）看花細拭瞢騰眼空色徐參兩未妨

躭吟老衲愛臨池猶似秋燈補讀時勝集興懷蓮社侶先芬感誦菊觴詩（楳庵曾以先公手書賞菊詩幅還贈）隨緣商訂千秋業選韻推敲一字師門巷烏衣誰是主尋巢惟有燕來知（中丞故宅近在比鄰居停屢易爲之慨然）

六月廿二日瀛槎觀察抱孫之喜詩以志賀仍疊

用前舉諸孫舊作韻

鄭翁添口鶴生孫是為令兄鶴儕河帥繼孫因用魏野詩句任子曾叨錫類恩謂文郎小鶴世講稻熟新登逢歲穫松腴凤咲舞風騫用坡翁贈喬國詩意誕隨永叔真英物蔭托延陵宅相門前一日歐陽公生辰新文孫乃吳安谷觀察外孫恰好三朝蓮壽節老饕頻醉弄璋樽

荷花生日喜雨簡同社一律

炎歊連日盼甘霖慰滿三農望澤心暑雨欣宜益花壽晚雷正好送雲陰尚遲載酒江南賞近因伏暑未作觀蓮之局且急催詩硯北吟坐對丹青憶君子涼颸動扇滌煩襟齋壁仍懸

寂

滇廨餅荷畫軸

中伏日漫興疊用前韻訓硯生子任雨山長

出山霖作在山霖依舊量晴課雨心時又望雨選勝常縈湖畔夢忘機久息漢濱陰新篇稠疊芙蕖詠涼信遙遮蟋蟀吟失笑吾曹非熱客秋光盼到續題襟

得少谷太守杉湖權局書賦此寄懷再疊前韻

雲容戀岫懶為霖一紙書傳半載心寂寞鄉隅偏得意逍遙樾下自成陰此聯答來書語無絃妙領淵明趣有酒權耽醉守吟遙向氷清懷玉潤裁牋分寫薜蘿襟近接秀峰皖垣和什

秀峰刺史自皖垣惠寄和章三疊前韻答之

下車已沛傅巖霖借寇當紓捧檄心吏隱才名原矯矯
仙根喬木正陰陰湖山勝處從容賞簿領閒時次第吟
果寄新詩慰遲暮依然送抱與推襟

許仙屏方伯由中州廉使開藩金陵寄賀二律四

五疊前韻次首用捲簾體

枌榆夙仰濟時霖葵向誠孚
簡在心三接
恩新被徽省方伯令春甫展覲出都六朝地美甘棠陰江山管領
都緣福幕府紓籌不廢吟鄉望陳梅前執在瞻園藩廨園名
繼步喜開襟同鄉陳東浦先生梅筱岩河帥先後皆膺此席

五
前韻
鵲語
六宮誰乞諸

馮川十稔繫離襟洛下詩筒往復吟去冬彼此曾寄唱和之什別久
思難攄寸抱官高業倍惜分陰期君大展經綸手老我
猶存鐵石心一水盈盈洄溯近卿雲灑潤梓桑霖

七月三日午後雷雨大作再詠志喜六疊前韻

十日欣霑三度霖天公煞費憫農心一聲霹靂瓊瑰瀉
千畝淋漓苗黍陰南浦飛雲簾盡捲東坡喜雨句重吟
宵眠已覺秋先到涼透桃笙暑滌襟後五日立秋

七夕雨霽即景口占七疊前韻

昨宵預沃洗車霖歲歲天家作合心鵲語塡橋銀漢影
蛛絲網盒畫樓陰六宮誰乞諸般巧千古終留長恨吟

笑避雙星藏老拙解衣聊曝舊塵襟

立秋節雲甫尚書移尊江南館招陪同社補賞晚荷即席賦呈八疊前韻

寓公消夏趁秋霖引得閒雲出岫心重歎羣仙黃髮侶初飛一葉翠梧陰行厨湯餅開新宴（日前令曾孫彌月之喜）假館芙蓉續舊吟（去夏觀蓮曾讌集於此）醉罷碧筩涼月上歸鞍風送快哉襟

中元夜聽雨遣懷九疊前韻

節逢洗鉢又施霖潤物天心即佛心檐溜潛消三伏暑庭柯密釀幾層陰紅燈此夕盂蘭會赤壁明宵桂棹吟

全

喜聽瀟瀟蓮漏滴濡毫多士卜青襟時兩首邑方舉行童試

朱少鴻孫壻以新開盆蘭素心多品置余齋中賦

詩志美十疊前韻

秋芳空谷養春霖移向吾廬契素心芬誦鯉庭培世澤馨隨鶴和繞陔陰連枝玉潤齊眉樂竝蒂香清擁鼻吟好對門楣徵瑞兆老夫紉佩暢幽襟

中秋家人賞月即景口占十六韻

還鄉賞秋月一十二回圓皓魄盈三五清光遍萬千峨山輪展半昆海象窺全蟾彩仍依渚鴻泥久印滇煎茶曾試院說餅又當筵殘暑消涼露新輝燦碧天江流飛

鶯外橋影躍龍邊醉任傳歌調吹甯借管絃遲開金粟
界待證木樨禪菡萏猶留豔芙蓉盼吐妍霓裳聽桂窟
簫鼓送瓜田老子扶笻望羣兒入座聯笙鳴緱嶺夕曲
會幔亭仙此夜堪攜酒何人快放船婆娑常自笑皎潔
倍生憐行樂團圞節渾忘耄耋年

子任農部賜答中秋佳什次韻奉訓

坡仙傳水調高唱媲伶倫鐵板銅琵壯瓊樓玉宇新羣
推鶯座句健羨踏歌身少谷太守淼淼秦淮水蒼葭溯遠人
彥甫觀察

秋節後三夕詠瓶中新桂二首

次第看花直到秋（用句）天香消息尚遲留一枝先向瑤林
贈應倩吳剛玉斧修（花為汪園折贈）

涼月連宵帶露開缾甕新供綠窗隈小山亦有芳叢在
引得清芬撲鼻來（小園桂尚未開）

自題循陔小草舊稿一律（并引）

循陔小草為余少時錄存舊作自嘉慶丁丑迄
道光丙戌計十年乃隨宦桂林及歸里侍奉諸
什其中　先公命和韻者居多原稿另謄正本
携以自隨前因在滇佚去此卷為姪輩留置家
塾早已遺忘今於光緒丙戌秋間登芸姪孫偶

趋

向書笥中撿呈展閱之餘恍如隔世撫今追昔
感歎久之雖殘闕不全非同完璧而吉光片羽
亦足自珍爰賦此詩示兒孫輩聊仿補遺之例
云爾

忽披小草記循陔七十餘年首重回官閣鯉趨初學步
先芬鶴和敢矜才爭桃尚賸三村豔藪菊曾移九日開原稿內有西竺庵看桃花及豫章講院移菊之作細撿殘編珍敝帚歡顏如見
故人來

焱卿族姪孫寄來舊藏僕戊子科鄉試硃卷喜賦
一章疊用前韻余家藏硃卷原版久已遺佚前數年覓得會試卷今又獲此擬

重付梓並存焉

秋香攀取侍蘭陔斧爛摩挲復幾回漸逐風檐文戰隊幸邀月旦謫仙才黃粱尚待新炊熟白髮還將笑口開璧合珠聯占瑞兆鹿苹重賦桂宮來來科又逢戊子鄉舉甲紀一周殆為余重讌鹿鳴之兆耶

重九節移樽永福禪林奉邀同社諸君登高小集

代簡一首

荷亭觴詠記迎秋立秋日雲甫尚書曾招集江南館兩月光陰似水流久待樽香疑退隱頻探菊信尚遲雷攜壺且作題餻會策杖同為落帽游笑借齋厨麥米汁莫辜佳節醉觥籌

是日席間暢叙歸成長歌以紀其勝再呈同人

灌嬰城中一隱叟歲歲閑居作重九不放春秋佳日過
籬有黃花樽有酒緊昔年少隨宦游樓簷淩雲峰獨秀
又曾南國陟金焦更向西山潭柘走宦程萬里趨滇黔
點蒼崪嵂鷹崖陡敢誇足蹟半天下細數前踪歷某某
歸雲返岫倦登臨亦復招攜猿鶴偶傑閣重尋泥爪痕
慚非子安作賦手古塔連番刼火餘攀躋末由滌塵垢
卜隣十載依禪關因緣慣結方外友折簡忙將耆舊邀
移厨肯許良辰負客來不速偕二三健步隨行綴左右
寓公難得高軒過騷壇執耳讓龍首贈我大筆何淋漓

琢

長歌鶯若蒲牢吼雲甫尚書賜題家藏借園圖卷鄉望羣推玉局翁龐眉頎介南山壽虞階漕帥月内八袠弧辰隔墻分蔭呼神君飽啖松腴培養厚皐比坐擁尊三朋鼎峙絳帷仰山斗謂瀛槎觀察暨硯生笥圃子任諸山長仙尉家風傳宛陵觀海爭羨談天口洛中尚齒多耆英伊川恰媲溫公後筱岩河帥精星算之學杏甫鹺尹序齒殿軍試從㠯佛參羼禪一笑拈拳答曰否客是主人主是賓香山如滿聯盟久楳庵長老今春八旬臘壽東坡有菊即重陽何必課虛兼責有諸老閒說齊掀髯醉把茱萸傾兕卣江鄉盛會近頗稀此會歡然聚隴畝自憐老子與婆娑强效雕枯還琢朽況值秋光已過半了無風雨攪林藪參軍

吹帽漫談嘲詩史題襟頻抖擻新圖景待補翠微晚節
香留祝黃耇管絃雖乏娛芳筵蟾蜍卻喜桂踈牖幾回
選韻向僧寮永夕耽吟珍敝帚引來珠玉唾續紛何幸
投桃報瓊玖妄持布鼓過雷門聊藉糟醨供覆瓿

園中連日晚桂甫放新蕚盛開詩以美之

小山金粟補流芳來伴東籬晚節香更喜文官三醉豔
滿園花事展重陽
不須臨水卻當窗采采何人詠涉江好借名蕚占及第
奪標鏡下譽無雙南昌時方舉行郡試

瀛槎觀察分贈園桂口占答之

眉

軍

老樹交柯古天香贈一枝鄰芳憐共臭花好莫嫌遲小雨剛含潤新霜緩吐姿芙蓉亭外對雅供恰相宜

九月既望子任農部信甫醼尹招陪同社作展重陽會撫松書屋雅集疊用重九原韻

露後霜前雁影秋登高局展倍風流簪萸屢笑鬢毛改題菊重將泥爪留杖履陶然新舊雨樓臺同此古今游銜杯預領芹香美錦奪童軍第一籌謂諸郎君正應郡試

寄懷川中族姪孫雲浦邑令再疊前韻

鴻音遲達雨經秋遙溯平羌江上流竹馬前塵三度認棠陰遺澤百年留姪孫曾綰夾江邑篆旋補峩眉近復移權洪雅凡三涖嘉郡皆先公舊轄

屬邑也

鐫華石墨新題詠，載酒淩雲舊釣遊近寄閱新刻游峩嵋雲諸詩卷如歷舊游。醉把茱萸懷小阮，守邊良策費紆籌。

·霜降前一日朱少鴻孫壻約過誦芬園補賞晚桂

三疊前韻

曾翫春葩又賞秋，三珠玉水暎方流春間曾看牡丹於此今秋池上桂開三本。遙從鷲嶺新芬透，近挹犀禪舊種留尊甫時官武林撤廬桂花乃尊園移贈者。賢聚竹林偕棣蕚令伯叔昆仲同坐，園誇後會勝前游。叨陪絳帳珊瑚座，笑折花枝當酒籌謂令師徐紫雯太史飲量㝡豪。

夏芝岑儲使因奉　召入都由湘乞假歸里重晤

章門賦贈四疊前韻

襟分南浦七經秋備使於庚辰自京假旋里門一別又七年矣帆轉清湘趁急流三接康侯心簡重廿年楚澤口碑留祠新臺古傳名蹟往歲重修屈賈祠定王臺諸名勝嶽翠崖泉紀勝游今夏解組後暢游衡山著有嶽游草休沐且容歸畫錦平章花木借前籌

十月八日八十有五初度仍用香山九老會鄭長史詩韻呈同社即以自壽

閱坊屢見會昌春覽揆重迎駕鶴賓橘柚香凝千顆熟芙蓉色染十分勻介眉纔侍汾陽座虞階漕帥把臂初歸洛社人芝岑備使晚節黃華添嘯詠早梅清氣長精神頻聯尚

生

齒耆英會嬴得頽齡散誕身祝嘏年年瞻
壽寓蹣跚誰識舊朝臣

硯生山長賜祝賤辰和韻佳什五疊前韻奉訓

思君一日抵三秋山長因久恙未出欣捧瑤華雅韻流皐席行吟花下健紗籠贈句壁間留管絃正奏開鑪會杖履還迎枉駕游次日立冬擬邀同人度曲馬齒九年慚我長頻叨吉語頌添籌

子任山長惠詩稱祝次韻訓答

櫟樗何敢匹莊椿自哂渾如雎甲辰晚景同誇頤壽客耄齡爭羨杖鄉人華摛手筆交情重　寵煥頭銜異數

新山長近有晉秩之喜麗藻又增蒲柳色清尊高唱集賢賓時奉約菊觴小集

秀峰刺史由皖垣于役旋里亦致祝佳章依韻畣謝

登高纔度菊萸風忽枉吟牋念此翁坡公句晚歲人誰念此翁江上帆停歸棹便杯中酒把故園同幕才初展冀北甥館重尋湖徑東一笑無鹽勞刻畫婆娑相對醉顏紅

秀峰席間又示新詩次韻再畣

晚香補賞小陽天檀板金罇列綺筵御史難逢開口笑硯翁以疾未至謫仙疊見騁詞妍扶笻款傲循三徑下筆瀾翻

障百川更喜高歌連郢曲餘音繚繞畫梁邊

養福齋續存稿卷五十三

奉新　宋延春　引龢

生辰後三日雨晴同人見過菊觴小集張燈度曲

六疊重九前韻

晴日冬烘恰餞秋（次日立冬）重陽再展著詩流花遲愈愛屏山擁人澹猶矜碩果留四座燈紅絲竹盛一庭月白廣寒游枌榆近局斯為最枕上吟成報曉籌

十月既望再邀諸同社中隱廬補賞晚菊七疊前韻

禪房簪菊鬢霜秋（九日曾集永福庵）又向吾廬款勝流酒送醇

醪釀落醉（筱岩見餉家釀）香分老圃雪泥留（芝岑移贈園菊）清尊舊雨兼今雨赤壁前游續後游（用坡翁故事）此會若稱盤古壽鶴銜何止萬千籌（是日相傳為盤古氏生辰）

瀛槎觀察招陪同人雙清館菊尊晚集八疊前韻

依然佳色滿庭秋花影鐙光面面流林下雖教三老隔（硯生筱岩紉珊三君皆未至）座中尚喜五更留（席間賓主五人）人如識面廬峰數境比餐英栗里游宦好寓公結隣友消寒常與聽更籌

子任農部信甫醝尹約集撫松書屋讌菊九疊前韻

排日看孥似閏秋壺觴不息潁川流菊因遲放彌爭勝
詩被催成肯少留依樣葫蘆儘描畫迭為賓主任優游
婁鯖郇饌家家鬭豈爭量沙空唱籌

虞階漕帥召陪同人展期補設八秩壽觴十疊前
韻

大耋稱觥展九秋壽星輝聚德星流筵開晚節千杯醉
花祝延齡萬朶留東閣梅芬春有信南屏坡老昔曾游
用本日典介眉載詠齊肴什侑爵同添海屋籌時與諸居製錦公祝

寄祝江甯許仙屏方伯六十雙壽十一月廿六日
孤南星采耀江南紅貓祥開

聖澤覃律管初調陽九九瞻園新闢徑三三梅芬東閣
剛巡笑棣蕚西清竝樂耽鴻案相莊頌偕老後先甲第
鶴籌探
箕裘世業冠鄉邦湖海元龍氣未降月旦傳家標第一
風規翊運譽無雙金鑾視草花甎步玉尺量才彩筆扛
着作壽身還壽國
九天錫嘏建牙幢
班荊折柳憶馮川回首游踪十二年園賞璚芝歌廿四
門盈珠履士三千新歡蘿蔦氷清仰舊價文章玉潤聯
更喜蘭陔同舞綵全家眷屬羨神仙

蔥龍佳氣靄金陵絳節纔看夾道迎碩輔勲猷楓扆重外臺聲望梓鄉榮雲中樂奏鳳鸞侶林下詩爭鷗鷺盟聊寄巴歈託青鳥齊看遙晉介眉觥

次答王采臣大令見贈二律元韻

采臣籍隸滇南太和乃舊友提三參軍令嗣由癸未春闈連雋令科補試捧檄作宰黔陽假道章門款留小聚賦此答賀並寄尊翁

昆海懸弧欣毓秀垂髫頭角蚤成人爾能奮翮三千界吾老歸田十二春入洛才名誇錦製趨庭治譜展經綸袖中攜得新詩本珠玉紛投子建親（時以途次近作見示）

麾許驊騮空北冀自憐絲竹倦東山乘槎氣欲吞滄海
下榻賓疑返故關釆臣航海來江幼時曾小住於此萬里籌邊占
帝春一行作吏恤民艱親闈定省承歡日為道衰翁獻
詠閑

補錄寄賀黔中王捷三參軍一律乙酉暮春作

一紙音傳千萬峰昨歲曾得來書十年契闊宦游蹤漫嘲蠻語
參軍邁自愧駑駘叔夜慵有子才如不羈馬令郎年方弱冠由諸
生應壬午癸未鄉會試連雋羨君身是後彫松桑榆師弟皆頭白萍
水何緣幸再逢

輓胡硯生侍御山長二十韻

先芬衣鉢溯新傳歎逝神傷卅載前晚景那堪悲舊雨
故人遂已隔重泉憶隨絳帳談經日盼到紅塵竝轡年
芸館柏臺誇殿後秕揚喤引忝居先持衡月旦翹材出
立仗風規諫疏宣豸節未容遲白首皐比常自戀青氈
主盟君庇千間厦歸隱吾停萬里船入社仍尋方外友
班荆重結歲寒緣桃源蓮島壺觴聚月夕花晨唱和聯
壽婗三朋陪勝侶圖成九老續新篇稀齡曾祝鳩扶健
耄齒還期鶴算緜夙契三生添繾綣憂端二豎忽糾纏
登高尚共重陽會永訣終辭丈室筵飢勸加餐翻辟穀
病因不寐竟長眠棗梨自訂千秋業珠玉空留四壁妍

者

惆悵詞壇已戰將淒涼宾路作詩仙庭前帶草痕猶在
海上香龕夢早旋遺範藴湖欽德劭曠懷伯道免愁牽
令情昔款書難罄文苑儒林傳合編手酹椒槳歌楚些
者英彤謝倍潸然

仲冬上澣顔筱夏馮培之王丹臣家梓儕四太守
召陪雲甫尚書會讌江南別館即席賦謝
颯館曾來醉碧筒立秋日尚書曾約醼集於此佳招勝集又湖東四
賢雅誼壺觴樂二老清游杖履同地借樓臺娛晚節官
閑琴鶴挹高風題襟忽動分襟思祖帳安排餞寓公尚書時將就養北上

雲甫尚書因喆嗣幼甫觀察晉擢長蘆都轉將次就養津門䠞廨先賦二章贈別疊用前韻次首用捲簾體

陽回葭琯鳳歛簫驪曲將瞻馬首東八載追陪三度別連歲尚書曾返黃州又赴虔吉兩郡兩人唱和一尊同梅花驛路雕鞍雪柳色離亭玉笛風此後江城唫會裏當筵誰不念車公

方外論交到遠公近有贈釋莽之作清談蓮社晉人風麥天酒地千場聚畫卷詩篇九老同使節曾持邊塞北安輿又捧海門東計程春滿皇州日蚤寄新題付竹筒

少谷太守新抱曾孫賦此奉賀

祖庭鵲喜愛冬溫椒衍瓜緜仰德門棠舍重闈歌眾母
蘭陔四葉慶曾孫充閭此日占佳兆食報他年有夙根
為語太公休鑷白含飴湯餅早開樽

長至前二日公餞雲甫尚書同集撫松書屋席間
再賦三律補前詩所未盡仍以贈行次子任山

長元韻

祖道催行色重攀杖履來屏燈纔翫菊檐信又巡梅客
路三千里離懷十二回臨歧無別贈醻飲醉金罍
江東馳冀北迢遞暮雲橫歷歷雪鴻蹟依依鷗鷺盟留
題籠手筆望遠颺心旌載得神仙眷蘭舟畫裏行

舊日衡文地門生昇筍輿公真同海鶴我愧老樵漁子舍調羹績　辰居賜璽書迴翔開府近迎養樂如初

臘八日書事

鼕鼕臘鼓響沿街局展消寒孰與偕浴佛仍嘗七寶粥招僧競禮八關齋連日菩提寺作道場禪僧以饘粥見餉堂占星聚猶思頹客挂風帆待渡淮時正望雪雲翁將由袁浦北上吟社及時且行樂漫因離合感襟懷

雲甫尚書戒行有期訂於臘八後一日枉臨話別因招同人奉陪小酌即席再賦一章以代陽關三疊

蜡飲頻年共歲寒今番設餞又江干尋梅舊侶憐逋隱
啜粥生涯笑懶殘交到頹齡情愈密詩當遠別詠尤難
銜盃勸進同珍重後會還來主坫壇

小寒節前一日虞階漕帥召陪雲甫司空消寒敘
別疊用前韻奉訓並呈雲翁暨同社

微霰踈踈趁小寒飛雲屢盼倚闌干（是日微雪）爐圍煮酒机
盆熱漏永敲詩蠟炬殘座上高朋虛久待樽前大户敵
來難（瀛槎子任皆以事未至席間樹齋飲量冣豪）家風將介眉山壽鶴奏仙
靈又降壇（計日又將舉壽䜩會）

少谷太守為令曾孫彌月補作湯餅會約偕同人

雅集仍用賀什原韻賦謝

彌月筵遲臘酒温桃潭賢主笑迎門嘉招客半扶藜叟樂歲人多養稻孫樹老桐枝添秀幹官廉菜味皺香根洗兒愧乏犀錢贈利市分霑潋灩罇

東坡先生生日展拜圖像口占一律再疊餞別雲翁前韻

丹青縹緲雪堂寒天正釀雪氣象曾誇綵筆干鶴載九疑公自壽磯吹一笛臘將殘游蹤遥溯元豐古歸夢常縈蜀道難勝集今年換賢主新詩來續舊騷壇是日芝岑邀作壽蘇會先示新什

坡公生辰芝岑儲使招陪同人壺園雷春書屋消寒雅集席間見示二律次韻奉訓

白髮長嬿歲月侵（坡翁句）壽藕筵醉漏聲沈還鄉始信辭官樂退隱猶存戀闕心紅燭介着燈蕊燦綠醅悅口酒杯深風流儒雅同千古屈賈應偕仙馭臨（儲使前官湘垣時重修屈賈二公祠）

園愛雷春先餞臘壺天小有詠閑閑莬裘新構玲瓏閣鳩杖昨登岣嶁山（新閣初成飲於其下居夏間曾游衡嶽刻有吟草）繞座名花芝釆供圍爐永夕鶴飛還會聯真率從今始酩酊都將禮數刪

祀竈日偕同人奉迓少谷太守芝岑儲使同集撫松池館補作壽薌會疊和前韻賦呈諸君

迎歲梅芬鼻觀侵瓣香雅共篆煙沈誰歌江上銅琶曲雲甫司空方解維東下時易感樽前鐵石心望去奎光仍炯炯掃來拳徑自深深壽觴偕屐消寒局又喜高軒不速臨

髯翁生日翻新樣祭竈比鄰請客閑我輩畫圖聽笠屐前賢詩句遍湖山化身曾向岷峩仰余隨宦嘉陽曾拜公像於凌雲樓上投老終教嶺海還笑索枯腸追韻事蕪詞難遣禿毫刪

祀竈夜雪中即事三疊寒字韻

廚星隱隱雪光寒取醉羣將司命干一碟膠牙憐齒邁

適偶患齒疾三杯婪尾惜年殘門敲租吏催詩急臺築糟邱避債難曲突徙薪須早計安排筆陣鬥詞壇

小除日大雪喜賦四疊前韻

頭番雪擁被池寒今冬初次大雪凍雀棲檐豈紇干晨起披裘彌怯冷夜來舉酒不畱殘山谷句昨赴芝翁之局六花徧舞占祥早三白高歌屬和難芝翁適送詩至聞道南郊親盛典天心瑞應肅齋壇冬至大祀聖駕親詣行禮

歲除前二日團年夜席間自述並示兒孫輩五疊前韻

来

紅爐歲酒避新寒舉室從無非分干養老身扶松節健耽吟興撥芋灰殘家聲繼述箕裘重生計綢繆牖户難爾筆春華當努力羨人年少早登壇

盆中蠟梅盛開詩以美之

花信憑誰報芳園探蠟梅新妝山石倚老幹瓦盆栽封待泥丸啟根先土脈培金英看展處玉彈手敲來蕊嫩檀心吐苞繁磬口開膽瓶宜竝供腰鼓不須催香透鶯黄被薰流螘綠杯攀條馨莫近嚼味美于回露滴酴醾染霜凝橘柚陪癯仙遲作伴真臘久含胎色羨中央正名偕獨占魁醉眠頻索句愧乏長公才

除夕祭詩作六疊前韻

評量島瘦與郊寒啗社論詩得老千漫詡千金珍敝帚
且將一琖酹叢殘推敲自古知音少甘苦逢人索解難
醉擊灰堆祝如願願隨李杜守文壇

養福齋續存稿卷五十四

奉新　宋延春　引穌

元日試筆用唐天寶御製送賀賓客歸會稽餞別詩韻 丁亥

全唐詩話天寶三年賀知章年八十六上表乞還鄉明皇許之賜鑑湖剡川一曲並御製贈行詩今余亦逢其歲因用原韻賦此試筆云

八秩六齡歸剡曲十三年久謝朝簪予自甲戌解組旋里迄今已及其年昔賢曾被遺榮寵吾老猶存尚齒心貼戶桃符更綵勝集衣花雪滿蘭襟晨間瑞雪用宋人本日典實祥書亥字裁春帖衢叟長沾

雨露恩

立春日雪晴志喜正月十二日

快雪時晴釀好春青旗彩仗一番新花團玉戲盈千畝

燈放金吾鬧四鄰挂席遲畱江岸客(閬雲甫尚書舟次阻雪)題詩

補寄草堂人(秀峰刺史人日初度時在皖垣)老夫慣逐兒童隊竹馬嬉

遊踏麴塵(是日試燈夜觀孫輩戲舞)

上元夜復雪觀燈感事疊前韻

獻歲纔迎三日春家園烟景逐年新書占藹卜隨鄉俗

鐙幻菩提訪比鄰(午間過訪梅庵長老)選勝漸稀吟社侶追歡難

覓醉歌人雍熙上瑞吾宗詠雪印鴻泥憶輭塵(宋雍熙二年元

夜瑞雪上賦詩命宰相宋琪等咸奉和紀盛

芝岑儲使令孫入泮賦此志賀再疊前韻

祖庭欣報泮池春芹采孫枝玉筍新美濟鳳雛羨繩武音傳鵲喜接吟鄰笑看鼓篋青衿隊曾作簪花白首人余曾於辛巳年重游泮水此日貽謀賡燕翼天衢聯步屬車塵

花朝前一日公讌彥甫觀察似園雅集席間賦贈三疊前韻

使槎歸載秣陵春豸繡輝同晝錦新觀察時由金陵于役旋里轉饟羣推蕭相績褰帷近結謝公鄰泮芹小阮蜚英日林竹聯芳及第人兩令姪近有游泮之喜好趁花朝介眉壽觴遲奏

浥輕塵後四日為觀察生辰

花朝後四日彥甫觀察信甫鹺尹招飲觀劇即席

志謝四疊前韻

佛誕籌添海屋春羣僊介爵綺筵新前一日為觀察初度芳園杖
履陪高會廣座笙歌洽比鄰采藻預排聞喜宴蟠桃還
獻弄孫人鹺尹令郎入泮觀察近喜添孫金昆玉友天倫樂笑對氍毹
蹴舞塵

上巳節芝岑儲使約陪同人音尊雅集五疊前韻

奉酬

泮池游接洛濱春社飲風光局又新絲竹蘭亭修褉事

管絃曲水樂鄉鄰一觴一詠羣賢集三老三朋列坐人
倦眼觀場欣盛會何妨頽倒玉山塵

連日春晴園桃盛開六疊前韻

小園先占武陵春三兩枝開竹外新映面漫誇比西子
窺牆誰許傍東隣前游圖認邨頭路辛巳春三村看花曾繪啚題詠雅
約花探洞口人折簡招邀助吟興來朝逐隊踏芳塵明日友人有看花之局

清明前四日子任信甫兩君招游三村因雨阻不
果仍邀小集撫松池館七疊前韻席間聽蘭同梅卿竹林度曲

雨絲風片妒游春節近清明槐火新七載睽離雞犬蹟
三虯悵望鷺鷗鄰問津翻作迷津客識曲難為顧曲人
多感移尊賢主意借花選勝滌襟塵

胡果臣内姪孫壻入泮詩以志喜並賀曾陶山内
姪八疊前韻

門楣分得渭陽春黌序簪花甥館新發軔預占繩祖武謂令祖筱蘧先生登庸早盼作臣鄰秀才自昔勝艱任明德從
來有達人笑對氷清誇玉潤連鑣同踏九衢塵果臣為陶山門壻時將隨侍北上

暮春下浣二日筱巖河帥招偕同人補作消寒會

賦謝九疊前韻

邗溝歸及會昌春筱岩甫游廣陵旋里局補依然臘甕新吏隱亭畱梅子蹟東湖岸舊有梅子真吏隱亭與尊居相近坊開社接宋家鄰纔過插柳流觴節且作論園買夏人尚齒待排櫻笋宴醉傾婪尾洗征塵後二日為香山尚齒會期擬展期補此局

園中平臺牡丹因受雪凍花放甚稀而鞓紅一朶嫣然可愛賦此寵之十疊前韻

老去光陰倍惜春一枝兀自鬥粧新繁華歷過冰霜境富貴何如左右隣每憶飛來瓊島種誰誇詞和讁仙人看花眼福今年減聊展吟牋拂研塵

四月八日第六孫佛寶試週喜詠仍疊用前舉諸孫舊作元韻

晬盤又試負牀孫晚景頻叨長養恩佛會龍華重灌浴仙香烏飯卜飛騫階翻芍藥春靈殿廚薦櫻桃客到門佳兆漫誇取戈印安排尚齒侑芳罇

立夏前二日徐紫雯山長招陪同人新居雅集以詩代簡次韻答謝

黃鍾振響敲瓦缶忽聽傳牋到卬否堂成背郭詠少陵會皖耆英招耄叟羣公濟濟杖履來移足歙然亦就梅新巢不亞浣花居末座叨陪在斯某春風絳帳開華筵

大户黃流酌玉斗拚將酩酊飲醇醪饞吻垂涎得無恠

四月十九日約社友中隱廬消夏初集簡訂一章

十一疊前韻

槐夏初迎補餞春（前立夏）五日麥天晨潤氣逾新遨頭讌啟滄浪會婪尾杯浮鵞鴨鄰櫻笋宜酣駐色酒薔薇笑滴浣花人草堂此日羣仙聚韻事多慚步後塵

劉峙亭太守于役來江小住仍返西泠詩以贈別

十二疊前韻

一麾初把武林春庭誥淵源治譜新竹騎爭迎前度客桃源重訪舊時隣湖山坐擁宜賢守琴鶴家傳有替人

樽酒臨歧還惜別六橋烟柳馬蹄塵

秀峰刺史自皖垣郵示春暮寄懷同社近什疊和二章酬答

不見李生久匆匆度歲寒琴尊非俗吏屈宋作衙官舊雨懷枌社新詩遞藥欄披牋情繾綣老眼幾回看

昨舉遨頭讌江深草閣寒花秧分圃叟時方蒔菊菜把送園官流憩頻扶杖行吟慣倚欄聊將塗抹句寄與故人看

夏日檢後九老會圖冊感懷一律仍疊用圖中舊作原韻圖作於乙亥冬間詩用耆英會韻

花洲勝集十三春展卷重瞻面目真粉本儘教留蹟古

欽

錦囊端不為詩貧雲烟過眼殊今昔朋輩關心迭主賓
欲補新圖傳舊事蒼松自愧後彫人時擬添繪未與會諸老畫像

筱巖芝岑子任三君皆賜和章再疊原韻奉答

灌城社媲洛陽春耆碩聯翩補寫真林下壺觴遍尋樂
田間耕鑿共安貧鳩扶舊雨兼今雨鶴髮前賓引後賓
又倩丹青摹壽相千秋竝仰會中人

四月廿三日芝岑儲使招陪同社壺園消夏二集
品盧山招隱泉茗飲疊和代簡元韻二首奉酬
預祝儲使後二日初度

真靣曾看卅二年齋廚憶共酌廉泉祖庭愧我懷先澤

聯

奉

移種

仙井輸君訪洞天先大父昔官九江郡博余於道光丙午夏曾至潯陽下榻甘繩庵廣文齋中重尋祖蹟得品此泉時因天暑未及遊山儲使曩歲曾游于此活火新烹隨石銚醇醪竝飲棹艕船啜餘七椀風生腋佳茗回思試院煎君前官湘省充文闈提調刻有詩草

添籌恰好是丁年五老分來益壽泉雅品端宜歌水調清音恍聽奏鈞天尊開北海吞鯨量客借南鄰放鴨船張翰卿比部往主鹿洞講席假君畫舫而去歸載山泉相贈因用放翁句尚齒會聯遲一月詩腸潤取雪芽煎時以閩產芽茶奉餉

虞階漕帥惠贈瓊花口占奉答

蕃釐觀裏舊繁華移種芳園吐異葩品潔香清誰得似

玉槃盂本屬君家花如白芍藥因用東坡詩意

一枝分贈比投瓊供向缾甆暎水晶日永牕紗閒坐對

無瑕聲價重連城

閏四月八日紉珊太守約陪同社消夏三集次芝

岑儲使韻賦謝

桐陰閏夏日如年再會龍華極樂天送酒疊傾情欵欵

筱岩又惠家釀烹泉纔品味涓涓芝岑昨邀品茶羹湯廚美同千里君次

文郎甫入金陵薇廨贅觴詠詩新冠七賢長作寓公湖上主耆英

追步履綦連

貪睡戲詠

鬢　誕

老年貪夜睡戀戀黒甜鄉攤飯眸頻拭澆書味細嘗吟
餘搔白鬢夢醒熟黄粱高臥北窻下傲他羲與皇

芝岑儲使見示閏四月廿五日重逢初度誌感近
什並招是日壺園消夏四集次韻酬祝

甲算重排八八年君誕於甲申今歲六旬有四添籌喜竝艾蒲懸買
田續序思歸賴騎馬趨朝趁曉天此聯用歐陽公陸放翁是歲詩文故實
香飫四筵嘗麥餌泉烹兩度颺茶煙借花獻佛稱眉壽
快寫蕪詞再祝延

芝岑儲使招飲席間喫麪口占二十韻戲簡再謝
並呈同人

閏月南風久農登大麥黃來牟祈實應皆熟薦新將雪磨重羅美塵飛細屑良起溲炊最愛寒具設何妨播種思馴雉排筵比弄麞方言稱餺飥詞些詠餦餭籃賣雞同噉廚蒸𥹐竝嘗紅綾曾束餤白粲漫煎饎品辨牢丸異吹疑餅餌香搗舂用萊菔調劑配桄榔粉羨銀絲膾羹和玉糝湯粥盤帶麩粟市饌佐壺漿槐葉翻匙冷桐皮借箸忙雙歧誇穗拾百合黍珍常夢詡蕉藏鹿飢愁菜踏羊羧偕纏五日餻預印重陽齋供餐烏飯園分飼鶴糧貪饕欣鼓腹飽啖競撐腸貽我搜奇遍憑誰數典忘叨陪蝴蝶會饜飫笑填倉

芝翁再慶弧辰座間聽曲並示紀事疊韻兩詩亦

疊和二首

覽揆欣逢五閏年（君自甲申初誕至今歲計五度閏四月）連番開讌奏宮懸琅璈款客游三島珠玉隨風落九天（同人皆有和章）髮白彈詞歌郢雪峯青鼓瑟憶湘煙江干新漲龍舟盛奪錦同觀午漏延（節近端陽擬看競渡）

衢尊話雨兆豐年檐溜聲中瀑布懸（日來喜雨）水綠池塘新泮草（令孫今春入泮）燈紅樓閣小壺天八仙舡醉蟠桃釀（賓主八人）五月爐熏壽菊烟老愛峰巒瞻石丈笑凭朱檻幾環延（池畔立有奇石題曰丈人峰因用張祜句云峰巒開一掌朱檻幾環延）

祝子任山長六旬晉一初度三疊前韻

鶴籌初啟古稀年座滿春風絳帳懸翠艾新蒲將做節端陽前三日香羅細葛自題天雙姑江上迎青鳥五老雲中吐紫烟桃熟壽觴宜數舉又隨仙侶共招延

端午卽景四疊前韻

節賞端陽年復年兒童爭奪錦標懸街頭鉦鼓賽神會水面魚龍競渡天照眼榴房明似火振聾竹爆散如煙老夫對景添詩料笑酌蒲樽耄齒延

大端陽節約芝岑儲使過程園消夏五集適以足恙未赴見示疊韻謝什亦五疊酬之

聯吟結社會昌年疊羨針鋒健筆懸剛過蘭湯蒲琖候
又逢瓜熟藕香天游停畫舫三湖水坐繞紗幮半榻煙
醵飲碧筒還滌暑重迎杖履莫遷延

五月二十日再展端陽節偕同社仍約芝岑儲使
子任山長過程園消夏五集並為兩君補祝六

疊前韻

新歡舊誼總忘年攬勝休教蠟屐懸會展名園重午節
朋來小暑伏庚天（前三日小暑後三日初伏）金莖細吸翠盤露檀板
輕揚彩炬煙花好月圓人竝壽管絃齊奏慶緜延（席間座客度曲）

賞

仲夏中澣聞同邑紳耆以余來秋再遇賓興呈請
當事入　告循例重宴鹿鳴賦謝一章七疊前
韻

攀桂駸駸六十年姓名曾忝榜花懸登科再列無雙譜
逐隊仍遊尺五天鳩杖閒身忘歲月鹿筵同輩化雲煙戊子同年吾鄉暨各省存者寥寥側聞梓里傳佳話啟事翻勞荷
賞延

重遇鹿鳴紀事述懷四首

雲梯憶步廣寒秋再遇賓興甲算周命達果然符卜肆前三科有日者决於是科獲售名標從此叶瀛洲余中式名次第十八九人同譜

騰鄉譽一邑翹材占牓頭此科吾邑同捷者九人並得解首留得腐儒
傲年少大羅天上許重游
五朝四世七登科吾家自先曾祖先祖先二三伯父先君先堂兄暨余於康熙乾隆道光年間歷科膺鄉薦者凡七人
聖澤頻沾雨露多蕊榜先芬聯月桂書香祖德詠春蘿先祖著有春蘿書屋詩集漫誇見獵心猶喜若使觀場鬢已皤蓬巷
又聞傳吉語笙簧兩度聽工歌
三傳衣鉢仰師門玉尺雙持感舊恩入格當時通沆瀣
增筵今日溯淵源
天題宸翰欣先兆地主平泉愧達尊絳帳趨承佩遺訓

同年前後幾人存本科座主　胡牧堂師　王小山師皆出大庾相國　戴可亭太夫子門
下適居重宴鹿鳴　恩賞御書三朝耆舊扁額洎余由
滇藩解組旋里僑居相國舊第　賜額猶懸堂上今乃
傳為佳話又曩歲兩師帶見太夫
子時諭小門生須認前後同年云
十餘稔久息枌鄉又覺華胥夢一場避路何人呼薛叟
問津前度笑劉郎孝廉自古宣廷詔姓字重新達
帝閽好待隨班陪禮宴燕詞還賦鹿苹章

芝岑儲使見示夏日壺園詠懷四律兼訂荷觴之
約次韻奉酬

百年難得是閒身炎景常教枕簟親大好山林在城市
何妨退官作農民桑麻里俗歡聯社雞黍家風笑款賓

彥甫于役

況喜觀蓮逢做節蓬壺介爵聚仙真
東華甲舞與丁歌舊夢依稀訪苧蘿尚記花潭游積水
曾聽驟雨打新荷以上皆詠春明舊事醇醪細飲金莖掌湯餅新
嘗銀線窩子任近有添孫之喜自笑衰顏嗟老大皺紋對鏡面如
鞾
中宵蚊陣共蠅營幾見銀河風浪生君子同稱無量壽
騷人誰作不平鳴沿湖覓句吟懷健繞郭看花曙色清
滌暑輸君多韻事哦詩聲答露蟬聲芝岑昨往郭外觀荷並訪諸名蹟
秋信初飛一葉陰涼歸颿館碧森森往時弔古祠堂近
有客營巢門巷深筱巖近築書舍於南郊伏汎又催浮鷁去彥甫于役

又返金陵堂寒競許杖鳩臨花洲勝集圖重寫九老芳樽次韻第卌

彦甫觀察又自金陵于役冒暑旋江賦贈一首

火繖張空熱客來蓬門今始為君開杜句當風誰闢招涼館話雨重登避暑臺白袷高談仍四座碧筒豪飲縱千杯盈盈丁字簾前水奉使仙槎往復回彦甫今歲已兩次歸里

後

養福齋續存稿卷五十五

奉新　宋延春　引龢

六月荷花生日芝岑儲使偕筱巖河帥子任山長招陪同社壺園消夏五集為歐陽文忠公補祝次芝翁韻疊賦二章

醉翁壽相拜鄉賢生比荷花三日前（公生於廿一日）五夜書聲神倍爽千秋朋黨論彌堅環滁雅寄林泉興思潁長留翰墨緣昔放坡公出頭地辨香沆瀣至今延

主人三老集羣賢讌繼南皮後勝前臭味何嫌盟水澹心腸恰趁履氷堅涪翁詩派欣同壽（山谷先生十二日誕辰）永叔

鄉鄰早結緣耆碩風流推大筆芙蕖池畔獻歌延芝翁另示

長古全篇

荷花生辰後二日虞階漕帥召陪同社觀蓮補祝

消夏六集疊用前韻

眉山介壽衆仙來為遣雙蓮一夜開蘇句十丈花船含竝

蔕三千香界現重臺池中多品字蓮浮瓜沈李清涼境雪藕調

冰瀲灩杯盼到催詩喧急雨披襟風送故人回昨午喜雨

贈信甫鹺尹再疊前韻即書其摺箑貽之

天際新秋雁帶來紫薇正傍小池開涼宵靜臥吟松榻

落日閒登啜茗臺白羽搖風難卻暑翠盤醉客屢銜杯

手　氛

唱酬舊雨兼今雨又送元方挂席回令兄彥甫昨仍返棹秣陵

　蘭同參軍以扇索書三疊前韻奉贈參軍為信甫堂兄

瀟湘有客賦歸來蚤羨驊騮道路開蘭同曾官湘省宦隱仍依陶令宅遊蹤尚記定王臺臺在星沙竹林雅奏笛三弄君與令姪棣卿皆善音律蓮社歡傾酒一杯況喜神功媲良相刀圭著手便春回君並精岐黃之學

　少谷太守長夏于役信州冒暑旋省見示近作多

　　篇賦此奉酬四疊前韻

清風忽送故人來手捧吟筒帶笑開六月息為行役客卅年遊戀讀書臺余於道光辛丑壬寅間主鵞湖講席往來斯郡送炎氛莫避

空遮扇好雨稀逢懶舉杯滿幅琳琅醒倦眼紗籠不厭
誦千回

次和少谷安仁道中韻再贈一首

趨炎非酷吏白髮傲朱顏褦襶彼胡誚馳驅君獨閑氷
壺懸似水鐵案判如山底用攜琴鶴詩囊滿載還

秀峰刺史自皖垣郵示春暮寄懷同社新什疊和
二章答之

不見李生久悤悤度歲寒琴尊非俗吏屈宋作衙官舊
雨懷枌社新詩遞藥欄披牋情繾綣老眼幾回看
昨舉遨頭讌江深草閣寒花秧分圃叟時方蓺菊菜把送園

官流憩頻扶杖行吟慣倚欄聊將塗抹句寄與故人看

適以近作諸什附達

初伏後一日約同筱巖芝岑子任信甫諸君過永福禪林訪楳莽長老招黄汝舟畫師繪續九老會圖像口占一律

言訪清涼界來尋丈室人幽栖堪逭暑妙筆倩傳神細寫鬚眉古長留面目真新圖續九老壽相現前身

是日陪諸君寫照楳龕適有事冒暑他往未值戲疊前韻留題壁間

本是懶殘友翻為襬襶人避囂偏觸熱行脚轉勞神坐

高

久陪高足令徒達波代侍堂虛列應真香山與如滿同笑後來
身

筱巖芝岑兩君疊示和章暑牕漫興再疊前韻走
答竝簡楳公

時局嗟重譯紛紛仗舌人衣冠半牛鬼圖畫總蛇神項閱
滬上畫報花任闌榮悴珠難辨贗真逃禪參米汁頹倒醉中
身

暑夜納涼排悶三疊前韻再簡諸君

浴罷北牕下羲皇高臥人杜門常謝俗掩卷且頤神飴
叟唱酬樂雛孫啼笑真家家團扇底爭畫放翁身

紉珊太守次文郎自金陵藩廨入贅禮成偕歸省

侍詩以奉賀八疊前韻

佳兒佳婦羡華年甥館東牀繡幕懸喜稱門楣符月旦

笑迎仙眷對江天承歡齊舉鴻眉案伴讀常熏鴨篆煙

蘭佩同心蓮竝蔕預占瓜瓞頌緜延

子任山長再舉文孫賦此志喜九疊前韻

祖庭耳順展耆年又報添孫弧矢懸枌社將娱蓮誕節

桐枝再茁稻香天珠擎翠蓋點清露玉種藍田生紫煙

彌月重闈逢七夕樽開湯餅衆賓延

初秋寄懷雲甫尚書天津鹺廨六首仍用庚辰唱

和舊作韻

聯吟結社郡齋前昔款今情又八年世事煙雲多變幻
人生萍水總因緣雪泥鴻爪江南岸沽市津門海上天
老眼摩挲同兩地何時重讀句如仙

當日星軺校士初依然熟路捧安車絳騶使者循陔膳
白髮門生問寢廬健筆坐揮蠶紙疾雛聲隨侍雁行徐
寓公倘詢漁樵侶漸似晨星落落疎

閑身寂樂是無官瀟灑奚容集百端枕漱方知泉石美
泳游較比鷺鷗寬到門客任題凡鳥寫韻軒曾訪綵鸞南昌西山有吳綵鸞寫韻軒且喜壺園得賢主招攜舊雨續新歡芝岑

觀察疊舉壺園消夏之局

孤鶴南飛霄漢翔前塵歷歷幾星霜桃源人境尋仙境蓮刹花光借佛光蹟認三湖題詠遍神傳九老畫圖望西風消息東籬近誰共黃華晚節觴

壁滿紗籠軸滿縢瓜皮艇子記同乘雙江酒琖思何限千里詩筒寄未曾宿草徒嗟安定叟硯生山長爐灰猶撥嬾殘僧楳莽長老賓筵自愧將周算樞驥逢場興尚騰余明秋將重赴鹿鳴

彩毫初試歲華新歸老風流效季真唐今年元日試筆用御製送賀賓客歸會稽餞別詩韻尚齒難忘同甲會龐眉仍是杖朝臣贊襄密

勿無前輩調變勳名有替人腹稿緘題盟息壤天邊笑
盼再來春

芝岑儲使見示中元前二日一律次韻答之

雲漢頻瞻靜不流憫農心事又禁秋（時方禱雨）吟箋興減元
同白遊屐踪稀羊與求鞭石誰題亭志喜洗車莫借酒
澆愁會看簾捲西山雨爽氣先從筆底收

白露後三日喜雨再次芝翁韻

揮汗連宵枕簟流乍驚一雨便成秋神功果許精誠格
官守差償寤寐求喜見油油禾野潤聊紓皜皜杞人愁
香山詩賀淋漓句慰滿三農歲有秋（君另示長古一篇）

寄賀鴻度觀察抱孫之喜乃僕重外孫也並示少鴻孫壻伉儷四疊前韻（令孫生於七月二十三日）

鳳雛喜送鵲聲來西子湖邊蓉鏡開（用本日典實）雨地同時聞笑語一家終日住樓臺（用句）懸弧更煥門楣彩舉案遙傳湯餅杯寄向重闈誇宅相含飴珠玉報書回

芝岑儲使見示八月九日近作是夜大雨次韻志喜

換得桃笙竟夕涼因雲灑潤斂驕陽雨聲恰好催詩急月彩先教折簡忙（子任山長訂期賞秋）仙遇有緣金粟燦禪參無隱木樨香莫辜佳節當行樂消夏尋秋兩未妨

新　皓

子任山長約陪同社桂節前四日程園雅集預讌

中秋賦謝

小庭月色近中秋又借芳園集勝流説餅筵將湯餅補（七夕為文孫彌月之喜）斲輪斧待桂輪修（諸郎君來秋偕應鄉試）罇前蟾魄同邀賞松下鯖廚慣獻酬此夜坡翁詠來鳳醉酣水調唱歌頭

仲秋下澣二日筱巖河帥招集同社補讌桂節次

芝岑儲使韻賦謝

書巢歸帶稻花香（筱巖甫自鄉塾回城）補賞湖樓皓月光設饌遲誇烹飪美持螯新試引杯長（席間初食蟹）樨禪妙悟尋秋遍

枌社佳招逐日忙拚向良宵酬酩酊枯腸難潤硯田荒

展中秋節虞階漕帥召陪同人桂觴雅集中謝疊

和前韻

芙蕖謙後桂輪香屢過池亭愛景光蟹眼煎茶烟影細蟾輝展節調歌長觴飛醉月叨陪慣詩詠催妝索句忙文孫於次　月合卺嘉禮㝡羨春風盈四座年豐漫笑陸莊荒謂座中紫雯叔倫筠圃子任四山長

是日過訪芝岑儲使金粟山房翫賞新桂口占奉贈再疊前韻

山房新牓挹天香四面花光映水光瑞兆孫枝攀蕊近

芬留客袖繞欄長棣華添算稱觥便菊部登場奏技忙

越日為令弟子新太守周甲壽筵觀劇

自哂老饕貪果腹愁捫踏破菜園荒

李蓺垣太守由邵州里居疊次郵示近什多篇賦答二律即以寄懷邵州即楚南寶慶郡

襟分南浦兩番秋別緒常縈歲月流亭仰雙清通德里詩留九日大觀樓亭在寶郡樓在臨江君曾權府篆慕萊舊傍懷先澤補柳新吟寄遠愁丙舍遥知勤讀禮白雲深處戀松楸

璅闈眺月憶摶秋勝會曾傳雅韻流江右貢院有摶秋閣太守於乙酉科監試文闈把菊猶存衡宇徑簪萸健倚故鄉樓思君鴻雁書

遲答老我漁樵筆掃愁舊部蒼生望霖雨出山重戰一枰楸太守明春計當服闋來江

前詩尚未寄達適紳兒有滇南之遊假道湘中走訪命其面致再附一首

逺行念游子來訪鄭公鄉驛騎千山迴郵籤萬里長眉顏挹芝紫情話倚葭蒼倘借吹噓力歸帆早辦裝

八月廿有七日芝岑儲使為令弟子新太守周甲初度展期招集壺園稱觴觀劇見示佳章三疊前韻賦謝並寄太守惠州 時權郡篆

蓬壺遥度嶺梅香星彩弧南現瑞光離合態瞻風雨約

羅浮山在惠州托揚音奏管絃長難兄寄傲東籬隱賢守移尊北阮忙令姪魯園隨侍欵客仙釀延齡齊酩酊渾忘地老與天荒

九月朔日家梓儕太守約陪虞階漕帥同登滕閣

預讌重陽志謝

不登傑閣幾經秋依舊長江檻外流難得名區遇賢主太守時駐閣中綜司保甲預排嘉讌續前遊題餻節近爭先足落帽風高占上頭笑比龍山陪勝會鴻泥回憶大觀樓樓在滇垣為君原籍

梓儕席間出示雅集二律次韻再酬

吾宗賢守敞璚筵休暇傳牋筆灑然兩岸秋波漁唱晚

滿城寒雨雁橫天星移物換今殊昔興往情來後勝前醉把茱萸插霜鬢健誇腰脚尚年年

宦遊陳蹟葉榆中曾訪珂鄉避暑宮帝子長留鸞佩影才人誰助馬當風黃花晚節仍同輩白髮豪吟少寓公（謂雲甫尚書）此會東南美壇坫銜盃細與話蠶叢（君昔年曾僑居西蜀）

奉題蔣心餘太年丈歸舟安穩圖敬和忠雅堂集中送 先大父慕劬公教授九江三首原韻（並引）

太年丈心餘先生與 先大父慕劬公乾隆丁卯科同領鄉薦嗣先生官翰林時 先大父由辛未進士銓授九江郡博曾賦三詩送行見忠

雅堂集中追同治庚午令曾孫樸山中丞宦蜀
重刊先集郵寄滇廨予謹和斯韻奉酬今於光
緒丁亥令元孫羹臣比部復以此圖屬題滿卷
琳琅曷敢班弄竊念五世淵源千秋墨寶何幸
耄齡獲茲眼福爰不揣荒陋仍步大箸原韻勉
賦里詞贅於卷末用志今昔沆瀣之誼云爾

安舟圖坐浪花分賢母家風自昔聞戀闕心依南斗望
捧輿情寄北山文含飴至味偕荼美太夫人自號甘荼老人飲水
歡顏比酒醺猶記藏園訪遺軌峩峩堂構仰歸雲藏園舊題堂名

筆牀茶竈載行廚倚櫂詩翁笑撚髯蓑笠煙波償素願
神仙眷屬侍清娱婆娑自得閒中趣瀟灑何來意外虞
試向江干問鷗鷺忘機性豈與人殊
寫圖想見優遊樂披卷如聞欸乃聲手澤長留垂五葉
心香虔奉契三生典型韻在清芬誦翰墨緣深老眼明
珍弆紗籠欽述德傳觀海内快先爭

徐子徵駕部由京乞假南旋重遊章浦惠贈長律

次韻奉酬書扇

滇黔宦轍共家翁祖澤先芬甲第通蠡測淵淵由學力（君精洋算之學）鳩扶蹇蹇匪臣躬（余足恙尚未釋然）藻詞平地推坡老

蠻語當年笑郝隆遥聽塤篪奏邦上塗雅自愧管城公謂令兄聖秋醝副時方需次廣陵

題許子笠太守天際歸舟圖卷

少年奇氣貫滄洲破浪風乘萬里舟帷幄運籌揮露布
幾番擊檝在中流
百戰功成靖海天迴飆高唱凱歌旋請纓志遂　酬庸
林鶴與琴書共一船
雙江何幸把麾來竹馬爭迎畫舫開蚤識波瀾平井底
甘棠遍向梓桑栽
籌邊自愧老蠻荒宦海歸休一葦杭此日披圖羨眉宇

舊遊彷彿夢瀟湘（余舊有湘帆歸隱圖卷）

又題子笠石鐘汎月圖册

山水清音夜招招彭蠡濱時晴逢快雪明月認前身赤壁同遊蹟黄堂此後塵好將休暇景寫入畫圖真

倚櫂聽鐘石回頭卌八年（庚子冬余嘗泊舟山下）鷗波新嘯咏鴻爪舊因緣鄉夢三潭外（君占籍杭州）風光五老邊丹青傳韻事餘響繼坡仙

次和芝岑儲使壺園新秋蘋果樹著花元韻志美

奇葩重放媲香欒秋實春華兩度看鴨脚根蟠嘉樹美（園中銀杏一名鴨脚）林禽（即蘋果）蕊綴古瓶安嶺南茘子更番採冀

北頻婆次第攢喜卜孫枝攀桂兆果珍先博祖庭歡

覺吾明經見示抱孫志喜一律用余舉孫舊作韻

亦疊前韻奉賀

閏年欣聽長桐孫喬梓輝承葛藟恩喜報添丁歌鳳翽
先聲舉子兆鵬騫初生岐嶷孟蘭會中元前二日生彌月團欒
苑桂門笑向祖庭索湯餅含飴暇日醉壺樽

重陽節近菊信杳然口占戲簡芝翁乞惠數盆藉
供客賞

菊為重陽冒雨開壺園佳種久滋培乞隣先向東籬下
三兩枝分老圃來

讓東籬處士陶

重九前三日約同社中隱盧菊觴初集席間賦呈

一首

蘭若去秋曾插菊客歲九日同集永福禪林遂盧今日預題餻黃花容澹遲逾傲白首交深與倍豪品乞芳鄰欣共賞香留晚節待登高茱萸醉把年年健肯讓東籬處士陶

重陽節芝岑儲使招陪同人壺園賞菊見示和章

疊用前韻詶答

昨借鄰花先做節菊黃初上彩貓餻放翁詩彩貓糕上菊初黃家家籬畔都謀醉歲歲詩中莫負豪慣約提壺逢客笑重吟攀桂仰天高小園晚桂正開同將酩酊詶嘉會雅調歌新勝薛

瓢

陶

芝翁席間又出新什歸後次韻再酬

底須入社怯眉攢酒琖詩瓢共歲寒自哂侏儒貪飽偏容饕餮飫魚殘濫觴誰拯河防險大户爭誇海量寛紫雯飲量最豪回首騎驢經灞岸推敲詠雪解人難

灰飛緹室尚冬温臘甕先浮竹葉罇我輩移封當酒郡今朝快意過屠門湯深鼎沸南烹具肴饌精腆蘋美棃鮮北味存菓品尤佳退食圍爐憶京國雪泥同賸舊巢痕

養福齋續存稿卷五十六

奉新　宋延春　引龢

孟冬月朔欣聞

俞旨錫銜宮保重宴鹿鳴恭紀

聖恩並志感遇敬賦四律

鳳詔星郵下

九天

温綸奬賚惠耆年班依槐棘　青宮迴宴與莘芩白髮

姸衣鉢遞傳追兩相大庾相國　戴太夫子於道光戊子科儀徵相國阮文達座師於道光丙午科皆重宴鹿鳴同賡

楙賞霓裳重詠會羣仙臣衰無計酬

高厚夢想觚棱北斗邊
林泉退老久投閒十月
恩同正朔頒
心簡鴻施深似海頭銜鼇戴重如山多慚朋輩揄揚美
勤勗兒孫圖報艱欣際陽春開
壽寓歡隨衢叟祝
慈顏
耄齒何緣拜
寵光羣驚
异數出非常蓬瀛舊籍聯姚宋項聞婁縣戊子同譜姚衡堂農部年屆九旬亦

露　權撫　李憲之方伯預期入
告撫軍　德曉峰中丞
謝

請赴宴馮水遺徽播梓桑吾邑甘尚書莊恪公昔年曾加宮保銜又帥石村侍御前輩同治庚午科再遇賓興仙鼎又成丹九轉賓筵再奏樂三章椑香悟徹初禪地更舉黃花晚節觴

啟達山公

雨露霑榮叨進秩講帷兼權撫　李憲之方伯預期入告撫軍　德曉峰中丞代奏謝　恩又聘主來歲孝廉堂講席後師長黍前師長教先公向曾掌豫章講院多年新孝廉從老孝廉笑擁青氈珍帚敝曾矜白戰礪鋒銛樗庸謬許栽桃李佳話江城分外添

十月八日八旬有六初度自壽呈諸同人並寄紳兒滇垣旅次暨示衆孫輩

韶光虛度小陽春覽揆重邀

巽命申被寵又增蒲柳色後彫仍健柏松身東華泥雪猶餘迹南詔烽烟久息塵繩武愧承先德裔吾宗支祖莊靖公前明官南京吏部尚書加宮保銜龐眉誰識舊朝臣碧山堂築泰吟社鑑曲湖歸賀季真此聯用八十六歲典實耄耋自慚鮐背叟婆娑待赴鹿筵賓倚閭萬里思遊子陟岵千巖念老親紳兒近作滇遊計程可抵黔省蠹帙漫誇邊笥富鶴糧難救阮囊貧硯田生計耕農侶詩債尋常禪衲鄰籬菊留香環坐列嶺梅索笑繞檐巡添籌近局仍循例折簡芳樽屢換新願祝河清同海晏舉家長作葛懷民

生辰後四日約同社諸君中隱廬菊觴再集席間

口占二首

勝日高軒過蓬門擁篲頻後圖添九老新繪續九老晚畫册將成景媿三春禮節删酬酢優游任率真年年枌社侶白首總如新

林下耽行樂同為散誕身鄉多佳子弟時值南新兩邑舉行童試座中諸君皆有子姪應考客半舊朝紳菊琖連番醉芹羹次第陳消寒期又近倒屣再迎賓

熊覺吾明經見和重讌鹿鳴初次之作仍十疊十一疊原韻奉酬次首用捲簾體

春風臯座挹頻年又幸紗籠錦句懸文戰回思辛苦地
名題倏紀甲周天遥遥九陌青雲侶隱隱三條絳燭煙
畢竟斲輪推老手朱衣簾下定相延
萬間廣厦庇開延滿紙毫揮翰墨烟弄斧曾修前度月
聽歌再會大羅天犀香兆應西賓叶蟾魄光分北斗懸
私愧秖揚導先路安排喬梓作同年明經與兩文郎茂才來秋同應鄉試

初冬大雪後五日李蓀齋觀察招陪同人小集次
芝岑儲使韻志謝

冬晴望雪聚星堂嘉讌杯浮琥珀光蜺節夙欽持嶽麓
觀察昔年曾典試湘南鴻籌近仰運荆襄現司楚北督銷鹾局真評月旦畱

蘭省老輩風流重梓鄉昨誦瑤華今餞玉叨陪忘卻漏
聲長（蒙賜重讌賀章）

長至後一日約同社中隱廬消寒初集餞別華堯
封觀察北上

冬至陽生春又來（用句）暖爐會正及時開詩壇仍聚三朋
座畫本添傳九老杯（時以新繪續九老圖付裝池）纔索巡簷梅萼笑
（盆中蠟梅初放）更逢過客杖藜陪衰年隨遇聊行樂此局消寒
第一回

華堯峰觀察由粵東南韶道任三次卓薦入都展
覲道出章門款畱小聚賦贈二章並以志別

攜

再疊前韻

東華南浦舊交來曾記芙蓉鉛邑山名絳帳開十三叶聲去年閒重把袂二千里外又銜杯鵞湖萩稻君猶健鹿野歌苹我再陪白首師生情話切那堪惜別更低回道光辛丑壬寅兩歲余疊主鵝湖講席觀察皆從游門下嗣經通籍與余同官京邸多年光緒初元君移官東粵余已解組歸里江城重晤一別至今向曾繪有鵞湖萩稻圖惜已佚去

梅嶺香迎擁傳來袖攜佳句笑顏開時以留別粵賓僚東各什見示競獻攀轅頌花木都隨祖餞杯一舸風乘滄海闊君擬開春由滬瀆航海北上九霄澤被節幢陪遥瞻春色皇州滿出岫卿雲盼早回

仲冬十九日芝岑儲使招陪同社畱春書屋消寒

二集三疊前韻

歗侶傳牋得得來壺園休暇綺筵開嚴威初試紅泥火是日天氣頗寒新釀宜斟綠螘杯皤叟躭吟重疊韻癯仙作伴再三陪樽前鵲語占遊子一紙平安萬里回適接紳兒抵滇省電音

小寒後五日紫雯太史邀偕同人消寒三集四疊

前韻

幽居渾似入山來場圃臨軒四面開松菊久娛高士榻桑麻閑把故人杯鶯鄰佳日頻相接皐座春風幸共陪

磬

老我冬烘寒乞相歡場莫怯醉千回

題李憲之方伯詩夢鐘聲圖

清時壇坫主東南聲聞遥停使者驂齊魯鴻篇畱翰墨吳閶燕寢盍朋簪偶從休沐靈思搆餘事文章妙手探洛社風流聯九九蘇臺觴詠會三三音諧笙磬鏗鏘應調叶宮商組織參朱紫旋移薇省豔丹青遍寫麥光含珠連壁合家家畫路熟車輕處處諳何幸瞻依識荆度試歌蔽芾憩棠甘披圖快讀新詩本敲句回思老學庵訓秉鯉趨懷蔀屋踪尋鷗夢問江潭春暉喜遂庭闈報先澤猶聞父老談鄉望綿津繼霖雨秋屏山閣繞煙嵐

莛

仙才一代推居士道德千言述老聃褰屐西園游竝美
樽罍北海興尤酣耆英學步難形肖卷軸流傳得趣耽
大呂黃鐘投細響寸莛撞擊倍顏慙

臘八日同人雅集壺園預祝彥甫觀察大衍弧辰
並以餞別暨補介信甫鹺尹初度賦詩十韻

芳園勝境即蓬壺相約羣仙綺席娛臘鼓迺歛欣做節
金昆玉友慶懸弧連枝梅蕾舒冰纈竝蔕茶花綴火珠
書賜八分排御宴粥調七寶供齋廚新醅瀲灩斟康爵
高座團圝趁煖鑪賓為介眉餐餺飥佛因灌頂醉醍醐
南陔兆采芹香美東海根蟠桃實腴林下鶴籌添九老

雲中鸞奏競雙姑消寒催雪正揮檄稱壽聚星還寫圖
此會者英當祖帳陽春唱罷送飛艫

是日壺園消寒四集席間再贈彥甫話別並簡信
甫呈同人次芝翁韻二首

槎使非同載石還幾回擁幟對西山夢吟池草添新句
手把盆芝侑醉顏有（坐間供霧芝）好共三朋圖壽相（紫雯篆雲兩君誕辰）
近（皆）何妨四疊奏陽關豆糜脂餤饒鄉味嬴得壺觴歲晚
閒

聽風聽雨忘（去聲）更闌坐撥爐灰學懶殘洛社相看朋輩
老伊川誰媲弟兄難鶺帆東去牽離緒鶴曲南飛結古

標

歡〔時又將舉壽蘇會〕梅柳渡江行色壯春波鷗侶不盟寒

寄答雲甫尚書津門鹺廨手札并系一律

袂分章浦又經年南北相睽各一天豈意投書沈遠浦〔秋間曾寄詩函竟未能達〕翻勞話舊展長箋鱗鴻每悵關河阻鷓蟀渾忘歲月還兩地情懷一尊酒好憑尺素寫纏綿

題秀峰刺史紅梅畫幀一首

一枝嫵媚占羣芳寫出清標筆有香自是家風心鐵石還搔白髮詠紅妝

次答芝岑儲使喜雨原韻

盼雪頻搔兩鬢絲芳隣喜雨早傳詩流膏已慰三農望

剪韮餉客原韻

衡

飛絮應占四野滋窗影細飄燈影靜檐聲徐滴漏聲遲
天心豊歎關時局老向人前學賣癡
又次和芝岑　韻
剛喜栽梅帶月鋤又耽種菜閉門居灌園高隱猶存菊
學圃生涯更飯蔬剪向寒畦當雨夜薦來臘味趁春初
盤飧充腹曾書帖百甕黃虀飽饜餘
臘八後三日喜雪用坡公聚星堂雪仿歐陽公禁
體詩韻
深宵擁被薄於葉破曉僮報頭番雪披裘急起喜欲狂
一笑推牕詫奇絕瞰廬瓦積檐牙垂冷巷泥衝屐齒折

徑除篝帚痕尚留爐煨榾柮燄頻滅倏思驥子方星馳
遠寄鴻音等電掣童孫團鳳忘手皸老叟扶鳩散眼纈
消寒餞臘迭唱詶旨蓄御冬謀瑣屑先春天意欣可憑
晚景年光去如瞥三農慰望爭懽騰四野占豐預傳說
試呵凍硯吮枯毫坐對癯仙賦心鐵

嘉平月東坡先生生日中隱廬展圖設祀後雪晴
過壺園偕芝岑儲使約同社作壽蘇會消寒五
集賦詩紀事十六韻

丹青寫照廿三年歲歲奎光裊篆煙東去江流仍浩淼
南飛鶴影又蹁躚凌雲載酒懷西蜀翠海題襟憶古滇

閙

笛奏黃州磯石畔戕吟赤壁雪堂邊湖山韻事更番紀
笠屐風流到處傳林下新圖添九老壺中生日會羣仙
珊瑚格擅摛詞見紫雯太史珠玉毫揮開徑延篆雲部郎詞壓白
元推汝士子任農部學宗濂洛羨伊川信甫鹾尹杖扶鮐背冬烘
誚庖代鯖廚地主賢寒意漸隨殘臘送高歌疊和聚星
聯況逢快雪開晴景欣設先春介壽筵後立春四日郊外彩
旂迎隊隊街頭土鼓鬧淵淵登盤合薦花豬品侑爵同
浮藥玉船我輩銜杯稱樂聖何人避醉愛逃禪筱岩河帥近游
廣陵糝羹啜罷含飴味梅萼香留索笑妍余齋壁懸有坡翁雪堂畫梅墨
搨自愧尖义難鬥險敢持寸鐵續瑤篇

自題重梓鄉會試硃卷感懷書事三十二韻

少小趨庭日勝衣就傅年漢嘉纔勺舞芭管憶牀連楹
訓垂鄉塾師資媲古賢揣摩資簡練帖括費鑽研試冠
童軍隊名標博士員青衫承祖業黃卷紹家傳下筆風
檐勇持衡月旦權虛邀庠序譽忝附孝廉船三戰音聞
捷千門榜許懸科名慚弋獲文字感因緣入格珠投網
摛詞水湧泉散材叨拔植宗匠荷陶甄芸館留華藻蓬
瀛賸簡編藏珍羞敝帚覆瓿鄙敲甎沆瀣當時契淵源
此會聯回思辛苦地倏屆甲周天
寵被頒鸞詔榮登聽鹿筵漫教樗櫟棄還倩棗棃鐫結

習躭文陣生涯理硯田兒時燈味似老大鬢絲妍花樣
翻難巧金針度偶穿雕蟲嗢逞技飽蠹任流涎丹篆容
吞異朱衣點染鮮待沽誇有玉好客笑無氈芹泮曾重
詠樨宮又悟禪腐儒原碌碌新進羨翩翩桂籍題今昔
莘賓譜後先連城搜白璧萬選綴青錢遵路矜揚秕知
途勉著鞭快循衣鉢例再會羽霓仙蟾窟登科記雞林
市賈篇聊將喤引意刻畫付吟牋

祀竈日立春喜晴即事

閏歲東皇兩度迎先春疊喜沛祥霙花飛六出新晴色
竹爆千門笑語聲餞臘三杯婪尾酒請鄰一碟膠牙餳

老夫也學醉司命酌罷朱顏攬鏡生

次答芝岑儲使立春新什韻

林居晚景逐年新退老俄經十四春饋歲儀爭分利市送窮論競著錢神優游樂趣閒中領倡和交情老去真準備祭詩邀島佛盆燈埋硯漫逡巡

歲暮自嘲

衰翁避債竟無臺怕聽催租剝啄來乞米難誇書帖手量沙愧乏唱籌才徒捫儉腹空呼負且學痴聾儘賣獃求利何妨祝如願笑持藜杖擊灰堆

歲除前二日家讌席間有懷紳兒滇垣旅次並示

諸孫輩

瑞玉甘霖度歲華團圞今夕廣平家闗心子舍游踪遠繞膝孫枝入座譁六詔鴻泥痕尚認廿年鶴俸望彌賒屠蘇後飲吾先醉笑指燈開如意花

除夜即事疊用前韻

蕭索東風兩鬢華句蘇粃盆暖熱遍家家椒盤守歲庭闈樂枌社迎年簫鼓譁書簡平安稠疊報詩筒贈答往來賒采芹攀桂聽明鏡次第欣占蕊榜花開春科試秋仲鄉闈